Eva Finkenstädt
Helden der Erde
barfuß unterwegs

Impressum
Copyright © 2019
ISBN: 978-3-347-16209-9 (Paperback)
978-3-347-15321-9 (Hardcover)
Alle Rechte vorbehalten.
Eva Finkenstädt
Lektorat: Johannes Flörsch
Korrektur: Alexandra Dalwig
Gestaltung und Satz: EigenArt – Thomas Neutze / Gabriele Rudolph, Marburg
Umschlag nach einem Entwurf von iPublishGlobal.com

Verlag & Druck: tredition GmbH, Halenreie 40-44, 22359 Hamburg

Bibliografische Information der Deutschen Nationalbibliothek:
Die Deutsche Nationalbibliothek verzeichnet diese Publikation in der
Deutschen Nationalbibliografie; detaillierte bibliografische Daten
sind im Internet über http://dnb.d-nb.de abrufbar.

Eva Finkenstädt

Helden der Erde
barfuß unterwegs

Inhalt

Prolog: Die Regentrude

Beim vorigen Mal hatte sie nur verschlafen. Aber dieses Mal war sie krank.

Die Menschen hatten nur bemerkt, dass der Sommer vorüberging und kein Wölkchen sich zeigen wollte, das Regen versprach. Tag um Tag hatten sie in den Himmel gesehen beim vorigen Mal, ihre Gesichter waren immer länger geworden und ihre Besorgnis war von Tag zu Tag gewachsen.

Sie sparten an Wasser, wo sie nur konnten. Aber trinken mussten sie, und ihr Vieh musste es auch. Die Pflanzen im Garten hatten es noch gut, sie bekamen ihr Wasser einzeln mit Bechern zugeteilt; die Pflanzen auf den Äckern mussten sehen, wo sie blieben.

Der Vater des Mädchens war fein raus: Ihm gehörten die Wiesen am Fluss. Sein Gras verdorrte nicht und seine Kühe konnten trinken; sie waren die letzten im Dorf, die noch Milch gaben. Er stolzierte im Dorf umher, als wolle er es kaufen, saß breit auf der Bank im Gasthaus und trank sein Bier, und die Uhrkette spannte sich über seiner Weste. Der Vater des jungen Mannes indes hatte es schlechter getroffen. Seine Wiesen lagen an den Hängen des Hügels, oberhalb des Dorfes. Sie hatten keinen Anteil am Flusswasser und waren angewiesen auf den Regen, der in diesem Jahr nicht kommen wollte. Seine Miene wurde immer bänglicher, seine Kühe gaben schon lange keine Milch mehr, und er schlich im Dorf umher wie ein Bittsteller, denn das war er auch. Aber keiner wollte ihm mehr Gras verkaufen, denn keiner konnte selbst noch Futter entbehren, und der Vater des Mädchens würdigte ihn keines Blickes.

Lange wusste niemand, was zu tun sei. Die Mütter im Dorf erzählten ihren Kindern, dass Frau Holle es schneien ließ, aber vom

Regen erzählten sie nichts, denn niemand erinnerte sich mehr an die Regentrude.

Die Trude war vergessen.

Schließlich, als schon die Bäume ihre Blätter abwarfen vor Durst, da begann das alte Mütterchen zu reden. Sie schlurfte durchs Dorf in ihren Pantoffeln, auf den schwarzen Krückstock gestützt, blieb bei den Misthaufen stehen und an den Stalltüren zur Futterzeit, lehnte sich über die Gartenzäune und setzte sich zu den Frauen auf die Bänke und erzählte überall ihre Geschichte. Eine Geschichte, so alt, dass niemand sonst sich mehr an sie erinnerte. Von einem Sommer, in dem der Regen ausgeblieben war, genau wie in diesem Sommer. Von den Kühen, die gebrüllt hatten vor Durst, wie die Kühe in diesem Jahr brüllten, und von den Pflanzen, die seufzten und ihre Blätter hatten sinken lassen.

Ihre Urgroßtante sei es gewesen, erzählte das Mütterchen, die Tante ihrer Großmutter, die damals, als der Regen schon einmal nicht hatte kommen wollen, geholfen habe. Sie sei losgegangen und habe die Regentrude geweckt, die zu lange geschlafen hatte. Die Großmutter habe ihr davon erzählt, vor einem Menschenalter, als sie selbst noch ein kleines Kind gewesen sei, und sie habe sich jedes Wort gut gemerkt.

Wer ihre Geschichte hörte, der lachte und glaubte ihr kein Wort. Was wusste schon so ein altes Mütterlein? Und war nicht in ihrem Alter schon so mancher ein wenig wunderlich im Kopf geworden?

Aber das Mädchen und der junge Mann, die hörten zu. Sie saßen bei der Alten am Küchentisch und ließen sich alles erzählen, die ganze Geschichte: Wie schlimm die Trockenheit gewesen war. Wie ein junges Mädchen und ihr Bräutigam sich aus dem Dorf geschlichen hatten und aufgebrochen waren in die Welt der Regentrude, wie sie tagelang weggeblieben waren und wie sie den Regen mitgebracht hatten, als sie zurückkehrten. Wie glücklich alle gewesen waren, als es endlich wieder regnete, wie das Wasser im Fluss wieder gestiegen war und die Kühe sich satt hatten trinken können.

„Und sie hat wirklich einfach so geschlafen?", fragte das Mädchen, und die alte Frau meinte: „Frau Holle hat ja auch ein Bett und schläft darin, warum sollte die Trude keines haben?"

Ja, das war natürlich einzusehen. Aber trotzdem –

Zwar wurde die alte Göttin mit ihren vielen Namen nicht mehr verehrt im Dorf, nicht als Regentrude, nicht als Percha und auch nicht als Frau Holle. Aber dass sie Hilfe von Menschen brauchte? So etwas hatte es doch noch nie gegeben, davon hätte man doch gehört!

„Nun, ihr hört es jetzt", erwiderte die Alte.

Dass aber ein Mensch die Menschenwelt verlassen musste, um sie aufzuwecken? Das war schon merkwürdig. Und wie hatte die Urgroßtante überhaupt davon erfahren?

„Damals hat man wohl noch davon gewusst. Jetzt bin ich die letzte, die es noch weiß." Und zu dem Mädchen sagte sie: „Und wenn ich mich nicht sehr täusche, dann ist deine Großmutter ihre Urenkelin gewesen."

Das Mädchen und der junge Mann sahen einander an.

„Sie musste weit durch die Anderswelt wandern, um bis zur Trude zu kommen", erzählte die Alte weiter. „Und da war kein Apfelbaum, der geschüttelt werden wollte wie im Märchen von der Goldmarie, und kein Brot, das fertig gebacken war. Sie ging einen ganzen Tag lang und noch einen halben Tag und fand nirgends Wasser und verschmachtete beinahe. Es ist ein schwerer Gang gewesen, den sie gegangen ist. Aber wenn sie von der Trude erzählte, sagte meine Großmutter, dann strahlten ihre Augen und ihr ganzes Gesicht leuchtete, bis ans Ende ihres Lebens."

„Sagt mir, Muhme, welchen Weg haben sie genommen?", fragte das Mädchen schließlich, und die Augen der Alten wurden heller.

„Ihr kennt den steilen Hügel, wenn man eine gute Stunde in Richtung der Kreisstadt gegangen ist auf dem alten Fußweg? Ihr kennt die Quelle am Hügelhang, wo der Grenzstein steht? Wenn man von dort ein paar wenige Schritte nach Westen geht, dann findet man einen Spalt in der Felswand, hinter Büschen verborgen. Er sei so schmal, dass ein schlanker Mensch sich nur mit Mühe hindurchzwängen könne, hat es geheißen."

„Willst du das wirklich tun?", fragte der junge Mann, und seine Stimme war sanft und streichelte die Wange des Mädchens. Sie lächelte ihn an und eine kleine Frage stand in ihren Augen; da fügte er hinzu: „Ich wäre unendlich stolz auf dich."

„Sie hat alleine gehen müssen, die Urgroßtante, ganz alleine, denn die Trude duldet keine Männer an ihrem Bett. Nur auf dem allerersten Teil der Strecke hat ihr Verlobter sie begleiten dürfen. Aber aufgeweckt hat sie die Schlafende ganz alleine", sagte die Muhme.

Dann kramte sie noch umständlich ein staubiges kleines Fläschchen aus der hintersten Ecke ihres Speiseschrankes und überreichte es ihnen mit so großer Feierlichkeit, dass sie beinahe hätten lachen müssen. Es enthalte Met, sagte sie, der aus dem Honig gebraut war, den die Urgroßtante damals aus dem Land der Regentrude mitgebracht hatte, und es war der allerletzte Rest davon, den es noch gab. Als sie den Stöpsel aus der Flasche zogen, erfüllte der Duft von unbekannten Blumen den Raum, von Kräutern, die ganz gewiss Heilwirkung hatten, von Wiesen und Feldern, wie es sie in Träumen gibt, von Wildnis und Bitterkeit und honigschwerer Süße. Vorsichtig stöpselten sie die Flasche wieder zu. „Trink davon nur in der größten Not", sagte die Muhme zu dem Mädchen.

Am nächsten Morgen brachen sie auf, das Mädchen und der junge Mann.

Sie hatten die Gewänder angezogen, die sie an Festtagen zum Kirchgang trugen. Sie hatten ihre Krüge mit Wasser gefüllt und ihre Körbe mit Wegzehrung, ein kleines Fläschchen mit Met ganz zuunterst. Sie fanden die Quelle, die nun ausgetrocknet war, und sie fanden den Spalt in den Felsen und zwängten sich hindurch.

Die Anderswelt war ebenso trocken und heiß wie ihre eigene Welt daheim. Der einzige Unterschied war, dass sie die Sonne nicht sehen konnten, auch wenn sie ihre Hitze spürten. Sie wanderten zwei Stunden gemeinsam, dann war es dem jungen Mann, als müsse er gegen einen Sturm angehen, der immer heftiger wurde, und er blieb zurück. Hier würde er bleiben und auf sie warten, sagte er, und das Mädchen ging alleine weiter.

Nicht immer ist die Anderswelt schaurig. Manchmal ist sie auch einfach nur heiß und man hat Durst und wünscht, man hätte etwas Belebendes zu trinken, irgendetwas. Nicht jeder begegnet wilden Tieren und Ungeheuern. Manchmal ist man auch einfach nur müde und zu Tode erschöpft. Nicht jedes junge Mädchen muss Brot aus dem Ofen holen und Äpfel von den Bäumen schütteln wie es die Goldmarie musste, als sie zu Frau Holle ging. Manchmal wird auch nur ihre Entschlossenheit und Ausdauer geprüft bis an ihre äußere Grenze und darüber hinaus. Und manchmal braucht man einen Schluck Met aus dem Honig der Anderswelt, um das Ziel schließlich doch noch zu erreichen.

So erging es dem jungen Mädchen, das die Regentrude aufsuchte. Am Mittag des zweiten Tages kam sie an.

Die Regentrude lag in ihrer Höhle der rinnenden Wasser auf einem Ruhebett und schlief, ihr Haar wie treibendes Seegras und ihr Kleid wie Schilf. Das Mädchen hockte sich neben sie und schüttelte vorsichtig ihr Handgelenk, bis sie die Augen aufschlug und um sich blickte.

Die Höhle wölbte sich über ihnen wie die Scheune des Vaters daheim im Dorf und verlor sich nach hinten hinter Nebelschleiern. Brunnen und Teiche quollen über von all dem Wasser, das der Welt fehlte. Die Luft war feucht und dunstig und Regenbogen flimmerten darin, die Erde war matschig, die Wände von Bächen überronnen, und überall rauschte und gurgelte und gluckste es. Die Trude sah all dies und schüttelte den Kopf über sich selbst. Dann klatschte sie in die Hände und die Luft verdichtete sich zu Wolken, deren Bäuche schwer waren von Regen und die sich langsam aus der Höhle schoben und behäbig davonsegelten.

„Danke, dass du mich geweckt hast", sagte sie dann, und: „Warst du nicht schon einmal hier? Ich kenne dich doch."

„Ihr müsst meine Urahnin meinen, Frau Trude. Die war hier. Sie ist jetzt aber schon lange tot."

„Ach. Ja, ihr lebt ja nur so kurz, ihr Menschen – aber ich meine, du siehst ihr ein wenig ähnlich."

Und wieder klatschte sie in die Hände und Wolken formten sich unter dem Höhlendach. Auf ihr Winken hin schwebten sie den vorigen hinterher und machten wieder Platz für neue.

„Wie lange habe ich geschlafen?"

„Der Sommer ist beinahe vorüber und wir haben seit Monaten keinen Regen mehr gehabt."

„Oh. Nun. Es ist gut, dass du gekommen bist."

In ihren Augen hätte das Mädchen versinken mögen. Sie wurde nicht müde, der Trude zuzuschauen, wie sie eine Wolke nach der anderen auf ihren Weg schickte. Wie weich und fließend die Bewegungen ihrer Hände waren! Und wie die Wasser sich beeilten, ihren Befehlen zu gehorchen!

Als unter dem Höhlendach der Trude keine Wolken mehr schwebten, als ihre Teiche nicht mehr überflossen und die Wände zu trocknen begannen, da schenkte sie dem Mädchen noch einen Krug voller Honig, wild duftenden Honig aus der Anderswelt, und schickte es auf seinen langen Heimweg. Hand in Hand mit ihrem Bräutigam sollte sie ins Dorf zurückkehren und den Regen mitbringen, und die Wiesen ihres Vaters sollten vom Fluss überschwemmt werden und die Wiesen seines Vaters sollten ergrünen und jeder sollte zustimmen, dass sie ein wundervolles Paar seien, das sehr gut zusammenpasste.

Aus dem Honig sollte ein Met gebraut werden. Und ihre Geschichte sollte erzählt und weitererzählt werden für den einen fernen Tag, an dem die Trude wieder einschlafen und nicht von selbst rechtzeitig wieder aufwachen würde in ihrer Höhle der rinnenden Wasser; und ein kleines Fläschchen des Mets aus der Anderswelt sollte sorgfältig aufbewahrt werden für jenen Tag, an dem ein anderes junges Mädchen sich aufmachen würde, durch den schmalen Spalt neben der Quelle am Hügel und durch das ganze weite, trockene, heiße Land der Anderswelt. Und so sollte es sein.

Aho!

Ja, so war das gewesen, damals. So erging es dem Mädchen, das die Regentrude weckte; und Theodor Storm hat eine Novelle über sie geschrieben, damit ihre Geschichte nicht verlorengeht.

Aber damals hat die Göttin nur geschlafen. Und jetzt ist sie krank.

Und die Menschen haben vergessen. Keine alte Muhme erzählt mehr, wie es einmal gewesen ist. Und Theodor Storm wird nur noch selten gelesen.

Zu allen Zeiten haben Götter die Menschen gebraucht. Immer wieder hat ein Held sich auf den Weg machen müssen.

Nun werden neue Helden sich wieder auf den Weg machen müssen. Und nicht jeder hat eine alte Muhme, deren Urgroßtante den Weg bereits gegangen ist und die ein kleines Fläschchen mit einem ganz besonderen Met bereithält.

Nein; normalerweise müssen Helden ihren Weg ganz alleine finden. Dann ist es gut, wenn sie Gefährten haben.

Nicht jeder, der auf eine Reise ging, war ein Held. Nicht jeder kam heil wieder heim. Und nicht jeder, der heil nach Hause kam, konnte seine Botschaft weitertragen.

Dies ist für all die stillen Helden, die aufbrachen.

Einfach so. Wegen weil.

Zwischentext: Ein Naturschutzgebiet erklärt sich

Ich war ein Truppenübungsplatz. Jetzt bin ich ein Naturschutzgebiet.

Ja, ich bin durch schwere Zeiten gegangen, durch schwere Zeiten. Jahrzehntelang bin ich gequält worden.

Soldatenstiefel sind über mich hinweggetrampelt, Munition hat mir die Haut zerfetzt, schwere Kettenfahrzeuge haben mir Wunden gerissen. Und ja, es hat wehgetan. So hilflos habe ich mich gefühlt, so ausgeliefert. Tag und Nacht hatte ich keine Ruhe. Ständig sind Menschen über mich hinweggeschwärmt, haben einander aufgelauert und haben geübt für einen Krieg, der niemals kam.

Sie sind auf die alten Häuser losgefahren, die vereinzelt noch da standen, haben sie in Grund und Boden geschossen, und jetzt sieht man nur hier und da noch die Grundmauern der Keller. Bei Tag haben sie einander Befehle zugebrüllt und bei Nacht sind sie mit geschwärzten Gesichtern umhergekrochen oder haben singend und trinkend um Feuer gesessen.

Heute gibt es hier keine Wiese, keinen Wald, wo der unvorsichtige Fuß nicht stolpert. Keine durchgehend ebene Fläche irgendwo. Hier und da liegen noch Blöcke umher, die einmal in Mauern verbaut gewesen sind.

Die Räder der Lastwagen und Ketten von Panzern und Haubitzen haben tiefe Narben in mir hinterlassen. In manchen Radspuren sammelt sich Regenwasser und verdunstet nur langsam. In diesen Pfützen setzt die Kreuzkröte ihren Laich ab, der Laubfrosch quakt am Bachrand und in den Teichen schwimmt im Sommer der Salamander.

Der Boden, über den jahrzehntelang die Panzer gebrettert sind, ist so verdichtet und so mager, dass seltene Pflanzen darauf wachsen, die keine fette Erde mögen: dass die Glockenblume im Wind schwankt und zittert und das Leimkraut abends seine Blüte entfaltet und den Nachtfalter lockt. Die Traubeneichen wurden gepflanzt, als der Mensch noch Fachwerkhäuser baute. Sie sind jahrzehntelang von keinem Förster betreut worden und durften wachsen und sterben, wie es ihnen gefiel. In den Höhlen brüten Käuzchen, in den alten Eichen lebt die Bechsteinfledermaus und in den Buchen das Große Mausohr. Von hier aus brechen sie in der Abenddämmerung auf zu ihrer Jagd auf die Schwebefliegen überm Teich.

Das alles wurde gesehen, als die Truppen abgezogen sind. Und deshalb habe ich nun nach einer Zeit des Leidens einen Status erlangt, den nicht viele haben – als hätte ich ihn mir mit diesem Leiden verdient.

Das ist nicht so. Andere Gegenden hat es sehr viel schlimmer getroffen und es belohnt sie keiner dafür. Ich spüre, wie es ihnen geht, denn wir sind miteinander verbunden und teilen, was wir wahrnehmen.

Ich aber, ich bin jetzt ein Naturschutzgebiet geworden. Menschen müssen auf ihren eigenen „erkennbaren Wegen" gehen. Nicht dass alle das täten. Aber wer sich dann die Haxen bricht, weil er in irgendwelche Gräben fällt oder über irgendwelche Steine stolpert, der ist selbst dran schuld.

Ach, und wie himmlisch diese Ruhe ist, ohne Lastwagen- und Panzermotoren, ohne Panzerfäuste und Abwehrgeschütze, ohne Bomben, Granaten und Artillerie! Wie dunkel die Nächte ohne Scheinwerfer und Leuchtmunition.

Zweimal im Jahr kommt ein Schäfer und führt seine Herde über mich hinweg. Weißdorn und junge Schlehenbüsche werden abgehauen und junge Buchen oder Eichen, die den Wald ins Grasland hineinwachsen lassen wollen. Die Schafe sorgen dafür, dass ich nicht zum Wald werde, sondern dass ich eine Wiese bleiben kann.

Niemand würde es bedauern, wenn es anders wäre und mein Nachbar über mich hinwegwachsen würde. Es gibt nichts, was meinen Bruder Wald von mir trennt. Wir können ineinander verschmelzen, und nichts ginge verloren. Jeder von uns ist nur eines der vielen Gesichter der großen Mutter, nur ein kleiner Splitter ihres Bewusstseins, nur eine Facette ihres Auges.

Trotzdem: Es gefällt mir gut, so umsichtig behütet und so sanft umsorgt zu sein.

Erstes Kapitel: Der dumme Wunsch des Königs Midas

Das Unheil begann damit, dass der König das Wohlgefallen eines Gottes erregte.

Singend und trinkend war der Weingott Bacchus mit seinen Kumpanen durch Phrygien gezogen, von einem heiligen Hain zum nächsten. Jede Nacht lagerten sie unter Bäumen und feierten ein Fest, bekränzten einander mit Weinlaub und ließen die Amphoren kreisen. Erst weit nach Mittag, wenn die Sonne schon wieder zu sinken begonnen hatte und der Tag kühler wurde, zogen sie weiter, dem nächsten Gelage entgegen. Eines Tages war einer der Zecher so berauscht gewesen, dass er den Aufbruch der singenden, tanzenden und trinkenden Gruppe verschlafen hatte, alleine zurückblieb und seine Gefährten nicht wiederfand.

Untertanen des Königs Midas von Phrygien lasen ihn auf und brachten ihn zum Palast. Der Fremde war trinkfest, weit gereist und unterhaltsam, und so freute sich der König über seine Anwesenheit und hätte ihn gerne als Zechkumpanen bei sich behalten. Wie kurzweilig hätten ihre gemeinsamen Abende werden können!

Nun war König Midas zwar nicht der Allerhellste, aber er war ein gutmütiger Mensch und fürchtete zudem den Zorn des Gottes. Deshalb hatte er es sich schließlich anders überlegt, den Mann in seine königliche Sänfte packen und sich mit ihm dem Weingott hinterhertragen lassen. Der Gott war so begeistert, als er seinen Gefährten zurückbekam, dass er vor lauter Freude und Dankbarkeit dem König nicht nur einen Schluck aus seiner Amphore anbot, sondern ihm zudem auch noch einen Wunsch gewährte.

Das war der Anfang der Geschichte. Und weil er sein Leben lang Gold zusammengerafft und gehortet und sich am Anblick seines

Vermögens erfreut hatte, weil sein Herz an seiner Schatzkammer hing wie an nichts anderem, darum wünschte der König, es möge alles zu Gold werden, was er berührte.

Der Gott gewährte und verschwand. Der König stand verblüfft und alleine im heiligen Hain, wo die Bäume rauschten und die Luft noch leicht nach Wein roch. Aber hatte er nicht gesagt, der Bacchus ...?

Vorsichtig hob der König den Arm und brach einen Zweig von der Eiche, neben der er stand. Zögernd, als wage er seinem Glück nicht zu trauen, hob er den Zweig vor seine Augen – und sieh an, er war tatsächlich aus reinem, leuchtendem Gold. Wie Gold aussah und sich anfühlte, das wusste er genau, der König! Damit kannte er sich aus. Dieser knorrige Zweig, diese Eichenblätter, die eine kleine Eichel, die daran hing, all das war aus purem Gold, durch und durch. Eine Legierung wäre weniger schwer gewesen, auch das wusste er.

Er bückte sich und hob den nächsten Stein auf, wie er ihm unter die Hand geriet, und auch dieser ward bei seiner Berührung zu Gold. Auf dem Weg zurück zu seinen Dienern und seiner Sänfte pflückte er noch einen Apfel vom Baum; nun hatte er einen goldenen Ball, den er hochwarf und wieder auffing, hei! Es sah ihn ja keiner. Da brauchte er sich auch nicht majestätisch zu benehmen.

Einen Boten ließ er vorauseilen zum Schloss, der sollte ein Festessen in Auftrag geben und alle am Hof dazu einladen. Ein solcher Tag wie dieser musste doch wohl gefeiert werden!

Seine Sänfte kam nur langsam voran. Beim Einsteigen hatte er an den Rahmen gefasst, und Gold ist schwer. Auch war sein Sitzpolster nicht so weich, wie er es gewöhnt war. Aber daran ließ sich sicher etwas ändern, es gab für alles Spezialisten, er würde so viele anheuern, wie er brauchte. Gold würde er ja nun genug besitzen. Schwere Sänfte und harte Polster, das waren ein paar belanglose kleine Begleiterscheinungen, damit würde man fertig werden.

Glücklich winkte er seinen Untertanen zu, die an den Straßenrändern standen, als er sich seinem Schloss näherte, ihre Kappen in den Händen drehten und mit offenen Mündern ihres Königs neue goldene Sänfte bestaunten.

An was sollte er nun als nächstes seine Kunst erproben? Der König grinste in sich hinein. Er vermochte nun, was selbst dem Sprichwort nicht gelang: Er konnte aus Scheiße Gold machen. So lange würde das Festmahl warten.

Sobald er im Schloss angelangt war, begab er sich gemessenen Schrittes auf sein persönliches Privatörtchen. Die Schüssel selbst bestand schon lange aus Gold. Die Türe, seit er sie nun geöffnet hatte. Und als er sein Geschäft verrichtet hatte, drehte er sich um und berührte das Ergebnis seiner Anstrengung vorsichtig mit dem Zeigefinger.

Tatsächlich, da lag er: ein königlicher goldener Scheißhaufen. So etwas hatte die Welt noch nicht gesehen. Voller Stolz hob der König sein selbst produziertes Gold auf den Waschtisch und bewunderte es aus der Nähe und von allen Seiten. Was für eine vollendete Form! Am liebsten hätte er es mit in den Festsaal genommen und allen gezeigt, aber dann hätten seine Königinnen samt und sonders Anfälle bekommen. Sie waren ohnehin der Ansicht, sein Humor sei nicht königlich genug.

An seinem Finger haftete noch etwas von dem Geruch, den der Haufen vor seiner Verwandlung gehabt hatte. Zu seinem Bedauern stellte es sich als unmöglich heraus, sich die Hände zu waschen: Das Wasser verwandelte sich in Gold, sobald es seine Haut berührte.

Auch daran würde man arbeiten müssen. Sicher würde seinen Leuten etwas einfallen, womit er sich reinigen konnte. Sand vielleicht? Hatte er nicht irgendwo gelesen, in der Wüste wüsche man sich mit Sand? Da, Problem gelöst. Und gleichzeitig neuen Goldstaub für die Schatzkammer hergestellt.

Einstweilen wischte er sich die Hände an seinem goldenen Handtuch ab. Zufrieden, wenn auch noch immer ein wenig müffelnd, ging er zum Festsaal.

Alle hatten sich bereits versammelt: seine Frauen und Kinder, die Minister und Hofbeamten, seine Höflinge und die Damen seiner Königinnen. In farbenprächtigen Gewändern standen sie bereits am Tisch und warteten auf ihn.

Die Tafel strahlte festlich gedeckt im Glanze goldener Teller und Bestecke. Daran ließ sich nichts demonstrieren. Aber dort, in der Mitte! Da prunkte ein gebratener Pfau in vollem Federkleid und schlug ein prachtvoll schillerndes Rad. Der König trat herzu, berührte den Vogel mit seiner königlichen, etwas streng riechenden Fingerspitze – und der gesamte Pfau bestand aus purem Gold.

Einen Raunen ging durch den Saal, dann brandete Beifall auf.

Der Koch schnappte nach Luft und fasste sich an die Brust. Die stellten sich das so einfach vor, einen Vogel unversehrt aus seinem unversehrten Federkleid herauszuschälen und ihn anschließend gebraten wieder hineinzubugsieren, ohne dabei auch nur eine einzige Feder mit Bratensaft zu bekleckern und ihre Farbe zu verderben! Außerdem hatte er sich große Mühe mit der Füllung gegeben und seiner Ansicht nach war sie ihm heute besonders gut gelungen. Insgeheim hatte er sogar gehofft, vielleicht an die Festtafel gerufen und für seine vorzügliche Farce gelobt zu werden. Nun, das konnte er jetzt wohl vergessen! Und überhaupt hätte er sich das alles sparen und den Vogel hinstellen können, wie er war, er hätte ihn nicht einmal auszunehmen brauchen. Er blaffte den nächststehenden Küchenjungen an, der sich keiner Schuld bewusst war – aber was heißt das schon in einer Küche.

Der König winkte huldvoll, alle nahmen Platz, noch immer begeistert miteinander tuschelnd. Er ließ sich ein Stück Kalbsbraten auftun, das verlockend roch und sich schnitt wie Butter. Und als es seine Lippen berührte – das war der Moment, in dem der König feststellte, dass man Gold nicht essen kann.

Um seine Verwirrung zu überspielen, stand er auf und brachte einen Toast auf den guten Gott Bacchus aus. Der Wein rann ihm in den Mund als flüssiges Gold. Man kann Gold auch nicht trinken.

Stuhl für Stuhl merkten die Nähersitzenden, dass etwas nicht in Ordnung war. Tisch für Tisch breitete sich Schweigen aus. Der König stand da mit dem Weinglas noch in der Hand und wusste: Er konnte nichts essen. Er konnte nichts trinken. Er hatte sich selbst zum Tode verdammt.

Auf den hinteren Plätzen begannen die ersten, sich unauffällig zurückzuziehen, die Näherstehenden rückten von ihm ab, es entstand ein Kreis der Leere um ihn her. Einzig seine jüngste Tochter, sein Liebling Philomena, rannte auf ihn zu und warf sich ihm an den Hals, um ihn zu trösten. Da hielt der König in seinen Armen eine zierliche goldene Statue eines schlanken Mädchenkörpers.

König Midas wankte von dem Gewicht. Er ließ die Statue fallen, als sei ihm Gold plötzlich nichts mehr wert, als brenne es ihm an den Händen, und fiel auf ein Polster, das bis dahin weich gewesen war. Tränen rannen über sein Gesicht und sprangen als kleine goldene Murmeln über den Marmorboden seines Festsaals. Der Hofnarr in seinen blauen Pluderhosen hob heimlich eine davon auf und steckte sie ein.

Wer würde ganz, ganz oben auf der Liste stehen, wenn der königliche Zorn sich entladen wollte? Der Narr wusste es ganz genau. Ihn würde es treffen, wie immer. Aber während er sonst nur lächerlich gemacht wurde – und dafür ist ein Narr ja schließlich da, zumindest nach Ansicht der Könige –, würde es jetzt auf eine Verwandlung hinauslaufen, die ihn das Leben kosten würde. Er war zwölf Jahre alt und nicht bereit, diesen Preis zu zahlen.

Mit vielen Verbeugungen, die seine Schellen zum Klingeln brachten, zog er sich rücklings aus dem Saal zurück. Vorzugsweise verbeugte er sich dann, wenn in seinem Weg eine goldene königliche Träne lag, die sich anschließend nicht mehr dort befand.

„Verschwinde, Bürschchen", raunte es in sein Ohr. „Was jetzt kommt, das solltest du Erwachsenen überlassen."

Der Narr sah nicht hoch, sondern hielt den Blick zu Boden gesenkt und nahm nur den Saum eines dunklen Magierumhangs und eines Gewandes mit kretischem Muster wahr. Er verbeugte sich ein letztes Mal und sammelte dabei eine letzte Träne auf.

Der König hatte sich ans hintere Ende seines Festsaals zurückgezogen und brüllte die Diener an, seine Hunde von ihm fernzuhalten. Er hing an seinen Hunden und hätte sie nur ungern in Gold verwandelt gesehen.

Wie lange, fragte er sich, kann ein Mensch wohl überleben, ohne zu essen und zu trinken? Ohne Essen könnte es ein paar Tage dauern, hatte er gehört, ohne Trinken starb man wohl schneller. Und nichts, keine Maßnahme seiner Gelehrten konnte das jetzt noch aufhalten.

Das würde also sein Ende sein, so würde es aussehen, das Ende des großen, berühmten Königs Midas von Phrygien ...

Sein Narr hatte sich fortgeschlichen. Seine Frauen und Kinder hatten sich hinter die Festtafel zurückgezogen. Die Knaben füllten sich verstohlen ihre Teller mit Kalbsbraten.

Oh, dieser Kalbsbraten! Wie gut würde er geschmeckt haben.

Was würde nun geschehen? Seine Kinder hatten sich bereits von ihm abgewandt. Würden sie warten, bis er an seiner eigenen Gier zugrunde geht, oder würde dem dummen alten König Midas noch zu helfen sein? Gab es Rettung für ihn, und wie sah sie aus?

Am entgegengesetzten Ende des Festsaales, in sicherer Entfernung, hatte sich ein Knäuel von entsetzten, schlotternden Höflingen und ihren ebenso entsetzten, leise schnatternden Damen gebildet. Daraus löste sich nun die füllige Gestalt eines Mannes, der als Begleiter des kretischen Botschafters zum Festmahl gekommen war. Er war gekleidet in ein weites Linnengewand mit kretischen Mustern an den Säumen und den weitärmligen dunklen Überwurf eines Magiers und segelte behäbig wie ein dickbauchiges, voll beladenes Lastschiff auf den König zu.

„Majestät", säuselte der Mann in dem weichen, verwaschenen Tonfall eines Südländers und verbeugte sich tief. „Majestät", sagte er, „wenn ich es mir erlauben darf als Gast, vielleicht einen Vorschlag ..."

„Unterbreite Er, unterbreite Er!", sagte König Midas und wedelte großzügig mit der Hand. „Es ist im Augenblick jeder Vorschlag hochwillkommen! Ablehnen kann ich ihn ja immer noch."

„Was wir hier vor uns sehen, Majestät", sagte der Mann, „ist ganz offensichtlich das Werk eines Gottes. Deswegen kann es auch nur von einem Gott wieder zurückgenommen werden."

Der König nickte versonnen.

„Und da es hier um eine Frage des Lebens geht, scheint mir eine weibliche Gottheit die angemessene Wahl zu sein."

Wieder nickte der König. Die Worte des Mannes klangen ihm nachvollziehbar. Eine weibliche Gottheit, wenn es um lebende Wesen ging, natürlich.

Der Fremde holte tief Luft. Auch wenn er ein echter Eingeweihter in magische Wege war, so verdiente er doch sein Brot mit der Unterhaltung von Königen, und normalerweise hätte er jetzt all das Brimborium entfaltet, das der zahlende Kunde mit Fug und Recht von einem Magier erwarten durfte. Samtene Tücher und kristallene Kugeln, bunt bemalte Karten und die Eingeweide von Opfertieren, Weihrauch, Trommeln und Rasseln, Götterbeschwörungen und magische Gesten. Vielleicht irgendwelche geheimnisvoll auftauchenden und wieder verschwindenden Dinge. Aber was sollte er machen, es half nichts, die Zeit war in diesem Falle einfach zu knapp; gegen die Gesetze von Hunger und Durst gab es keine Berufung. Deshalb entschied er, sich auf das absolut notwendige Minimum zu beschränken.

Er krempelte die Ärmel hoch bis über die Ellenbogen und ließ Nebel emporwallen. Er gab dem Nebel eine menschliche Form, an deren Weiblichkeit niemand zweifeln konnte. Dann intonierte er mit geschultem und geübtem Bühnenbariton: „Zeige dich, Unsterbliche, und sage uns, wer du bist!"

Die Unsterbliche wallte leise vor sich hin und gab keinen Ton von sich.

„Ich beschwöre dich!", rief der Magier etwas lauter und strenger, und noch lauter: „Und abermals sage ich, ich beschwöre dich!"

Der Nebel wallte nun nicht mehr nur, er bibberte geradezu. Der Festsaal war voller mucksmäuschenstiller Menschen. Von all ihren gespitzten Ohren vernahm kein einziges auch nur einen Laut.

Aber wozu hat man einen Magier, wenn man mal einen braucht.

Weit breitete der Mann seine Arme aus – nachdem er die Ärmel ausgeschüttelt hatte, bis sie wieder beeindruckend auf die Hände hinabfielen.

„Die Unsterbliche ist bereit, mit mir zu sprechen!", verkündete er. Dann beugte er lauschend den Kopf. Einmal zog er die Augenbrauen hoch. Einmal nickte er leise.

Dann richtete er sich wieder auf. Der Nebel wallte von dannen, indem er sich auf dem Fußboden verteilte und durch die Türen entschwand.

„Mutter Gaia selbst wird den König erlösen!", verkündete der Magier seinem gebannt lauschenden Publikum. „An der Quelle des Flusses Paktolos, eine halbe Tagesreise westlich von hier, steht ein Heiligtum der Erdmutter. Wenn der König dort hinpilgert und die Füße der Statue ehrfürchtig berührt und selbstverständlich die üblichen weißen Kühe opfert, dann wird er von seinem Fluch erlöst werden.“

Ein Raunen ging durch den königlichen Festsaal und es war zum größten Teil ein Raunen der Erleichterung. König Midas war für seinen Geiz berüchtigt, aber ansonsten nicht unbeliebt.

Sofort gab der König Befehl, alles vorzubereiten und mit einem Dutzend weißer Kühe gleich am Abend noch loszuziehen. Er selbst würde anderntags folgen. Freilich, reiten würde er nicht können, und eine Sänfte aus massivem Gold kam nur langsam vorwärts. Aber die Quelle des Paktolos war nicht weit, da konnte man auch in einer goldenen Sänfte vor dem Abend ankommen, wenn man frühmorgens aufbrach.

Der Fremde verbeugte sich und verschwand. Sein Werk war getan. Er würde zurück nach Kreta reisen und seinem Herrn Bericht erstatten. Zweifellos würde er reichlich belohnt werden, Midas würde seinem Herrn, dem König von Kreta, den Rang des reichsten Königs nicht länger streitig machen – und in Phrygien würde der Magier sich nie wieder blicken lassen.

König Midas würde mit seinen gierigen Händen nach den Füßen der Göttin greifen. Ihr Fluch würde ihn treffen.

Der König hatte sich nicht lumpen lassen. Seine Erleichterung war so groß gewesen, nun doch nicht verdursten zu müssen, dass er nach einem ganzen Dutzend der schönsten Kühe verlangt hatte, schneeweiß und makellos, und er hatte sogar ein paar Hände voll Sand aufgehoben und dem Schmied gegeben, um die Hörner der Kühe damit vergolden zu lassen. Es waren lange, geschwungene Hörner; aber schließlich hatte ihn das Gold nichts gekostet, er hatte sich ja nur zu bücken brauchen.

Dann war er immer noch durstig, aber sehr viel weniger besorgt in sein Bett gegangen, hatte den Kopf auf ein goldhartes Kissen gebettet und ein Feuer anzünden lassen – denn Gold konnte man nicht nur nicht essen, es hielt außerdem auch nicht warm. Ganz davon abgesehen, dass es eine gewisse Geschmeidigkeit vermissen ließ, wie man sie bei seiner Bettdecke einfach gerne hat, um den richtigen Grad und Effekt von Gemütlichkeit herbeizulocken.

Morgens hatte er auf Waschen und auf Zähneputzen verzichtet und war so bald wie möglich in seine Sänfte gestiegen. Er wollte es jetzt nur noch hinter sich haben und endlich wieder etwas trinken können.

Je weiter er nach Westen getragen wurde und je näher er dem Heiligtum der Gaia kam, umso stärker wurden seine Zweifel. Abgesehen von dieser Sache mit dem Essen war seine Idee doch so hervorragend gewesen! Ob es nicht noch eine andere Möglichkeit gäbe, Hunger und Durst zu stillen und gleichzeitig die goldschaffenden Hände zu behalten?

Warum nur war er heute Morgen so schnell aufgebrochen, ohne vorher noch einige größere Möbelstücke berührt zu haben? Welch eine Verschwendung, wenn seine Gabe jetzt wieder aufgehoben würde und er hätte sie vorher nicht richtig ausgenützt! Er musste alles in die Schatzkammer bringen lassen, was er bisher angefasst hatte. Welch einen herrlichen Anblick würden seine Schätze in Zukunft bieten bei seinem täglichen Besuch! Aber es hätten mehr sein können, wenn er nicht vor Hunger und Durst – ja, und Todesangst – vorübergehend ein wenig verwirrt gewesen wäre. Das bedauerte er nun.

In Gedanken ging er noch einmal die verwandelten Gegenstände durch: eine Sänfte samt Sitzkissen, einige Türen, Tische, Stühle; ein Haufen, über den sich seine Königinnen mokieren würden; ein gebratener Pfau, sein Bett samt allem Zubehör – ach ja, und seine Tochter Philomena. Ja, das war nun wirklich ein Unglück gewesen. Wie jammerschade.

Was sollte er jetzt mit ihrer Statue anfangen? Wäre sie im Festsaal besser aufgehoben oder in seiner Schatzkammer? Bestimmt stünde sie doch in der Schatzkammer sicherer.

Der König hatte keinen Blick für die Landschaft, durch die er getragen wurde, für kleine Dörfer und vereinzelte Güter von Adligen, für Weinberge und Olivenhaine, für Felder und Gärten, Wirtshäuser am Wegesrand, Tempel und Marktstände. Er sah die Bauern nicht, die ihm hinterherglotzten, ihre Frauen oder Sklaven, die ihre Einkäufe heimtrugen, Kinder, die spielten oder seine Sänfte anstarrten. Midas war in Gedanken versunken.

Wahrscheinlich hatte er seinen Wunsch an den Gott nur ungeschickt formuliert, überlegte er, während die Sänfte sich langsam die Hügel hinaufbewegte, der Quelle des Flusses und dem Heiligtum der Erdmutter entgegen. Keiner hatte mit ihm darin sitzen wollen, sie hatten alle Angst gehabt, er könne sie zufällig berühren. Nun hatte er wenig Ablenkung und viel Zeit zum Nachdenken.

Selbst sein kleiner Narr hatte ihn verlassen, wo mochte er bloß hingekommen sein? Trieb er sich jetzt ganz alleine und ohne einen Herrn herum? Dem hätte er jetzt schön erklären können, was ihm alles durch den Kopf ging. Er hätte zwar kein Wort verstanden, aber zumindest hätte er zuhören müssen, der kleine Dummkopf. Er brachte ja kaum einen vollständigen Satz zustande.

Wenn er seinen Wunsch darauf beschränkt hätte, es möge alles zu Gold werden, was er mit den Händen berührte – dann hätte er weiterhin essen und trinken können. Allerdings – sein kleines Töchterchen, sein Liebling, das wäre jetzt trotzdem eine goldene Statue. Auch der Versuch, neue Kinder zu zeugen, würde dann seine Tücken haben. Mitten im schönsten Treiben seine Königin aus Versehen mit den Händen zu berühren und plötzlich in einer Goldstatue festzustecken, das war mit Sicherheit auch nicht besonders vergnüglich. Außerdem mochte er die meisten seiner Königinnen eigentlich ganz gerne. Überhaupt war er tendenziell eher menschenfreundlich veranlagt, wie er selbst sich attestierte.

Aber hätte nicht ein halbes Dutzend Kühe als Opfer ausgereicht? Ganz abgesehen davon, dass es doch eigentlich Unsinn war, die Hörner einer Opferkuh vergolden zu lassen – wollte er dem Heiligtum Gold zukommen lassen, dann brauchte er es bestimmt nicht vorher auf die Hörner einer Kuh auftragen zu lassen, das brachte doch für alle Seiten nur Unannehmlichkeiten mit sich. Und dabei dachte er noch nicht einmal an die Unannehmlichkeiten für die Kuh, die sicher am größten waren. Aber musste bei dem Prozess des Auftragens und wieder Abnehmens nicht zwangsläufig etwas von dem Gold verloren gehen? Er kannte sich nicht so recht damit aus, aber es schien ihm wahrscheinlich. Und Gold verlorengehen zu lassen fand er in höchstem Maße unmoralisch.

Also, fasste er in Ermangelung seines Narren oder irgend eines anderen Zuhörers für sich selbst zusammen, während sich die Träger die letzten Abhänge hinaufquälten: Er würde nicht wollen, dass einer seiner Lieben in Gold verwandelt würde. So etwas konnte einmal passieren, aus Versehen, aber es durfte keinesfalls zum Dauerzustand werden. Außerdem wollte er wieder essen und trinken können. Das Gold allerdings – ja, das hätte er schon ganz gerne auch behalten. In seiner Schatzkammer war noch so viel Platz!

Inzwischen plagte ihn der Durst nach der langen, staubigen Reise so sehr, dass er kaum noch geradeaus denken konnte.

Schließlich hielten die Sänftenträger an. Sie waren am Ziel. Es war später Nachmittag geworden, sie hatten unterwegs die Träger gewechselt und waren so schnell gegangen, wie man mit einer goldenen Sänfte überhaupt gehen konnte. Die Sonne stand nur noch wenige Handbreit überm Horizont, aber noch war die Zeit für Abendmahlzeit und Nachtruhe der Göttin nicht gekommen.

Das Protokoll schrieb vor, dass der Bittsteller sich vor dem Besuch im Heiligtum in der Quelle zu waschen habe. Im Fall des König Midas wurde in stillem Einvernehmen auf diesen Teil des Protokolls verzichtet. Er durfte das Heiligtum staubbedeckt betreten – immerhin war es ja auch reiner Goldstaub, der ihn bedeckte. Allerdings juckte er ebenso wie der normale Staub auf der Haut des normalen Sterblichen.

Das Dutzend weißer Kühe mit vergoldeten Hörnern war schon vor ihm eingetroffen und von den Priestern der Göttin bereits in Empfang genommen worden. Pech. Daran konnte er nun wohl nichts mehr ändern. Sie bedankten sich bei ihm mit dieser Mischung aus Diensteifrigkeit und Arroganz, die Priester in den Tempeln aller Götter an den Tag legten. Sie hielten sich alle für etwas Besseres und krochen ihm trotzdem in den Hintern. Das hatte König Midas noch nie leiden können und schon immer ziemlich ekelhaft gefunden.

Sie würden nun sofort mit dem Opfern der Tiere beginnen, sprachen die Priester, und der König könne sich umgehend der Göttin nähern. Es sei ratsam, wenn auch nicht unbedingt zwingend vorgeschrieben, das auf den Knien rutschend zu tun. Sie, wenn sie gefragt würden – was der König nicht getan hatte –, würden es auf jeden Fall empfehlen.

Der König stieg die Stufen zur Tempelhalle empor und kniete sorgsam auf goldenen Tüchern, um den Marmorboden vor der Goldwerdung zu schützen. Schließlich litt er nicht an Durst, um die Priester zu bereichern!

Inmitten der Halle stand die goldene Statue der Gaia in ihrem Schrein und schaute hoheitsvoll über ihn hinweg.

Weil ihre Türe sich nach Osten öffnete, lag ihr Gesicht jetzt am späten Nachmittag im Schatten. Auf dem Altar vor dem Tempel wurden seine Kühe geopfert, die jetzt der Göttin gehörten, also nicht mehr seine, sondern ihre waren; das schmerzte noch immer ein wenig. Über seinen gebeugten Kopf hinweg sah sie die Halle entlang und beobachtete die Opferung. Ob sie ihn wohl absichtlich übersah? Trotz all des Goldes auf den Hörnern? Dann hätte er sich das wirklich sparen können.

„Große Göttin", dachte König Midas und begann einmal längelang durch die Halle auf das Allerheiligste zuzurutschen, „schau nur, was für herrliche Kühe ich dir geopfert habe. Ein ganzes volles Dutzend. Und du wirst auch noch ein Weihegeschenk bekommen, wenn du mir hilfst. Ja, ich weiß, man soll mit Göttern nicht feilschen. Aber es wäre wirklich, wirklich wichtig, weißt du, Erhabene?"

Die goldene Göttinnenstatue rührte und regte sich nicht.

„Es wäre schon schön, wenn ich meine Gabe behalten könnte. Eigentlich fand ich meinen Wunsch ja gar nicht so schlecht. Nur müsste ich halt essen und trinken können, das wäre wirklich wichtig. Ließe sich da nicht etwas machen, dass nur meine Hände alles verwandeln und der Mund aber nicht? Das wäre doch ideal, findest du nicht auch? Oder vielleicht nur eine Hand, die linke zum Beispiel?"

Hoffnungsvoll sah er während des Rutschens zu ihr auf und hätte dabei beinahe aus Versehen eine der Marmorplatten des Fußbodens berührt. Das hätte ihm grade noch gefehlt, den Priestern zusätzlich zu den Kühen auch noch eine goldene Bodenplatte zu schenken!

Schließlich war er angekommen und konzentrierte sich noch ein letztes Mal auf sein Anliegen. „Bitte, große Göttin, lass mich nicht so elendig verhungern!", flehte er und griff zu den goldenen Füßen der Statue. „Ich hätte auch noch für meine Tochter bitten sollen, dass die sich wieder zurückverwandelt", dachte er noch, aber es war bereits zu spät: Seine Hände hatten die Füße der Göttin berührt und König Midas verwandelte sich in Gold.

Die Priester am Altar und die Höflinge an den Seiten der Halle schnappten nach Luft und sahen einander entsetzt an. Mit so etwas hatte keiner von ihnen gerechnet. Alle hatten sie geglaubt, der Schaden, den die Gier des Königs angerichtet hatte, werde sich mit ein wenig guten Willens und einiger gezielter Maßnahmen schon wieder in Ordnung bringen lassen. Im allerschlimmsten Falle, hatten sie gemeint, werde einfach gar nichts geschehen.

Danach sah es nun aber ganz und gar nicht aus.

Ein wertloser alter Sklave wurde herbeigerufen, um auszuprobieren, ob man den gierigen König jetzt gefahrlos anfassen könne. Man konnte, und so wurde er in den Hintergrund der Säulenhalle geschafft einstweilen, als sei er eine Votivgabe für die Göttin: die goldene Statue eines etwas dicklichen knienden alten Königs mit ausgestreckten Armen.

Der Tempel stand vor einem Problem. Was sollte man seinen Ministern sagen, seinen Frauen und Kindern, dem Volk? Sollte man den verwandelten König als lebend oder als tot betrachten? Die Höflinge, die mit dem König gereist waren, wenn auch in getrennten Wagen, wussten es ebenso wenig. Eigentlich hatten sie ihren Herrn im Triumph nach Hause begleiten wollen, und nun? Was sollten sie jetzt nur tun?

Erst als die Sonne unterging und man die Göttin für die Nacht vorbereiten wollte, stellten die Priester fest, dass sie noch ein ganz anderes Problem hatten: Die goldenen Füße der Göttin waren von spinnwebfeinen schwarzen Linien durchzogen, ebenso das Podest, auf dem sie stand. Und diese schwarzen Linien breiteten sich aus, langsam zwar, aber unzweifelhaft wuchsen sie wie die Wurzeln eines Baumes.

Was würde ihre Ausbreitung mit sich bringen? Würden sie Schaden anrichten? Vorerst konnten die Priester nichts tun, sie mussten die Türe der Cella schließen für die Nachtruhe der Göttin und konnten nur hoffen, dass am Morgen alles etwas rosiger aussehen möge. Aber in ihren Speiseräumen, nach Dienstgraden getrennt, wurde an diesem Abend hitzig debattiert. Was konnte alles geschehen, wie wahrscheinlich war das jeweils, was würde mit Sicherheit geschehen? Und was konnte man dagegen tun?

Das war kein Zeichen, das Heil verhieß. Die Göttin Gaia war mit der ungefilterten Gier der Menschen in direkten Kontakt gekommen. Und auch wenn es sie nicht umbringen würde, die Unsterbliche, so würde sie doch erkranken.

Beim vorigen Mal hatte sie nur geschlafen. Aber nun war sie ernstlich erkrankt.

Zwischentext: Wiese am Mittag

Manchmal döse ich ein wenig vor mich hin in diesen heißen Mittagsstunden, wenn die Sonne flimmert über dem trockenen Gras. Die zarten gelben Hornkleeblüten verstecken sich zwischen den Halmen und die Heidenelken erheben sich über das Gras und seine höchsten Ähren auf ihren dünnen, zähen Stengeln.

Der Hornklee schmiegt sich an mich, als erwarte er von mir Feuchtigkeit und Kühle. Er braucht sie nicht; seit Generationen lässt er seinen Blättern eine dicke, ungenießbare Haut wachsen und hält sich immer schön im Schatten. Da ruht er ganz bequem, behält seine Feuchtigkeit für sich, hat keinen Kummer, wird von niemandem angenagt und kann in aller Ruhe nach Insekten Ausschau halten. Ich mag es, wenn er sich so an mich lehnt; er hat etwas Selbstgenügsames, Unaufgeregtes, etwas Gemütliches an sich.

Ganz anders die Heidenelke in ihrem so leuchtenden Rot, dass die Menschen sie Blutströpfchen nennen. Sie steht über dem Gras, als ginge nichts sie etwas an. Aber auch sie schwankt ein wenig schläfrig, wenn die Sonne am höchsten steht, und Insekten summen träge und ohne Eile zwischen ihren Blüten umher. Schmetterlinge schwanken mit trägem Flügelschlag gemächlich und wissen kein erkennbares Ziel; selbst Bienen und Ameisen, sonst die emsigsten unter der Sonne, tun keinen Schritt und keinen Flügelschlag mehr als unumgänglich nötig.

Es ist eine Hitze, dass sich jedes vernünftige Tier in den Schatten zurückzieht und die Feldmaus sich freut, dass sie in einer Höhle lebt.

Und ich? Ich kenne keine Zeit und ich kenne kein Ziel. Ich habe keine Absicht, ich ruhe. Ich fühle, wie die Vögel durch die Luft schwimmen und die Maulwürfe sich durch die Erde graben.

Ja, sie ist ansteckend, diese Schläfrigkeit unter dem höchsten Stand der Sonne. Da kann eine alte Wiese schon einmal ein wenig dösen und nur im Halbschlaf noch in das Bewusstsein derer tasten, die ihre Wurzeln in sie schlagen oder ihre Pfoten auf sie setzen.

Zweites Kapitel: Der Ruf der Lyla June

Eine junge Indianerin schreitet einen Berg hinauf. Die Füße in den hochgeschnürten Stiefelmokassins treten sicher auf rundgewaschene weiße Steine, zwischen denen trockenes Gras wächst, dornige Kreosotbüsche und Schlangenkraut mit seinen dichten Büscheln gelber Blüten.

In der Luft liegt der Geruch von Wüstensalbei, streng und würzig, und darüber ein ferner Hauch von Vanilleblumen.

Mit festen Schritten folgt sie den Windungen des Pfades. Bäume bleiben hinter ihr zurück. Die Luft fühlt sich kühl an auf ihrem Gesicht.

Den Stoff ihres Kleides haben die Großmütter ihres Stammes von Hand gewebt, sie haben Teppichmuster in Hell- und Dunkelblau hineingearbeitet. Darüber trägt sie den traditionellen Schmuck ihres Volkes: Gürtel, Halskette und Ohrringe aus gehämmertem Silber mit Türkisen. Sie hat sich für ihre Aufgabe angemessen gekleidet. Es ist ein Tag, von dem die Prophezeiungen sprechen, ein Tag, auf den die Vorfahren seit Generationen gewartet haben.

Mit flinken Füßen steigt sie bergan, auf kräftigen Beinen, sie erreicht das Plateau, ohne atemlos zu sein, und bleibt einen Moment lang stehen.

Die Aussicht ist großartig. Nach Osten zu rollen die Berge in Hügelland aus und die Wälder verlaufen sich in Grasland, nach Norden und Westen türmen sich höhere und majestätischere Berge als der, den sie erstiegen hat, mit schroffen Klippen und abweisenden Gesichtern. Im Süden ahnt man in der Ferne die Wüste.

Für einen Moment steht sie mit erhobenen Armen, das lebende Verbindungsglied zwischen Himmel und Erde, der Blitzableiter für Energien, die aus dem Gleichgewicht geraten sind. Sie bringt all die Dissonanzen in sich zum Verstummen, füllt alle Lücken aus, lässt allen Eigensinn für diesen einen wichtigen Augenblick fallen. Sie ruft die Geister des Ortes, ruft Vorfahren, die Großväter, Erde und Himmel um Hilfe an.

Dann wendet sie sich nach Osten. „All nations rise!" ruft sie mit lauter Stimme in den Wind, über das Hügelland und das Grasland, dem Großvater des Ostens zu, wo die Sonne aufgeht. Sie wendet sich an den Großvater des Südens, der die Hitze schickt, nach Westen, wo die Sonne untergeht, nach Norden, wo die Kälte herkommt. Dreimal ruft sie in jede Himmelsrichtung: „All nations rise!" Dann fügt sie hinzu: „Rise up, all you warriors of love. All you answers to the prayers of our ancestors from above. I can hear the seventh fire calling us to wake up! Wake up! All nations rise!"

Sie lauscht in den Wind, als müsse von fernher ein Echo kommen. Es wispert nur im Gras. Trotzdem weiß sie bis tief in das Mark ihrer Knochen hinein, dass ihr Ruf gehört worden ist. Wen es angeht, der wird ihn vernommen haben, vielleicht in seinen Träumen, in seinen Visionen, in stiller Meditation oder als Stimme in seinem Kopf. Ihr Teil ist nun getan.

Sie atmet tief durch und bedankt sich bei den Vorfahren, bei den Großvätern, bei Erde und Himmel und bei den Geistern des Ortes, an dem sie zu Gast sein und ihren Ruf aussenden durfte. Nun ist sie nicht mehr die Botin, sondern sie geht den Berg hinab als Lyla June, ein Indianermädchen, das an diesem Tag die Stimme der Vorfahren sein durfte.

Sie weiß nicht, wer ihre Stimme gehört hat. Sie weiß nur, dass sie den Ruf zu senden hatte.

Wer wird ihn hören?

Wellen riffeln sich durch das Gefüge von Raum und Zeit. Strukturen verschieben sich, wie sich die Platten von Kontinenten aneinander reiben. Kleinere Erschütterungen pflanzen sich fort. Ein hochfrequentes Kreischen verschreckt die Fledermäuse, die zwischen den Dimensionen hängen und kopfüber schlafen. Es hört sich an wie das Kratzen von Fingernägeln auf einer Schiefertafel. Es ist ein Geräusch, das jedes Wesen in seinen tiefsten Instinkten fürchtet wie die Pest. Es ist der Aufschrei der Natur.

Lylas Ruf schwingt durch die Welten, reitet auf dem Wind, auf den Flügeln von Condor und Adler, wo sie einander begegnen, er reitet auf den Flügeln der Raben Odins und auf denen der Eulen der Athene. Der Ruf zwängt sich durch die Lücken, über die Weltengrenzen, in Hauptwelten und Nebenwelten, in Anderwelten und Zwischenwelten, er perlt auf Blättern und gleitet an ihren Rändern entlang wie Tautropfen, er heult mit dem Wind durch Ritzen und vibriert in Höhlen, er sucht nach den Ohren derer, für die er bestimmt ist.

All nations rise! Erhebt euch, ihr, an die der Ruf ergangen ist, erhebt euch und kommt, sammelt euch!

Der Ruf ist durch alle Welten geeilt, weil alle Welten betroffen sind. Die Hexe hörte ihn im Traum. Der Rapper hörte ihn in dem Crash eines Autounfalls, in kreischendem Metall und klirrendem Glas. Die Autorin hörte ihn an ihrem Schreibtisch, während sie hinaussah in die Nacht.

Als kleines Mädchen hatte die Autorin in einer Welt gelebt, in der das Wünschen noch geholfen hat, in der alle Märchen wahr wurden und natürliche Magie frei und wild verfügbar war für jeden, der eine klare reine Absicht hatte – in der Welt, in der alle Kinder leben, bis sie eines anderen belehrt werden von wohlmeinenden Menschen. Und ja, sie hatte eine reine, klare Absicht gehabt.

Als ihre Mutter totenblass unter ihrem dicken Federbett hervorlugte und kaum noch mit ihr reden konnte, da hatte sich das kleine Mädchen zu Tode erschrocken. Ihr Herz war so erfüllt gewesen von

Angst; wie ein zitternder kleiner Vogel im Sturm auf seinem Ast, so hatte sie da gehockt und nicht gewusst, was sie nun tun sollte.

Aber dann war eine Nachbarin gekommen, hatte Suppe gebracht – eigentlich für die kranke Mutter, aber das kleine Mädchen und sein noch kleinerer Bruder hatten auch etwas bekommen. Dann hatte die Nachbarin sie in ihre Betten gesteckt, und sie hatte gesagt: „Sei schön lieb und pass gut auf dein Brüderchen auf, dann wird die Mama auch ganz bald wieder gesund!"

Da hatte das kleine Mädchen gewusst, was es zu tun hatte. Es hatte beschlossen, immer lieb zu sein und gut auf den kleinen Bruder aufzupassen, eine perfekte große Schwester würde sie sein, und dann würde die Mutter wieder gesund werden und weiterleben. Es war ein tapferer Entschluss, es war ein undurchdachter, von Angst gezeugter, ach! es war ein dummer Entschluss, und er war wirksam: Ihr Wunsch ging in Erfüllung. Die Mutter wurde wieder gesund.

Von diesem Tag an war das kleine Mädchen, was es sich gewünscht hatte. Es war lieb – so lieb, dass es beinahe unsichtbar war und mit der Tapete verschmolz. Es war die ideale große Schwester: immer da, immer bereit, einzuspringen, etwas für andere zu tun, Alibis zu geben und Geheimnisse zu wahren, die großen Jungs zu verhauen, Wunden zu verpflastern und Mützen hinterherzutragen, Hausaufgaben abschreiben zu lassen, Brote zu schmieren und Winnetou-Bücher vorzulesen. Sie war zuverlässig, kompetent, immer und für jeden da. Jahrzehntelang kämpfte das kleine Mädchen in ihr mit all seinen Kräften um das Leben der Mutter.

Aber dann war die Mutter gestorben. Das kleine Mädchen in der Frau, die nun selbst schon seit Jahrzehnten erwachsen war, konnte es nicht fassen. Hatte es denn nicht alles getan? Hatten all seine Bemühungen nicht ausgereicht? Es versank in einem Strudel aus Selbstvorwürfen, Versagen, schlechtem Gewissen, Unzulänglichkeit, Resignation, Schuld und Reue.

Und heute, als alte Frau, wachte sie morgens auf mit dem Gefühl, etwas unendlich Wichtiges versäumt zu haben, und ging schlafen mit dem Gefühl, dass der Tag vergeblich gewesen war.

Jahrelang hatte sie sich nach dem Tod der Mutter durch ihre Tage gequält, ohne noch einen Sinn in ihrem Leben zu sehen.

Dann hatte sie den Ruf gehört.

Es war eine andere Mutter, die nach ihr rief. Es war eine andere Mutter, die krank war und der sie helfen sollte. Es war eine Welt voll Geschwister, die sie brauchten. Geschwister auf Pfoten, mit Flügeln, mit Flossen und mit Wurzeln.

Nein, dachte die Frau. In diese Falle bin ich einmal getappt, das werde ich nicht ein zweites Mal tun. Ich bin doch nicht komplett verblödet.

Und sie kehrte zurück in ihre Depression und beschloss, dem Ruf nicht zu folgen.

Ilka hatte wie in jedem Jahr ihres Hexenlebens in den Tagen vor Halloween im Traum die Göttin gesehen, wie sie sich aus ihrem sommerlichen oberirdischen Reich zurückzog und sich in die Herrin der Unterwelt verwandelte, und hatte sie auf ihrem schweren Weg begleitet. Die Hexe Ilka war dabei gewesen, als die Göttin ihren toten Gemahl in die Höhle des Winters getragen hatte, als sie sich neben ihn gelegt hatte, um ein paar Tage zu ruhen, ehe der neue Zyklus begann. Sie hatte gespürt, wie müde die Göttin war, wie erschöpft, wie schwer ihr das vergangene Jahr gefallen war. Würde sie überhaupt wieder erwachen? Würden die Strahlen der neuen Sonne sie wecken können?

Die Hexe erwachte aus ihrem Traum und war sehr, sehr besorgt. So hatte sie die Göttin noch nie gesehen.

Als Samhain gekommen war und die Zeit für ihr nächtliches Ritual, da war Ilka, die Hexe, schwer erkältet, ihr Auto von einem

Marder angenagt, es regnete in Strömen, ihre Kerze brannte nicht, sie hatte Kopfschmerzen und ihre Nase lief. Eine kranke Hexe, die ihr Ritual für eine kranke Göttin zelebriert. Wenn das nicht besorgniserregend war, dann wusste sie nicht, was sonst es sein sollte.

So konnte das nicht weitergehen. Irgend etwas musste jetzt geschehen. Und wer sollte es tun wenn nicht sie, die Hexe der Göttin?

Das war der Ruf, den Ilka hörte.

Ein Rapper in New Mexico hörte den Ruf in dem Krachen und dem kreischenden Metall eines Autounfalls und in den Stimmen seiner Vorfahren, die ihm ermutigende Worte zuriefen in jenem Bruchteil einer Sekunde, in dem der Spalt zwischen den Welten überbrückt war.

Der kleine Narr des Königs Midas hatte sich ein Kotelett von der Festtafel gefischt und in weißes Brot gewickelt, auch einen Krug königlichen Wein hatte er in den Falten seiner Pluderhose verschwinden lassen. Er wusste genau: Wenn es dem königlichen Humor einfallen sollte, jemanden zu berühren und in Gold zu verwandeln, dann stünde der königliche Hofnarr ganz, ganz oben auf der Liste. Und mit einem König, der wusste, dass er innerhalb weniger Tage verdursten würde, war nicht gut Kirschen essen. So etwas hatte man schnell gelernt, wenn man Hofnarr war: die Stimmungen des Königs genau im Auge zu behalten, sie nach Möglichkeit vorherzusehen – das war eine der wichtigsten Eigenschaften, die man als Narr haben musste.

Es wäre nicht nötig gewesen, dass der Fremde, der Magier, ihn warnte; aber nett war es doch. Nicht jeder dachte daran, wie es einem kleinen Narren erging, wenn es ihm nicht gelang, seinen Herrn bei guter Laune zu erhalten. Manch ein Herr beschloss dann, seine Stimmung zu verbessern, indem er den Narren malträtierte.

Also hatte er leise gemurmelt, er würde etwas finden, das seinen König retten sollte, und hatte sich umgehend auf den Weg gemacht, bevor noch irgend jemandem etwas anderes einfiele. Den Abend und die Nacht hatte er mit seinem Kotelett und dem Weinkrug ganz behaglich unter einem Olivenbaum verbracht, am Morgen war er dann losgewandert, ohne ein Ziel zu haben; er hatte einfach jeweils den Weg genommen, der ihm am bequemsten zu sein schien. Gegen seinen Hunger hingen genug Äpfel an den Bäumen, als Narr war man da nicht besonders wählerisch, und das Wasser aus den Bächen war für jedermann längst gut genug.

Die Glöckchen an seiner Kappe klingelten leise und die goldenen Tränen des Königs klirrten und klapperten fröhlich in seinen Hosentaschen, wie er so voranschritt.

Nun aber kam der zweite Abend. Ob er inzwischen weit genug vom königlichen Schloss entfernt war, dass er die goldenen Tränen des Königs aus der Tasche ziehen konnte? Er hatte zwar nicht direkt ein schlechtes Gewissen darüber, dass er sie aufgehoben und eingesteckt hatte, schließlich waren sie herrenlos auf dem Boden des Festsaales umhergekullert; aber es mochte ja immerhin sein, dass der König das ganz, ganz anders sah und seine Tränen als seinen ureigensten Besitz betrachtete.

Andererseits – wenn er weiter in diesem Tempo Flüssigkeiten von sich gab, ohne neue zuzuführen, dann würde er nicht mehr lange Zeit haben, seine Tränen für sich zu fordern.

Trotzdem war es dem Narren ein wenig peinlich, seine königlichen Tränen aus der Tasche zu ziehen und vorzuzeigen. Die letzten Kupferstücke würden erst einmal ausreichen müssen. Davon konnte er diesen Abend etwas anderes trinken als Wasser und woanders schlafen als im Gras. Auch etwas anderes als Äpfel im Magen wäre nicht schlecht.

Er verbarg die goldenen Tränen und machte sich auf die Suche nach der nächsten Taverne.

In Ephesos brach eine Priesterin der Artemis auf, weil der Magier ihres Vaters sie dazu aufforderte.

Als sie noch ein kleines Kind gewesen war, das im Garten des Königspalastes von Kreta mit den Schwestern spielte, da hatte Agelada geglaubt, sie sei eine Prinzessin und es würden alle Prinzessinnen von ihren Altersgenossinnen ferngehalten. Auch das Gemunkel um ihren Bruder hatte sie nur wie von ferne wahrgenommen und nicht auf sich bezogen.

Offenbar war ihr Bruder nicht nur eine Missgeburt, so lautete zumindest der Ausdruck, den die Sklavinnen für ihn gebrauchten, wenn sie sich unbelauscht fühlten – er war außerdem auch noch gefährlich. Sie hatte ihn niemals gesehen, so weit sie sich erinnerte. Schon in ganz jungem Kindesalter hatte man ihn einsperren müssen.

Dann hatten ihre Hörner zu wachsen begonnen, und sie sah doch ganz genau, dass andere Menschen keine Hörner hatten. Als sie älter wurde, bemerkte sie auch, dass andere Menschen keine Hufe, keine Schwänze, keine Kuhohren hatten und dass die Sklavinnen, die sie badeten, ihre Brust so verschämt im Auge behielten, weil andere Menschen nur zwei Brustwarzen hatten und mehr nicht.

Allmählich wurde ihr bewusst, dass sie ebenso eine Missgeburt war wie ihr Zwillingsbruder Minotauros. Es wurde ihr deutlich genug immer wieder zu verstehen gegeben. Auch ihr sah man es an, dass ihre Mutter sich mit einem Stier eingelassen hatte.

Es war so demütigend, als lebender Beweis für den Ehebruch der eigenen Mutter herumzulaufen! Agelada wusste, sie würde ihr das niemals verzeihen können, niemals. Gut, die Kuhohren konnte man unter einer Frisur verstecken, geschickte Sklavinnen bekamen so etwas zustande. Auch der Schwanz war unter einem langen, weiten Rock gut aufgehoben; sie musste nur daran denken, ihn nicht zu bewegen, wenn etwa eine Fliege sie störte. Und auch die Hufe ließen sich verbergen, wenn ein Rock lang genug war.

Aber was war mit den Hörnern? Ihr Haar ließ sich seitlich frisieren, um die Ohren zu bedecken, oder in die Höhe, aber nicht beides. Und die Hörner wuchsen ja auch noch, sie war ja noch jung. Sie musste sich eine komplizierte Kappe herstellen lassen, unter der man sowohl Hörner als auch Ohren verbergen konnte.

Und was würde aus ihren Brüsten werden? Sie zählte sechs Warzen, also würde sie wohl zwei Brüste und vier zusätzliche Euter bekommen, es war ein Graus. Kein Wunder, dass die Sklavinnen immer so verstohlen hingesehen hatten!

Sie stellte ihre Garderobe sorgfältig zusammen, als sie aufbrach, um dem Befehl des Magiers zu folgen.

Zwischentext: Die Erde schaut sich ihre Helden an

Mutter Natur hat ihre Helden gerufen.

Jeder Wald und jede Wiese, jeder Bach und jeder See hat ihn vernommen, den gewaltigen Ruf. Die feinsten Härchen der Wurzeln haben gezittert und stille Wasser sich geriffelt, wo kein Kiesel geworfen wurde und kein Wind geweht hat. Da erwacht auch eine alte Wiese wie ich aus ihrem Halbschlummer, streckt ihre Fühler aus und schaut sie sich an.

Und das sind sie nun also, die Helden der Erde:

Kostas, ein elternloses Kind, dessen Vater ihm noch schnell die Grundzüge des Narrenhandwerks beigebracht hat, bevor er verschwand. Ein Akrobat und Narr, zerrissen zwischen dem Wunsch, seine Kunst zu zeigen, und dem tiefen Verlangen, unsichtbar zu sein, niemandem aufzufallen; jederzeit bereit, zu flüchten, sich zu verkriechen und zu verbergen. Würde ein Mensch ihn zerquetschen, wie sie es mit Läusen tun, er würde sich noch bedanken dafür.

Agelada, eine Kuhfrau, die eine Hälfte ihres Wesens zutiefst verabscheut und damit auch die Mutter, die sich mit einem Stier einließ. Ihre ganze Treue und Verehrung gilt dem König, der sie als sein Kind annahm und ihr seinen Namen gab. Um ihm zu gefallen und seine Güte zu vergelten, um ihre Mutter vergessen zu machen, verbirgt sie sich und ihre animalische Hälfte hinter der Arroganz einer Priesterprinzessin, unnahbar und abgeschirmt, damit die Ehre des Königs gewahrt bleibe.

A. Wake, ein Rapper, unter dessen Ahnen weiße und indianische Blutlinien im ewigen Kampf miteinander liegen. Er hasst die weißen Eroberer für das, was sie seinem indianischen Volk angetan haben, und seine indianischen Vorfahren dafür, dass sie ihr Land, ihre Frauen und Kinder, ihre Sprachen und Traditionen nicht besser geschützt haben. Er ist 29 Jahre alt und war den größten Teil seines Lebens drogensüchtig.

Finn, ein Barde, der seine irische Heimat verlassen hat, um an fremden Fürstenhöfen ein willkommener und geehrter Gast zu werden. Es ist ihm nicht gelungen. Er hat auf Bauernfesten gespielt, wo die Mädchen mit fliegenden Röcken ums Feuer tanzten und sich Glühwürmchen ins Haar setzten zu Mittsommer. Aber die Wangen der edlen Damen hat er nicht zum Erröten gebracht und in den Hallen der großen Herren wurde seine Stimme nicht gehört. Nun ist er bald Ende dreißig, das erste Grau zeigt sich in seinen rotblonden Locken, und er wird müde. Soll er weiter nach Ruhm und Anerkennung und der Krone der Barden streben oder ist er ein ganzes Leben lang einer Illusion nachgejagt? So viel Mühe hat er sich gegeben, so vergeblich.

Ilka, eine Frau, die ihr Leben einmal beherzt auf den Kopf gestellt hat, als sie in seinem Alter war. Ihr war der Erfolg nicht versagt geblieben, sie hatte die gewünschte Karriere gemacht; die erhoffte Zufriedenheit jedoch, die hatte sich dadurch nicht eingestellt. Also war sie über ihren Schatten gesprungen und hatte sich selbst zur Hexe erklärt, mit zitterndem Herzen und im vollen Bewusstsein all ihrer Unzulänglichkeiten und der fehlenden Tradition.

Magdalene, eine alte Frau, die ein wenig schreibt, einige Kinder aufgezogen hat und sich so weit am Rand des gesellschaftlichen Lebens bewegt, wie sie wagt. Da sie in ihrem Inneren ein verängstigtes, zitterndes Kind ist, ist das nicht weit. Sie hat ihr Leben lang versucht, in jeder Welt einen Fuß zu haben, sich niemals für eine entschieden, und ihre Wohnung quillt über von altem Krempel.

Das sind sie also, die Helden.

Aber ich sehe noch mehr. Ich sehe auf dem Grund jedes einzelnen von ihnen die goldene Saat, die in ihnen angelegt ist. Ich sehe, wie ihre Fehler und Schwächen zu dem Humus werden können, in dem diese goldenen Samenkörner aufgehen und Wurzeln schlagen. Ich sehe große, großzügige Herzen und all den Mut, den sie brauchen werden.

Mutter Erde hat ihre Helden gewählt.

Drittes Kapitel: In der Taverne zum durstigen Rotkehlchen

Sie treffen sich dort, wo Helden sich treffen, wenn sie aus unterschiedlichen Welten stammen; denn die Taverne zum durstigen Rotkehlchen liegt in einer Zwischenwelt, die aus allen erdenklichen Richtungen gut erreichbar ist.

Viele, die sie nur von gelegentlichen Besuchen kennen, halten sie für einen Treffpunkt von Weltenbummlern, in dem Mitbringsel aus exotischen Gegenden an den Wänden hängen, wo Gäste in fremdartiger Kleidung kommen und die Dialekte weit entfernter Gegenden sprechen.

Manch einer hat diese Taverne bereits betreten, ohne zu wissen, dass er dabei die Welten wechselt. Vielleicht hat sich der unwissende Gast in der Taverne zum durstigen Rotkehlchen ein wenig seltsam gefühlt. Vielleicht hat er an frühere Reisen denken müssen. An Reisen, auf denen er fremde Menschen getroffen hat, in Nomadenzelten im Wüstensand schlief oder in Hausbooten oder Pferdewagen, auf denen er ungewohnte Gerichte essen musste, deren Schärfe die Zunge verbrennt, an Orte, an denen die Luft einen anderen Geruch hatte und die Energie eine andere Schwingung.

Dabei ist sie viel mehr als das. Tatsächlich ist es ein Treffpunkt für Wanderer, die zwischen den Welten reisen. In den entlegeneren Ecken, wo das Licht nicht so hinscheint, schauen manche Besucher höchst ungewohnt aus, und einige von ihnen haben spitze Ohren.

Der Gast betritt eine Gaststube, um deren Decke der Rauch des Kaminfeuers wabert und an deren Tischen Besucher beisammen sitzen, die neben dem Geschmack am Bier wenig gemeinsam haben. Die Hellebarde im Schirmständer mag zur Dekoration dort hingestellt worden sein, aber vielleicht wird sie auch von einem der Gäste benutzt. Die Teekanne auf dem Kaminsims mag einmal einem verrückten Hutmacher gehört haben. Und im Stall, wo die Reittiere der Gäste versorgt werden, stehen Pferde neben Kamelen, Einhörnern und manchmal einem Drachen. Andere Gäste kommen auf Trommeln, Besen oder Motorrädern.

Auch den Narren des Königs Midas erinnert der Apfelwein an die letzte Reise, auf die sein König ihn mitgenommen hatte. Trübsinnig starrt er in seinen Tonbecher. Welcher Gott oder Dämon den König seinerzeit geritten hatte, ausgerechnet in diese Gegend zu reisen, er weiß es nicht. Die Eingeborenen dort trinken einen Apfelwein, der schmeckt wie schon einmal getrunkenes Bier. Er zieht einem alle Poren im Mund zusammen, so sauer ist er, und wird nicht umsonst „Speierling" genannt. Angeblich stammen die Äpfel dafür von besonders wertvollen alten Apfelbäumen.

Und das Schlimmste daran ist, dass der Krug auf seinem Tisch noch fast voll ist. Er hätte doch lieber etwas anderes bestellen sollen.

Das Tagesgericht hat aus Nudeln mit Pilzen und Rosenkohl bestanden. Wenn es nach dem Geschmack des Narren ginge, dann hätte man auch den Rosenkohl gerne noch weglassen können. Wenn sie den stattdessen für ein anderes Gericht aufbewahrt hätten, er hätte ihm nicht nachgeweint.

Bunte Lampions schwanken vor den Fenstern der Taverne im Wind. Vergeblich laden sie Gäste dazu ein, sich nach draußen in den Biergarten zu setzen. Es ist viel zu kalt und zu regnerisch.

Der Narr beobachtet durchs Fenster eine einsame Gestalt, die da draußen an einem abgelegenen Tisch sitzt, in einen schwarzen Mantel gewickelt und die Kapuze tief ins Gesicht gezogen. Sein Bier hat der Mann kaum angerührt, es muss inzwischen vom Regen schon recht verwässert sein. Ob er die Laternen der Poststation im Blick behält, die man in der Ferne leise im Wind schwanken sieht? Vielleicht wartet er auf jemanden, der mit der Kutsche kommen soll.

Die letzte Nacht hat er noch sehr gemütlich bei angenehmen Temperaturen unter einem Olivenbaum verbracht, der kleine Narr. Es hat sich auch den ganzen Tag über keine Regenwolke am Himmel gezeigt. Und nun soll es plötzlich kalt und regnerisch sein?

Aber das sind nicht die Dinge, die einem auffallen, wenn man einmal die Taverne zum durstigen Rotkehlchen betreten hat.

„Was für ein saumiserables Wetter", hört er den Gast neben sich sagen, der auch nach draußen gesehen hat. „Da kann man sich ja wirklich freuen, dass man es warm und trocken hat." Und er hebt sein Glas, um dem Narren zuzuprosten.

„Auf der Suche nach einer neuen Stellung?", fragt er dann und deutet auf die Schellenkappe, die der Narr abgenommen und neben sich auf die Bank gelegt hat.

Der schaut betrübt auf seine Kappe und nickt dann. „Ich fürchte, ja", sagt er.

Der Nachbar brummt mitfühlend und hebt wieder sein Glas. „Ich bin Barde", sagt er nach einem tiefen Schluck und wischt sich den Bierschaum aus dem Bart. Er deutet auf seine andre Seite: „Da, mein Dudelsack."

„Ich habe noch nie einen Barden mit einem Dudelsack gesehen", meint der Narr – ein wenig impulsiv, fast schon unhöflich.

„Ja, es ist ein wenig unpraktisch, man kann nicht gleichzeitig spielen und singen. Aber ich habe ja auch nicht behauptet, dass ich ein besonders erfolgreicher Barde bin."

„Ob ich ein erfolgreicher Narr bin ..."

„Tja. So kann es gehen."

Das Gespräch hat sich einstweilen erschöpft und soll erst viel später wieder aufgenommen werden an diesem Abend, der ihnen allen in Erinnerung bleiben wird.

Die Frau, die jetzt zur Tür hereinkommt, bringt einen Windschwall mit, der den Dunst und Tabakrauch verwirbelt. Sie trägt enge Hosen und kurzes Haar, und nach einem langen prüfenden Blick einmal durch die ganze Taverne und dann auf Narr und Barden setzt sie sich zu ihnen an den Tisch.

Sie könnte meine Mutter sein, denkt der Narr; aber da er erst zwölf Jahre alt ist, hat das nicht viel zu sagen. Der Barde ist drei Mal so alt und schätzt sie als gestandene Frau ein. Das Selbstbewusstsein, mit dem sie sich bewegt, scheint ihm auf eine edle Herkunft hinzudeuten. Eine edle Dame, die sich zu ihnen an den gemeinen Tisch setzt?

„Gnädigste", begrüßt er sie, „wir fühlen uns zwar sehr geehrt, dass Ihr es für angebracht haltet, an unserem bescheidenen Tisch Platz zu nehmen. Ihr solltet aber doch wissen, dass wir nicht sehr reich gesegnet sind mit Ruhm, Ehre oder irdischen Gütern."

„Was?" Die Fremde schaut ihn verwundert an. „Was redest du? Ich verstehe kein Wort."

„Seht es einem armen Barden nach, wenn die Muse mit ihm durchging! Der Anblick Eurer Schönheit hat mich wohl verwirrt. Mein Name ist übrigens Finn", sagt der Barde; und weil er schlechte Erfahrungen gemacht hat mit allerlei Missverständnissen, fügt er gleich hinzu: „und mein Instrument ist der Dudelsack." Und er zeigt auf den Beutel neben ihm auf der Bank.

„Das ist ja interessant", meint die fremde Frau in glaubwürdigem Ton. „Ich heiße Ilka und bin eine Hexe."

„Eine gute, will ich hoffen?"

„Bislang hatte ich noch keinen Anlass, irgend etwas anderes zu sein."

Das ist eine Antwort, die auf das Wissen um menschliche Unzulänglichkeiten und Abgründe schließen lässt, und sie beruhigt den Barden Finn mehr als jede Zusicherung. Auch ein Barde weiß um Schwächen und Abgründe, aber meist steht er mit diesem Wissen mutterseelenallein zwischen fressenden und saufenden Feiernden, für deren Unterhaltung er zu sorgen hat und die unbefangen ihre jeweiligen, teils absonderlichen Vorlieben ausleben. Da muss ein Barde standhaft weiter Heldenlieder singen und manches Mal hilfeflehende Blicke übersehen.

Er stupst dem Narren den Ellbogen in die Seite, aber der sieht ihn nur fragend an.

„Verrätst du uns deinen Namen?"

„Kostas", antwortet der Narr, etwas verwirrt.

„Es gibt Länder, in denen wird ein Dudelsack als Waffe betrachtet", sagt die Hexe freundlich, denn sie hat das Gefühl, dass der Barde ein wenig Aufmunterung gut vertragen könne. Tatsächlich schaut er voll Dankbarkeit zu ihr herüber.

„Und ihr habt also auch den Ruf gehört?", fragt die Hexe Ilka.

Es scheint nicht so. Die beiden sehen ein wenig verwirrt aus.

„Den Ruf?"

Aber sie war sich doch so sicher gewesen. Als sie zur Türe hereinkam und sich umschaute, hatte sie das ganz sichere Gefühl gehabt, dass diese beiden, an diesem Tisch, dazugehörten. Dass sie diejenigen waren, nach denen sie suchte. Und ihr Hexengefühl trog sie nur äußerst selten, wenn überhaupt. Vielleicht ist sie diesmal voreilig gewesen?

Der Wirt verschafft ihr eine Atempause, indem er seinen Bauch neben sie schiebt, die Hände an der Schürze abwischt, die diese Prozedur offensichtlich schon öfter hat mitmachen müssen, und sie fragend ansieht.

„Den Apfelwein würde ich nicht nehmen", sagt der Narr, und das ist das erste vernünftige Wort, das er spricht. Die Hexe Ilka bestellt ein Bier und wartet, bis sie es bekommen und einen Schluck getrunken hat. Manche Missverständnisse klärten sich durch Abwarten von alleine auf; durch Eile hingegen ist noch keines geklärt worden.

Gerade holt sie Luft, um nachzufragen, da öffnet sich wieder die Tür, lässt einen Schwall kalter, feuchter Luft und zwei Menschen herein.

Der Mann, der draußen im Biergarten im Nieselregen gesessen hat, schält sich aus seinem schwarzen Mantel, der riecht wie nasses Schaf, und schiebt seine Begleiterin vor sich her an ihren Tisch. „Da sind wir", sagt er. Dann ruft er quer durch die Taverne: „Wirt! Bringt uns heißen Würzwein, der Dame und mir, wir sind halb erfroren."

Flink geht sein Blick über sie hinweg. „Der Barde, der Narr, die Hexe, sehr schön. Hier bringe ich euch die Priesterin. Sie dient der Artemis von Ephesos, ihr Name –"

„Tut nichts zur Sache. Ihr könnt mich mit Priesterin ansprechen."

„Nun gut, nun gut." Der Fremde reibt sich die Hände. Jetzt ist auch sichtbar geworden, dass er unter dem Wollmantel ein teures Gewand trägt, dessen Säume mit kretischen Mustern verziert sind. Es ist aber sicher nicht für diese Jahreszeit geeignet. Kein Wunder, dass er friert.

Sein Schützling, die Priesterin der Artemis, ist kräftig gebaut und trägt einen ungewöhnlich hohen, breiten Hut, der aussieht wie eine umgestülpte Reisetasche mit einem kleinen Schleier vor dem Gesicht, und auf dem Boden schleifende Röcke. Selbst für eine Priesterinnen-Tracht ist das ein ungewöhnlicher Aufzug, aber keiner von ihnen ist bisher in Ephesos gewesen. Allerdings haben sie schon von der vielbrüstigen Göttin gehört.

Sie scheint ein wenig überheblich, was für eine Priesterin nur normal ist. Daran stört sich keiner. So etwas nimmt man als naturgegeben hin. Aber klang da nicht eine kleine Dissonanz in ihrer Stimme, als sie auf der formellen Anrede bestand?

„Nun" – der Fremde schaut jovial um sich – „da wären wir dann also. Auf die Kriegerin werden wir leider verzichten müssen, fürchte ich. Der Ruf ist an eine blutjunge Wikingerin ergangen mit blonden

Zöpfen, die fürchtet weder Tod noch Teufel, aber unglücklicherweise war sie gerade auf der anderen Seite des Ozeans und fand kein Schiff, um rechtzeitig zurückzusegeln. Ja, das ist nun natürlich sehr schade." Der Fremde reibt sich wieder die Hände und legt sie dann um den Becher mit heißem Würzwein; eben hat ihn der Wirt gebracht, wobei er sogar noch mit einem Zipfel seiner Schürze kurz über den Tisch gewischt hat. Das tut er nicht für jeden.

„Wir beide kennen uns ja schon", sagt er zu dem Narren.

Der sieht ihn verwirrt an. „Ich bitte um Verzeihung, der Herr, wenn ich ihn vergessen habe?" Die Stimme hebt sich zum Ende des Satzes, als wolle sie eine Frage andeuten und sei zu höflich – oder zu ängstlich –, um sie auszusprechen.

„Nun! Ist es denn nicht gerade mal zwei Tage her, dass ich dir geraten habe, dich aus dem Staub zu machen?" Er klingt jovial, mit einer Stimme, die für größere Räume und Menschenmengen geschult ist.

Doch, diese Stimme kommt ihm bekannt vor.

Der Narr sieht sich wieder in der Festhalle seines Königs, voller Furcht, er würde ganz, ganz oben auf der Liste stehen, wenn der königliche Zorn sich entladen wollte. Er hatte Angst gehabt vor einer Verwandlung, die ihn das Leben kosten würde. Er erinnert sich.

Er hatte alles versucht, sich so unauffällig wie möglich davonzuschleichen. Mit tiefen Bücklingen hatte er sich Richtung Tür bewegt und gehofft, dass er niemandem auffiele. Die Stimme dieses Mannes hatte ihn aufgehalten.

„Dieser junge Bursche hier", verkündet der Fremde nun, „hat feierlich erklärt, er würde etwas finden, das seinen König retten würde, und er hat sich umgehend auf den Weg gemacht. Und jetzt ist er hier."

Alle starren ihn an und der Narr windet sich unbehaglich. Was erzählt der Fremde da, so ist es doch gar nicht gewesen!

„Was hat er denn gehabt, dein König?“

„Er hat sich von einem Gott gewünscht, dass alles, was er berührt, sich in Gold verwandelt“, sagt der Narr mit leiser Stimme.

„Ach du Scheiße, wie blöd kann man denn sein!“ Das ist natürlich diese fremdländische Hexe gewesen. Auch die Priesterin scheint unter ihrem Schleier hämisch zu grinsen. „Ich meine – sorry, aber das weiß man doch, dass sowas nicht gut ausgeht! Und nun?“

„Ja, das ist die Frage. Ich weiß es nicht. Ich weiß auch nicht, wohin ich mich um Hilfe wenden soll. Die Situation ist natürlich sehr, sehr ernst ...“

„Nun, da hätte ich einen Vorschlag zu machen“, greift der Fremde ein. „Ich habe bereits dem König einen ähnlichen Vorschlag unterbreitet, ob er ihn angenommen hat, wer kann das wissen?“ Und er hebt die Arme mit geöffneten Händen, als wolle er beweisen, dass sie vollkommen leer seien, dass er nichts zu verbergen und dass er mit nichts irgend etwas zu tun habe. „Ich habe deinem König geraten, sich an die Erdmutter zu wenden. Es scheint mir kein spezifisches Problem für irgend einen bestimmten Gott vorzuliegen, sondern eher eine Störung, die in den allgemeinen Bereich der Natur fällt. Oder was meint Ihr, Verehrteste?“, wendet er sich der Artemis-Priesterin zu, die nickt.

„Doch, das scheint mir durchaus angebracht“, sagt sie.

Ein sehr großer, sehr hagerer junger Mann in der tiefsitzenden Jeans und mit der Baseballcap eines Rappers, der bisher vor dem Kamin stand und seine Hände am Feuer wärmte, dreht sich ihnen zu und sagt: „Das ist ein weißer Mann, das kann nur ein weißer Mann sein / dem ist das Leben wurst, der interessiert sich nur für Goldschein. Der hat noch nie begriffen, dass man Gold nun mal nicht essen kann! / Das predigen wir so lange schon, doch nie kommt unsre Message an.“

„Yeah“, sagt der Barde und wundert sich selbst darüber.

„Der sollte langsam wissen, dass Liebe mehr als Gold kann, / der ist zu blöd zum Pissen, da kommt kein andres Volk dran."

„Yeah", sagt die Hexe und amüsiert sich königlich.

„Ich kenne Lyla June, das ist die Frau, die uns gerufen hat. / Wenn die mich ruft, dann komm ich, weil ich weiß, dass das der Schöpfer sagt."

„Oh, du hast den Ruf auch gehört!", ruft Ilka begeistert.

Der junge Mann mustert sie skeptisch. „Du bist nicht von den Völkern, das sehe ich doch ganz genau. / Du kannst den Ruf nicht hören, denn du bist eine weiße Frau."

Ilka richtet sich zu ihrer vollen Größe auf. Würde sie das im Stehen und nicht im Sitzen tun, sie würde ihm glatt bis ans Kinn reichen. „Ich bin eine eingeborene Frau Europas", sagt sie voller Stolz und mit Würde. „Ich bin eine Nachkommin der weisen Frauen, die auf den Scheiterhaufen verbrannt wurden. Ich bin eine Nachfahrin derjenigen, die mit der Natur lebten, die zaubern und die heilen konnten. Wir haben unser Erbe jahrhundertelang nur heimlich leben können, aber nun kommen wir zurück, wir treten frei und offen wieder unter die Menschen. Auch wenn leider sehr vieles verloren gegangen ist."

Der junge Mann senkt kurz den Kopf. „Das siebte Feuer spricht von dir, von Menschen eines neuen Volks. / Ich grüße dich als Schwester, und ich ehre deinen Stolz."

Die Hexe lässt sich wieder bequem auf die Bank zurücksinken und trinkt einen großen Schluck Bier, um ihre Verlegenheit zu überspielen. Sie hatte sich herausgefordert gefühlt von seinen Worten, hatte sich höher aufgerichtet als üblich, aber sie ist noch nicht daran gewöhnt, sich öffentlich als Hexe zu zeigen.

„Sei dem, wie dem sei." Der Fremde und die Priesterin haben ihren heißen Würzwein ausgetrunken und bezahlt, nun bestellen sie zudem noch ein Zimmer für die Priesterin.

„Ihr habt doch sicher Verständnis, dass eine Priesterin einen Schlafraum für sich allein haben muss. Bestimmt gibt es genug Gemeinschaftsräume für die Nacht. Ihr werdet doch sicher zurechtkommen. Ich muss mich nun leider verabschieden, ich werde anderswo gebraucht", sagt der Fremde, wickelt sich in seinen feuchten schwarzen Mantel und hinterlässt eine Stille, die ihr eigenes Echo hat.

„Dann werde ich mich jetzt zurückziehen", sagt die Priesterin. Das ist zugleich ihr Gute-Nacht-Gruß, denn mehr sagt sie nicht, sondern folgt dem Mädchen, das ihr den Weg zu ihrem Schlafzimmer zeigt. In der Tür wendet sie sich noch einmal um und nickt ihnen allen höflich zu.

„Das war – wie soll ich sagen?"

Es kommt nicht oft vor, dass dem Barden die Worte fehlen. Aber für das Verhalten dieser Frau fällt ihm nichts Passendes ein.

Der Fremde beugt sich auf dem Weg zum Ausgang noch einmal zu dem Narren hinunter.

„Vielleicht solltest du die Glöckchen von deiner Kappe abtrennen? Es könnte doch eine Situation eintreten, in der sie viel zu viel Lärm machen. Komm, gib sie mir, ich nehme sie dir ab!"

Hastig zieht der Narr seine Kappe mit den Glocken an sich. Der Fremde lacht. „So, da weiß ich nun also auch, wo die Tränen des König Midas hingekommen sind! Keine schlechte Idee, die Glocken aufzubiegen und darin die goldenen Tropfen unterzubringen. Übrigens tut es auch dem Klang gut, wenn ich das sagen darf. Na, dann pass mal gut auf deine Kappe auf, kleiner Narr!"

Die Tavernentür fällt hinter ihm zu und fort ist er.

„Darauf geb ich einen aus", sagt Ilka. „Was wollt ihr trinken?"

Ihr Vorschlag wird mit Begeisterung aufgenommen. Sie alle haben das Gefühl, jetzt einen kräftigen Schluck gut gebrauchen zu können, um diese Eindrücke herunterzuspülen. Nur Kostas, vordem königlicher Narr, schaut seinen Tonkrug an und sagt mit betrübter Stimme: „Ich glaube, ich hab noch.“

Ilka schaut auf den Narren, dann auf seinen halbvollen Becher, und sagt dann: „Also ich weiß ja nicht, wie es dir geht, aber ich mag Äpfel lieber, wenn sie zu Saft geworden sind. Ich bestell dir mal einen Apfelsaft, dann kannst du den Unterschied schmecken.“

Voller Erleichterung sieht Kostas sie an.

„Und vielleicht noch ein Wasser dazu“, fügt Ilka noch hinzu, „damit du dir zwischendurch den Mund ausspülen kannst zum Testen.“

Kostas nickt glücklich. Was das Trinken angeht, ist seine Welt wieder in Ordnung. Aber sonst?

Ach, beinahe hätte er es vergessen, das große Unglück!

„Es ist fürchterlich, was da mit meinem König geschehen ist“, sagt er, als der Wirt die Becher vor sie hingestellt und jeder einen Schluck getrunken hat. Der junge Rapper hätte gerne Cola gehabt; da es die hier nicht gibt, hat er sich ebenfalls einen Apfelsaft bestellt. „Das ist ganz schlimm. Was kann man da nur tun? Und die kleine Prinzessin ...“ Und er schaut in sein Wasser, als wäre es saurer Apfelwein.

Die Autorin sitzt daheim an ihrem Schreibtisch, lässt die Finger fleißig über die Tastatur huschen und schreibt mit. Dabei ärgert sie sich ein wenig.

Warum spricht keiner ihrer Helden vom Klimawandel? Deswegen sind sie ja wohl gerufen worden. Warum sonst hätte der Ruf an sie ergehen sollen? Stattdessen unterhalten sie sich über Apfelsaft.

Wissen sie denn nicht, dass die Erde haltlos auf eine Erhöhung der Durchschnittstemperaturen zutaumelt, die Naturkatastrophen im Gefolge haben, weite Zonen um den Äquator unbewohnbar machen und Massenfluchten nie gesehenen Ausmaßes nach sich ziehen werden? Zumindest Ilka und der junge Rapper, die müssten das doch wissen, es müsste ihnen doch auf den Nägeln brennen!

Inzwischen erzählt der Barde in angeberischem Ton von den Herrenhäusern, in denen er schon gewesen ist.

Der Rapper hat es inzwischen aufgegeben, in Reimen zu sprechen; so ganz ohne Vorbereitung sind sie einfach nicht so gut, wie man sie gerne hätte. Er hat den anderen anvertraut, dass er A. Wake heiße und ein Indianer aus New Mexico sei. Er habe drei sehr harte Jahre hinter sich, aber jetzt sei er clean, er habe sich wieder gefangen, sein Leben praktisch völlig neu aufgebaut, und in sechs Tagen werde seine neue CD erscheinen, und er freue sich so sehr. Es werde eine große Release-Party geben.

Ilka übersetzt für Kostas und Finn, dass der junge Mann ein neues Lied geschrieben habe, nach langer Zeit endlich wieder einmal, dass es ihm selbst so richtig gut gefalle und in sechs Tagen zum ersten Mal öffentlich vorgeführt werden würde. Den Rest lässt sie weg.

Daraufhin strahlen die beiden A. Wake an und teilen seine Begeisterung.

„Diese Frau, die uns gerufen hat", fragt ihn Ilka schließlich, „du kennst sie?"

Die Autorin atmet auf. Endlich! Endlich kommt dieser zusammengewürfelte Haufen mal zur Sache und tut nicht länger so, als habe es niemals einen Ruf gegeben.

„Lyla June? Ja, ich kenne sie. Und ich schätze sie sehr. Ihr Volk hätte keine Bessere finden können, um den Ruf auszusenden."

Finn und Kostas hören zu, kennen keine Lyla June, erinnern sich an keinen Ruf und versuchen doch, dem Zwiegespräch zu folgen.

„Was sie da gesagt hat mit dem siebten Feuer, das habe ich nicht verstanden. Wieso spricht ein Feuer zu uns?"

„Das stammt von den Anishinabe, die bezeichnen ihre Propheten samt Prophezeiung als Feuer. Stell dir ein Leuchtfeuer vor, an dem man sich im Dunkeln orientiert."

Ilka nickt versonnen. Eine Prophezeiung wie ein Leuchtfeuer, das den Weg zeigt. Ja, da hat er nicht unrecht, der fremde junge Mann mit dem Abgrund in den Augen.

A. Wake fährt fort: „Und nun sind die Ältesten der Völker wohl zu der Überzeugung gekommen, dass jetzt die Zeit des siebten Feuers da ist."

„Und was heißt das?"

„Das heißt im Grunde genommen, dass die Menschheit vor einem Scheideweg steht."

Ja!, denkt die Autorin, ja! Ja! Sag es! Sag, dass von den acht Millionen Tier- und Pflanzenarten auf der Erde eine Million vom Aussterben bedroht ist. Das ist jede achte Art, jede achte, von allen! Sie werden verschwunden sein, und nichts, was wir tun, wird sie zurückbringen können.

Buchen, Eichen, Ahorn, Fichten, Linden, Tannen, Kiefern – weg.

Löwe, Tiger, Gazelle, Hyäne, Nashorn, Elefant, Flusspferd – weg.

Biene, Hummel, Wespe, Grashüpfer, Glühwürmchen, Stubenfliege, Libelle – weg.

Löwenzahn, Gänseblümchen, Johanniskraut, Schafgarbe, Mädesüß, Taubenkropf, Margerite – weg.

Und von all den Mikroorganismen gar nicht zu reden, von denen ein Fünftel Teig aufgehen lässt, Trauben in Wein und Wein in Essig verwandelt oder Käse mit blauen Adern durchzieht und in weißen Schimmelpelz hüllt. Ein weiteres Fünftel sorgt dafür, dass Gestorbenes verdirbt und verfällt und letztendlich wieder zu Humus wird, und der größte Teil ist noch viel zu wenig erforscht mit all seinen Querverbindungen, seinen gegenseitigen Abhängigkeiten, das ganze Netzwerk –

oh.

Jetzt hat sie sich in ihren eigenen Gedanken verloren und darüber das Mitschreiben versäumt.

„Auch die Ältesten meines Volkes haben verkündet, dass die Zeit des Handelns jetzt da ist", hört sie A. Wake gerade noch sagen. „Alle Zeichen sind da. Die Flüsse so vergiftet, dass ihr Wasser Krankheit bringt, von Wäldern und Prärien nur noch kleine Reste übrig und die werden immer kleiner, die Denkweise des weißen Mannes bringt die ganze Erde in Gefahr. Jetzt soll ein neues Volk sich erheben. Manche unserer Ältesten nennen es die Siebte Generation, und sie warten schon lange darauf."

Ilka nickt. Sie weiß es. Sie weiß, wie schwer die Göttin an der Last trägt, das hat sie in ihrem Traum deutlich gesehen. Dass die Erde seufzt und ächzt. Dass der gesamte Planet unter der Menschheit leidet und es nicht mehr lange ertragen kann.

Für Kostas und Finn hingegen sind das alles seltsame Erzählungen aus einem fernen fremden Land, mit dem nichts sie verbindet. Dass A. Wake Musik macht und damit auftritt, das finden sie viel interessanter als alle Prophezeiungen sämtlicher Feuer und deren Bedeutung. Er gibt ihnen eine Kostprobe seines Beatboxings und sie erklären sich sofort zu seinen größten Fans. Finn beginnt schon damit, seinen Dudelsack vollzupusten; da kommt der Wirt herbeigeeilt und verbittet sich kategorisch jegliche weitere musikalische Darbietung.

Sie sitzen noch lange an ihrem Tisch und unterhalten sich über alles mögliche.

Die Autorin sitzt derweil daheim an ihrem Schreibtisch und ärgert sich. Sie hat sich das so schön vorgestellt: Ihre Helden würden heldenhafte Dinge tun und sie selbst würde mitschreiben. Aber was taten sie? Saßen in der Kneipe und schwatzten! Das ging so nicht weiter. Sie mussten doch irgend etwas tun!

Hatten sie noch nichts gehört von den Kipppunkten? Von der Gefährdung von Amazonasgebiet, Grönlandeis, Golfstrom, Permafrostboden?

Aber was soll sie tun? Sie kann ja schlecht in ihr eigenes Buch hineingehen – oder, Moment mal – warum eigentlich nicht, wo sollte sie sonst hin?

Zurück zu ihren Büchern, ihren Heften, zu dem Brot, das nach Asche schmeckt, zurück in ihr Haus des Todes? Verlockend ist das nicht.

Sie zögert.

Wenn sie vielleicht doch ...?

Hm.

Sie denkt an ihre Großmutter.

Ihre Großmutter war ein Mensch voller Achtung und Respekt vor dem Land, der Natur, der Erde. Sie lebte in natürlichen Kreisläufen, mit möglichst wenig Geld und bestmöglicher Verwendung aller Ressourcen.

Das Wasser vom Geschirrspülen wurde an trockenen Tagen zum Blumengießen verwendet – natürlich war kein Spülmittel darin. Die Reste vom Gemüseputzen wanderten auf den Kompost. Die Reste vom Essen kamen in den Schweineeimer und wurden beim nächsten Futter für die Schweine mit verkocht. Zusammen mit der Molke oder Magermilch, die beim Buttern oder Käsen übrig blieb, einer Handvoll Kleie, die der Müller beim Mahlen ihres Getreides ausgesiebt hatte, und den kleinen Kartoffeln, die beim Kartoffellesen schon aussortiert worden waren. Das Getreidestroh wurde zur Unterlage für Kühe und Schweine, danach zum Misthaufen und anschließend zum Dünger für die Felder. Mit der Jauche wurden die Wiesen gedüngt. Die Milchkühe mussten auch den Pflug ziehen und den Erntewagen. Alles griff ineinander und ergänzte sich gegenseitig, so dass genug dabei übrig blieb, um außerdem auch noch die Menschen zu ernähren.

Die Autorin fasst einen Entschluss. Was soll sie sonst machen, wenn schon die anderen nichts tun?

Was würde man mitnehmen müssen, wenn man auf eine solche Fahrt ging, wenn man einem solchen Ruf folgte? Ein Handtuch, fällt ihr ein. Aber ein ganz dünnes. Welch ein Blödsinn, denkt sie dann, wofür brauchte man schon ein Handtuch? Abtrocknen konnte man sich mit jedem T-Shirt, und das konnte man außerdem auch noch anziehen.

Eine Decke wäre vielleicht nicht schlecht, denkt sie, eine Garnitur Wechselwäsche, Waschzeug. Eine Wasserflasche, bestimmt sehr wichtig. Ein Messer. Mit elektrischen Geräten weiß sie nicht so recht – das käme darauf an, wohin der Ruf sie führen würde. Also besser weglassen. Auch lieber ein paar Päckchen Streichhölzer als ein Feuerzeug. Feuerzeuge waren immer dann leer, wenn man sie gerade am dringendsten brauchte. Eine wasserdichte Dose. Einen Regenumhang. Genügend Taschentücher.

So, das muss reichen. Je länger sie nachdenkt, desto mehr fällt ihr ein, und nachher muss sie dann wieder einen viel zu schweren Rucksack schleppen.

Sie würde die Tracht ihrer Großmutter anziehen. Damit war man vermutlich in jeder möglichen Welt angemessen gekleidet. Und der Wollstoff war leicht sauber zu halten.

Los jetzt.

Los!

Sie sitzen noch immer am Tisch und wollten sich doch eigentlich längst alle zur Ruhe begeben, da kommt noch eine Frau von draußen herein. Es ist eine alte Frau in einem dunklen Kleid mit Mieder und Schürze, wie Ilka sie nur noch von entlegenen Dörfern und den Bildern vom Oktoberfest kennt.

„Danke, dass ihr auf mich gewartet habt", sagt die Fremde höflich. „Ich hatte schon befürchtet, ich hätte zu lange gezögert."

„Dann hast du auch den Ruf gehört?"

„Ja, und fast hätte ich mich nicht getraut. Ich meine, wer bin ich denn schon?“

„Ja, wer bist du?“

Die Autorin atmet tief ein. Was soll sie sagen, wer sie ist? Sie kann doch den anderen schlecht erzählen, dass sie alle Figuren in ihrem Buch sind, sie muss es anders anfangen.

„Ich heiße Magdalene“, sagt sie, „und ich habe die Tracht meiner Großmutter angezogen. Meine Großmutter war eine Trachtenfrau. Sie war eine traditionelle Bäuerin. Für mich steht meine Oma für eine Welt, in der die Natur respektiert wurde, und für eine Landwirtschaft, in der es um Kreisläufe und den behutsamen Umgang mit Ressourcen ging. Ich stehe hier in der Tracht meiner Großmutter für die Frauen Europas, die auf traditionelle Art der Natur begegneten.“

„Ich stehe hier für die verbrannten Frauen Europas“, sagt die Hexe. „Für die Frauen mit Weisheit über das Alltagsleben hinaus, mit magischen Kräften, die mit der Erde und dem Himmel sprachen und die heilen konnten. Ich stehe hier für unsere Ahninnen, denen ihre Macht zum Verhängnis wurde, für ein Wissen, das beinahe ausgerottet worden wäre und erst in allerletzter Zeit sehr mühsam wieder gehoben wird wie ein vergrabener Schatz.“

„Ich steh für die indigenen Nationen, für Wissen, das bewahrt und gehütet wurde / auch wenn uns die Europäer bedrohten, als wären wir Menschen geringerer Sorte.“

Kostas und Finn staunen und wissen nichts beizutragen; sie stehen offenbar für sich selbst.

„Auch in der Welt von Kostas ist die Göttin verletzt worden“, erklärt ihnen Magdalene. „Ich habe gehört, dass sie erkrankt ist, als König Midas heute Abend mit seinen geldgierigen Händen ihre Füße berührt hat. Es heißt, es ginge ihr gar nicht gut.“

„Wenn euch das alles nichts anginge“, fügt Ilka hinzu, „dann wäret ihr nicht gerufen worden, dann wäret ihr nicht hier, nicht zu dieser Zeit an diesem Ort.“

„Und jetzt müssen wir schlafen gehen, wenn wir morgen früh aufbrechen wollen“, sagt Magdalene. Dafür ist sie schließlich gekommen: um den anderen ein wenig Beine zu machen. Wenn man die sich selbst überließe, die säßen morgen noch und schwatzten!

Der Wirt findet für alle noch einen Platz in dem großen Schlafraum, dessen hauptsächlicher Luxus darin besteht, dass jeder Reisende ein eigenes Bett für sich allein hat – es sei denn, es wäre ein ungewöhnlicher Andrang oder er zöge es anders vor. Unsere Reisenden bekommen jeder ein Feldbett und eine Pferdedecke, das wird sicher genügen. Und morgen geht es dann endlich los.

Zwischentext: Eine Frau ist gekommen

Das Auto hält an dem Parkplatz mit dem großen Sandsteinblock und lässt eine Frau aussteigen.

Die Frau wendet sich mir zu. Das Auto fährt weiter.

Sie wäre mir nicht weiter aufgefallen, eine Spaziergängerin unter anderen, hätte ich nicht in ihrer Tasche eine Puppe erkannt, eine kleine Puppe mit blonden Zöpfen und einem halb ängstlichen, halb trotzigen Gesichtsausdruck.

Ich spüre nach ihren Gefühlen: Diese Frau hat beschlossen, sie müsse ihrer Puppe den Wald zeigen. Deshalb ist sie gekommen.

Ihr Fuß stockt, als sie den Sandsteinbrocken umrundet hat und mich vor sich liegen sieht.

Nun erinnere ich mich auch an sie: Ich sehe aus wie die Landschaft ihrer Kindheit. Eine andere Wiese, die es längst nicht mehr gibt, lässt mich in ihre Erinnerung schauen. Genau wie hier hat es ausgesehen, wo sie als Kind gespielt hat. Sie war eine Indianerin gewesen, sie hatte Hütten gebaut zwischen den Sträuchern, aus Zweigen geflochten und mit Zweigen gedeckt, und sich selbst den Namen Silberdistel gegeben; denn Silberdisteln wuchsen dort, wo sie spielte, auf dem mageren Gras.

Blutrote Heidenelken, wie sie bei mir wachsen, und diese gelben Blumen, Hornklee, das ist das erste, was sie in ihrem Leben fotografiert hat. Natürlich ist das Bild nichts geworden. Zu wenig hat sie davon gewusst, wie sehr ihr Eindruck sich unterscheidet von dem, was eine unbeeindruckte Kamera aufnimmt. Sie hat noch nicht geahnt, wie sehr sie die Welt mit ganz eigenen Augen sieht.

Man erkannte nur jede Menge Gras in gelblichem Grau auf dem Foto und sehr fern und verschwommen ein paar nichtssagende Farbtupfer darin. Und wie hatten die Farben geleuchtet, als sie das

Foto machte! Wie war sie so begeistert gewesen von dem Rot der Heidenelken, die ihre Eltern Blutströpfchen nannten, das aus dem Grau herausgeleuchtet hatte wie ein Fanal des Lebens.

Sie hatte einen jungen Mann bei sich gehabt, den sie später heiraten würde. Voller Begeisterung hatte sie ihm das leuchtende Rot gezeigt.

Sie war eine Frau geworden und Rot war ihre neue Farbe. Bald würde sie ihr erstes Kind empfangen.

Auf einer Wiese wie mir hatte sie ihr erstes Gedicht geschrieben. Sie hatte auf dem Bauch gelegen und ins Gras hineingestarrt, wo ein blauschillernder Käfer sich mit einem Zweiglein abmühte, das er gepackt hatte und vorwärtszuzerren versuchte, das ihm aber immer wieder zwischen den Kiefern herausrutschte. Die Blätter des Zweiges verfingen sich im Gras, er verkantete sich, verweigerte sich einer Lücke so, dass der Käfer immer wieder neu zupacken, immer neue Wege suchen musste.

Dabei war sie so vollkommen aus ihrem eigenen Bewusstsein herausgetreten, dass die Grashalme ihr vorkamen wie die Bäume eines hohen Waldes und der kleine Käfer wie ihr eigener Artgenosse. Sie hatte die Mühe mitempfunden, die er sich geben musste, um vorwärts zu kommen, und die Hindernisse auf seinem Weg. Sie hatte die Welt aus seiner Perspektive gesehen. Sie hatte das Glück empfunden, das jedes Wesen außer dem Menschen empfindet, jedes Wesen, das nicht in sich selbst und seinem eigenen Bewusstsein eingeschlossen ist. Und ach, wie sie leiden, die Ärmsten, unter dieser Trennung! Wie sehr sie ihr Leben lang suchen, um diese Verbundenheit wieder spüren zu können, und auf welch seltsamen Wegen sie sie zurückzugewinnen trachten.

So einsam sind sie, so eingeschlossen in sich selbst, so bedauernswert. Sie treiben sich selbst immer tiefer in die Vereinzelung hinein, je verzweifelter sie nach einer Verbindung suchen, an den völlig falschen Stellen.

Die junge Frau war von der Erfahrung überwältigt. Das Gedicht, das sie schrieb, war nicht so, dass es außer ihr noch irgend ein Mensch hätte verstehen können. Aber das machte nichts; es würde sie für immer erinnern an diesen einen Moment, in dem sie zum ersten Mal das Mitgefühl für ein Mitgeschöpf stärker empfunden hatte als ihre eigene Begrenzung.

Auf einer Wiese wie mir hat sie sich von der Unbefangenheit eines Kindes verabschiedet. Sie wollte zu dem Ort, an dem die Kinder ihre Hütten bauten, im Gras lagen, auf Bäume kletterten und Bücher lasen, da sah sie auf der anderen Seite des Feldes einen Mann, der zu ihr herüberschaute. Zum ersten Mal kam es ihr in den Sinn, dass es vielleicht seltsam aussehen könnte, was sie da tat. Zum ersten Mal sah sie sich mit den Augen eines anderen und versuchte, für diese Augen eine Rolle zu spielen. Sie hob die Hand, als hielte sie darin einen magischen Stab, als zerteile sie den Busch vor ihren Füßen wie Moses das Rote Meer, und verschwand auf dem Pfad, den ihre Füße auswendig kannten, zwischen den Büschen und aus der Sicht.

Es ist eines der letzten Male gewesen, dass sie uns so besucht hat, so selbstverständlich und unbefangen. Danach hat sie für die Augen anderer gelebt. Es ist ihr nicht gut bekommen.

Aber nun ist sie ja wieder da, eine Puppe in ihrer Tasche, der sie die Wildnis zeigen will. Ja, sie will wieder anknüpfen.

Viertes Kapitel: Der Aufbruch

„Und nach dem Frühstück brechen wir auf zu unserer gemeinsamen Fahrt", kündigt Magdalene am Morgen an, während sie die Münzen für die Zeche auf den Tresen zählt.

„Gemeinsam?" Der Wirt poliert ein Glas und trägt offenbar die selbe schmierige Schürze wie gestern, hält aber das Glas gegen das Licht, als erwarte er ein Juwel. „Hm", sagt er.

„Ja, natürlich gemeinsam", antwortet Magdalene.

„Naja", sagt er und poliert hingebungsvoll weiter.

Wenn der Wirt jemals Träume gehabt hat von einem Leben, das diesen Namen verdient, so sind diese Träume hier, am Rande des Universums, in all den Äonen längst zerstoben. Menschen wie er gestalten nicht, sie nehmen anderen den Platz weg, dick und schmierig, und das weiß er auch, der Wirt, das ahnt er, und deshalb ist ihm das Leben egal. Seine Gäste sind es ihm sowieso, und Magdalene ist ein Gast. Also keine Antwort.

Magdalene hat selbst lange genug in Kneipen gearbeitet. Zu lange, um sich von einem wie ihm ins Bockshorn jagen zu lassen. Sie hebt die Stimme und legt die Schärfe hinein, die sie für stark angetrunkene Gäste reserviert hat. Die anderen werden aufmerksam: „Was wollt Ihr mir sagen mit diesem Gedruckse? Nun drückt Euch doch endlich mal etwas deutlicher aus!"

„Gemeinsam, das wird leider nicht möglich sein", sagt der Wirt.

Magdalene starrt ihn entsetzt an.

„Wie ich das sehe, kommen die Herrschaften aus unterschiedlichen Welten", bequemt er sich schließlich. „Und wer aus dieser Türe tritt, der betritt wieder seine eigene Welt. Versteht Ihr? Wie wollt ihr da gemeinsam irgendwo hin?"

Die andren starren vom Tisch zu ihnen hinüber. An eine solche Komplikation hat keiner von ihnen gedacht. „Aber wir haben einen gemeinsamen Auftrag!", erklärt Magdalene. „Wir müssen auf eine gemeinsame Fahrt, da können wir nicht einfach in unsere Welten zurückkehren. Das geht nicht."

„Da habt ihr Pech gehabt. Ihr werdet jedenfalls nicht zusammenbleiben können."

„Aber es muss doch eine Möglichkeit geben, von hier aus eine andere Welt zu betreten, wenn man das möchte?" Magdalene kann sich nicht vorstellen, dass sie zu einer Reise gerufen worden sind, die jetzt und hier schon endet. An diesem Wirt in seiner schmierigen Schürze scheitert. Das kann einfach nicht sein. Sie starrt ihn an, als wolle sie ihn hypnotisieren. Auch Ilka und A. Wake, Kostas und Finn schauen von ihrem Frühstückstisch zu ihnen herüber.

Dem Wirt wird ein wenig unbehaglich unter all diesem Starren. „Wenn man es unbedingt möchte – so unbedingt, dass man auch die Gefahr in Kauf nimmt, im Niemandsland zu landen – ja, dann könnte man in das Labyrinth hineingehen. Aber das tut eigentlich niemand, er müsste schon sehr verzweifelt sein. Es gibt für dieses Labyrinth keinen Plan, keiner weiß, wie er in welche Welt kommt, man kann also überall landen. Oder man kann überhaupt keinen Ausweg finden und im Labyrinth für immer verloren gehen. Keiner weiß das."

Die Priesterin ist in den Schankraum getreten. Offenbar hat sie mit ihren komplizierten Gewändern etwas mehr Zeit zum Anziehen gebraucht als die anderen. „Auf gar keinen Fall gehe ich in ein Labyrinth!", sagt sie sehr entschieden.

„Ich würde es auch wirklich nicht empfehlen", meint der Wirt. „Es tut mir schon leid, dass ich es überhaupt erwähnt habe, das ist mir so ohne Nachdenken rausgerutscht – am besten, ihr vergesst es gleich wieder."

„Das kommt ja gar nicht in Frage", sagt Magdalene. „Wir sind gemeinsam gerufen, wir werden auch gemeinsam gehen. Egal wohin."

„Dann werdet ihr auf mich verzichten müssen", sagt die Priesterin entschlossen. „In ein Labyrinth werde ich mich jedenfalls nicht begeben."

Das scheint bei den anderen nicht das Entsetzen hervorzurufen, mit dem sie gerechnet hatte; der Barde flüstert dem Narren sogar etwas zu, in dem sie die Worte „Angst, dass die Kleider schmutzig werden" zu erkennen glaubt.

„Natürlich würde ich euch auf keinen Fall alleine gehen lassen", fügt sie schnell noch hinzu. „Der Magier meines Vaters hat mir ausdrücklich aufgetragen, dass ich unbedingt mit euch zusammenbleiben muss. Aber es wird doch sicher auch noch eine andere Möglichkeit geben?"

Der Wirt schüttelt den Kopf. „Es ist die Eigenart dieser Taverne, dass jeder Gast wieder in seine eigene Welt zurückkehrt, aus der er gekommen ist."

A. Wake ruft herüber: „Du meinst, dass da eine Tür ist, die man aus andren Welten betreten kann? und dass man, wenn man einmal hier ist, mit Menschen andrer Welten reden kann?"

„Nicht nur Menschen. Es sind auch schon Elben hier gewesen."

„Abgefahren", sagt A. Wake.

„Aber wie kann das sein?" Magdalene hat das Gespräch wieder übernommen.

„Ha, das ist eine interessante Frage!", sagt der Wirt. „Vermutlich liegt es daran, dass das Haus über einem Höhlensystem erbaut wurde, das Ausgänge in unterschiedliche Welten aufweist. Manche nehmen an, es kommen nur diejenigen hierher, deren Welt einen Zugang zu diesen Höhlen hat. Aber das weiß man nicht – wenn es wahr ist, dann wird man das auch niemals feststellen können. Das würde dann heißen, dass es unbekannte Welten gibt, die man aber niemals erreichen wird und die einem infolgedessen auch völlig egal sein können. Wenn es aber wahr ist, dann heißt das auch, dass jede dieser Welten über die Höhlen erreichbar ist. Irgendwie."

„Gut, dann bleibt uns wohl nichts anderes übrig. Dann müssen wir ins Labyrinth."

„Zumindest brauchen wir einen Faden", erklärt die Priesterin. „So hat mir das meine Schwester gesagt, und die hat es von unserem Baumeister. Und das ist ein Genie, was der schon alles gebaut hat, ihr macht euch keine Vorstellung!" Und als alle sie verwundert anschauen: „Ja, zumindest finden wir an einem Faden unseren Weg zurück und sind nicht für immer verloren!"

Dabei hat die Verwunderung eigentlich mehr der Tatsache gegolten, dass sie etwas über sich selbst erzählt hat, wenn auch etwas knurrig. Bisher ist sie diesbezüglich außerordentlich zurückhaltend gewesen. Es hatte sie allerdings auch keiner gefragt.

„Können wir auch Fackeln haben?", fragt Magdalene den Wirt. „Dass wir in ein unterirdisches Labyrinth einsteigen müssen, erscheint mir sehr sinnvoll. Aber ich würde das auf keinen Fall tun wollen, ohne Licht mitzunehmen."

Der Wirt nickt. „Fackeln und Wasser und eine Wegzehrung kann ich euch mitgeben. Aber ich möchte doch eindringlich bitten, dass ihr es euch noch einmal überlegt. Das ist kein Sonntagsausflug, wisst ihr."

„Ja, das haben wir uns fast gedacht. Aber es hilft ja nichts."

„Und wenn ihr da unten drin umkommt, dann macht mir nachher keine Vorwürfe!"

Keiner weiß, ob das ein müder Scherz sein soll oder ob es dem persönlichen Glaubenssystem des Wirtes entspricht. Der Narr jedenfalls beschließt, diesen Witz aus seinem Repertoire zu streichen. Er scheint ihm jetzt nicht mehr so lustig, wie er früher einmal dachte.

„Dann macht euch mal fertig", sagt der Wirt, „meine Ziehmutter bereitet euch derweil die Wegzehrung vor."

Als alle ihre Bündel gepackt haben und damit in die Gaststube kommen, blickt ihnen eine kleine, zahnlose alte Frau entgegen, deren Kleider so fremd von ihren knochigen Schultern hängen, als wäre sie gewohnt, nackt durch Wälder zu streifen.

„So, so", sagt sie, „ihr seid also diejenigen, die sich ins Labyrinth wagen wollen? Wer hätte das gedacht, dass ich das auf meine alten Tage noch einmal erleben soll."

„Habt Ihr es denn schon einmal erlebt, Mütterchen?", fragt Magdalene.

„Ich war sogar selbst einmal unten, aber da war ich noch jung und hübsch, nicht wie heute!" Und sie lacht das keckernde Lachen einer sehr alten Frau. „Lasst euch von meinem Jungen nicht irre machen. Er selbst ist niemals im Labyrinth gewesen, er kennt es nur von Hörensagen. Und ihr wisst ja, wie das mit Gerüchten so ist. Die eine Hälfte lassen sie weg, die andere Hälfte bauschen sie auf bis zum Gehtnichtmehr. Und meistens wäre die weggelassene Hälfte die wichtigere gewesen." Und sie kichert wieder.

„Und was könnt Ihr uns verraten, wie ist es dort unten?"

Die alte Frau wird ernst. „Ich bin nicht weit hineingegangen. Sehr viel kann ich euch also nicht sagen. Aber ich habe das eine oder andere Mal mit jemandem geredet, der drinnen gewesen ist. Es mag gut sein, dass der Weg für jeden anders ist. Ihr tut jedenfalls gut daran, es nicht zu unterschätzen."

Sie reicht jedem einen Beutel. „Hier ist eure Verpflegung, das sollte für zwei Tage genügen, wenn ihr ein wenig sparsam seid. Das Wasser reicht nur für einen Tag, aber es müsste doch mit dem Teufel zugehen" – und sie klopft dreimal auf Holz und kichert dabei –, „wenn es in einem unterirdischen Labyrinth kein Wasser gäbe, irgendwo. Dies ist der Faden, den ihr haben wolltet – eine sehr gute Idee! Er sollte lang genug sein für den Marsch eines Tages. Und hier“, sie holt aus einem kleineren Beutel ein sorgfältig in Wachstuch eingeschlagenes Päckchen, „hier habe ich noch etwas ganz Besonderes für euch. Dies sind getrocknete Apfelschnitze von einem ganz speziellen Baum. Bewahrt sie gut auf und brecht sie nur im Notfall an! Braucht jemand noch eine Decke oder habt ihr jeder eine?“ Sie gibt Magdalene das kleine Päckchen und alle bedanken sich artig. Die alte Frau unterbricht sie mitten im schönsten Bedanken und scheucht sie die Kellertreppe hinab. „Und wenn ihr mal wieder hier einkehrt, dann müsst ihr mir alles erzählen!“, ruft sie ihnen nach.

Der Weg führt durch den Keller der Taverne, in dem Fässer mit Bier, Met, Wein und Apfelwein auf ihren Anstich warten. Der Narr verzieht ein wenig das Gesicht, als er all den Apfelwein riecht. Er hat seinen Krug im Laufe des Abends doch noch geleert und wünscht jetzt, er hätte das nicht getan.

Eine weitere Treppe hinab riecht es nach Kartoffeln, die im Dunkeln keimen, matt und schrumpelig werden und all ihre Kraft in fette weiße Schößlinge stecken.

Hier wartet der Wirt auf sie mit einer Armvoll Fackeln. Er schaut sie missmutig an. Ihm wäre es lieber gewesen, sie hätten auf seine Warnung gehört. Solche Gäste wie diese machen mehr Arbeit, als ihre Zeche wert ist.

„Na, wenn ihr unbedingt wollt, dann bitte“, knurrt er und hebt eine Falltür im Kellerboden. Wie er seine Laterne hineinhält, sieht man den Anfang einer Leiter, die vermutlich nicht so bald zu Ende ist.

„Ich gehe vor“, sagt die Priesterin schnell und sehr bestimmt. „Und danach kommt Ihr, Mütterchen.“ Sie schaut Magdalene an. „Frauen in Röcken zuerst.“

Magdalene zuckt ein wenig zusammen. Ja, das ist der Nachteil, wenn man mit jungen Menschen unterwegs ist, denkt sie. Man muss sich auf seltsame Anreden gefasst machen.

Aber gegen die Begründung kann niemand etwas einwenden. Die Priesterin steigt sehr, sehr langsam die Leiter hinab, als hätte sie Angst vor Höhlen oder Angst, abzurutschen und in eine unbekannte Tiefe zu stürzen, während von oben Fackeln in den Schacht gehalten werden. Magdalene steigt ein wenig schneller hinterher – von wegen Mütterchen, ha! – und dann kommt einer nach dem anderen dazu.

Schließlich stehen alle in einem Höhlenraum zusammen, der aussieht, als sei er nur ein weiterer Kellerraum. An einer seiner Wände sind Bruchsteine vermauert, eine andere scheint vor Zeiten einmal gekalkt gewesen zu sein, hier und da sieht man Rauchspuren von früheren Fackeln.

Geradeaus geht es in einen gemauerten Gang.

„Es ist ja im Grunde ganz einfach", sagt die Priesterin. „Wir haben für zwei Tage Essen und für einen Tag Faden. Also laufen wir einen Tag, und wenn der Faden abgespult ist, dann kehren wir um."

Sie hat so eine Angewohnheit, selbstverständliche Dinge zu sagen, als wäre da kein anderer drauf gekommen. Mit so etwas macht man sich nicht beliebt.

„Und ich glaube, wir sollten nicht so viele Fackeln gleichzeitig brennen", fügt sie hinzu. A. Wake hatte sich gerade in den Bereich hinter der Leiter begeben, um die Wände abzuleuchten und nach weiteren Öffnungen zu suchen. Ihren Vorrat an Fackeln hat er zu seinem Bündel gelegt, als wolle er sie allein tragen, was den andern nur recht ist.

Über ihren Köpfen wird die Falltüre wieder geschlossen und sie hören die Schritte des Wirtes, der durch seinen Weinkeller hindurch in die Taverne zurückgeht. Sie sind alleine und sich selbst überlassen.

Als die Priesterin sieht, dass A. Wake und Ilka sich zu Zeremonien auf den Boden setzen, beginnt auch sie eine Anrufung der

Göttin zu intonieren mit der Bitte um eine gute Reise und glückliche Heimkehr. Mitten im Raum steht sie und singt laut die vorgeschriebenen Gebete, während A. Wake und Ilka an der Wand hocken, Kräuter verbrennen und leise murmeln. Auch Finn und Kostas schauen so geistesabwesend vor sich hin, als träfen sie innerliche Vorbereitungen. Wie ein Bergmann in die Kapelle geht, bevor er in den Schacht fährt.

Magdalene hockt auf ihrem Bündel und fragt sich, worauf zum Teufel sie sich da eingelassen hat. Für ihre Kinder hat sie immer die Starke gespielt damals, die Mutige, die unbeirrt und furchtlos vorausgeht, die Muttergans, deren Führung sich ein paar kleine Küken unbesorgt anvertrauen können. Ach, wie lange ist das schon her! Und wie überschaubar sind die Gefahren gewesen, durch die sie ihre Kinder gelotst hat, als wüsste sie den Weg. Und auch damals ist sie nicht mutig gewesen. Sie hat nur so getan.

Was hier unten wohl auf sie warten mag? Sie können es nicht wissen, nicht vermuten, noch nicht einmal ahnen. Sie gehen ein Risiko ein, das keiner von ihnen abschätzen kann.

Aber es hilft ja nichts. Sie muss ihre Sorge und ihre Furcht auf den tiefsten Grund ihres Herzens verbannen und vor allen verbergen, am besten auch vor sich selbst. Sie können es sich nicht leisten, jetzt ihre Kräfte auf Befürchtungen zu verschwenden. Was immer auf sie zukommen mag, sie werden es abwarten müssen. Wenn der Erde geholfen sein soll, dann brauchen sie jedes Fitzelchen ihrer Kraft und Konzentration.

Die Priesterin hat ihre Gebete beendet, knotet das eine Ende ihres Fadens an der Leiter fest und nimmt das dicke Knäuel in ihre Verwahrung. Sie wandern los, den gemauerten Gang entlang, denn einen anderen haben sie nicht gefunden. Zu Beginn des Weges sehen sie noch einzelne Verschläge rechts und links, als hätten Vorfahren des Tavernenwirtes hier ihre Kostbarkeiten und Besitztümer aufbewahrt vor langer Zeit. Auch die Knochen eines Skelettes sind durch eine der Lattentüren zu sehen. Unmöglich, festzustellen, wessen Leiche hier vorzeiten einmal hingebracht worden ist oder wer hier um Hilfe geschrien und seine Hände flehend durch die Lücken zwischen den Latten gesteckt hat.

Die Priesterin spult sorgfältig ihren Faden ab.

Der Weg senkt sich langsam, fast unmerklich, es geht bergab. An die Stelle der gemauerten oder ehemals verputzten und geweißten Wände tritt immer öfter und schließlich ausschließlich roher, grob behauener Fels. Nun sind sie endgültig in einer Tiefe angelangt, von der aus kein Hilferuf eines Menschen Ohr mehr erreicht hätte. Sie sind abgeschnitten von der Menschheit, allein und auf sich selbst angewiesen, und fühlen sich dabei höchst unbehaglich. Die Vorstellung, dass womöglich ein ganzer Berg über ihnen lastet, trägt nicht zum Behagen bei.

Vielleicht wäre es besser gewesen, wenn sie einander etwas besser gekannt hätten. Einige von ihnen haben am Abend zuvor ein paar Krüge miteinander geleert, aber ihr Gespräch ist nicht sehr weit ins Persönliche eingedrungen. So wandern sie nun in einer fremden Welt mit fremden Gefährten. Und deshalb hat jeder einzelne von ihnen ein mulmiges Gefühl dabei.

Was ist denn, wenn hier unten die Ungeheuer fremder Welten hausen? Das kann ja schließlich keiner wissen. Und die Monster der eigenen Welt sind bedrohlich genug, wer braucht da noch zusätzlich fremde dazu!

Ihre erste Rast legen sie ein, als sie in eine größere Höhle kommen, in der ein schwaches Licht durch weit entfernte Schächte scheint und eine spärliche Quelle aus der Wand sprudelt, deren Wasser den Stein hinabrinnt und im Boden versickert. Aus den Felsen neben ihr sprießen schlanke, blasse Pilze.

A. Wake geht auf das Rinnsal zu, hält die Hände darüber, singt mit leiser Stimme ein paar Worte und befindet das Wasser für trinkbar.

Sie plaudern nicht miteinander. Das Plaudern ist ihnen allen vergangen. Sie alle horchen aufmerksam auf die Stille ringsum, die von nichts unterbrochen wird. Kein Rascheln irgendwo, kein Wind in den leeren Gängen, kein fallender Stein.

Bisher sind sie etwa zwei Stunden lang immer dem einen einzigen Gang gefolgt. Von hier aus geht es zum ersten Mal in verschiedene Richtungen weiter.

Ilka hockt sich auf den Boden und hantiert mit trockenen Schafgarbenstengeln, dann weist sie auf eine der Öffnungen.

Die Gesellschaft bricht wieder auf.

Die Stille legt sich allen aufs Gemüt, wie Regen, Sturm und Steinschlag es nie gekonnt hätten. Sie sind in Stille wie in Watte gepackt, in zähen Sirup oder dicken weißen Nebel.

An der Spitze ihrer Gruppe wechseln sie sich damit ab, eine Fackel voranzutragen. Am Ende wechseln sie sich wieder als Fackelträger ab, dann kommt als letzte die Priesterin mit dem Garnknäuel, das sie vorsichtig abspult. Die Wechsel werden schweigend vollzogen, ohne Absprache – wer sich bereit fühlt, tritt auf einen der Fackelträger zu und nimmt ihm die Fackel ab.

Wenn jemand verschwinden muss, gehen wie auf Verabredung die Frauen nach links und die Männer nach rechts. Keiner von ihnen entfernt sich weit von der Gruppe, jeder bleibt in Rufweite. In dieser Dunkelheit und diesem Schweigen mag jede Art von Monster lauern. Sie schleichen durch die Finsternis, als versuchten sie sich unsichtbar zu machen.

Es waren andere vor ihnen dagewesen, manchmal sieht man Anzeichen dafür. An Wände sind Zeichen gemalt worden, die keiner von ihnen deuten kann, mit Rötel auf den blanken Stein. Man sieht die Spuren von Fackeln, ihren Ruß an den Wänden.

Einmal ist der Gang auf seiner ganzen Breite von einem dunkel schimmernden See ausgefüllt und dadurch unterbrochen. Nur eine Planke am Rand führt hinüber ans andere Ufer. Sie ist alt, das sieht man ihr an, aber immerhin: Es mag lange her sein, aber vorzeiten sind hier Menschen entlanggegangen. Sie haben sich die Mühe gemacht, ein Brett hier herzutragen und als Brücke von einem Ende des Weges, von einem Ufer des schwarzen Sees zum nächsten zu legen. Also ist hier ein Weg gewesen, und Menschen sind ihn mehrmals gegangen. Oft genug, dass es die Mühe wert war, dieses Stück Holz hier herzubringen und hier zu lassen. Auch wenn es lange her gewesen sein mag, so empfinden sie die Vorstellung doch alle als sehr tröstlich.

Zuversichtlicher als zuvor überqueren sie einzeln nacheinander den Teich. Die ersten von ihnen sind heil hinüberbalanciert ans andere Ufer, als sie hören, dass sich in den Tiefen des dunklen Wassers etwas zu regen beginnt, als sei es durch ihre Anwesenheit wach geworden. Sie gehen schneller, das Geräusch kommt näher. Der zweite Fackelträger rennt über die Planke, und dann, unter den Füßen der Priesterin, hören sie es splittern und krachen, die Frau rettet sich mit einem Sprung ans Ufer, die Planke zerbricht, fällt ins Wasser. Wäre nicht dieses Geräusch in den Tiefen, sie würden wohl voller Entsetzen zusehen, wie das Brett in Dunkeln verschwindet. So sind sie froh, dass sie alle heil am anderen Ufer angelangt sind, lassen Planke Planke sein und gehen eilig weiter.

Hinter sich hören sie ein Geräusch, als würde etwas sich schwerfällig aus dem Wasser hieven. Ein Lebewesen, ein großes. Wie in schweigender Verabredung gehen sie schneller, dann platscht etwas auf den Boden und sie gehen in einen verschreckten Sprint über. Keiner von ihnen will sehen, was sich da hinter ihnen aus der Tiefe emporhebt. Ein fauliger Gestank dringt bis zu ihnen und sie laufen, so schnell sie können.

Sie rennen den ganzen langen Gang entlang, die Höhle hinab und um die nächste Biegung und lehnen sich nach Luft schnappend in eine Nische, dicht an den Stein gepresst, als könne der Felsen sie schützen. Sehen können sie nichts um die Biegung herum und es wagt auch keiner um die Ecke zu spähen, aber die Geräusche, die nehmen sie sehr deutlich wahr: das Gurgeln des Wassers im Teich, das Platschen großer, flacher Füße, ein Schnauben und Schnüffeln, dann knirschen Zähne und splittert Holz. Sie hören schmatzendes Kauen, hören Schlucken, ein weiteres Platschen und Schnüffeln folgt. Eine Brise fauligen Atems mit Untertönen von frisch zermahlenem altem Holz weht in den Gang hinein, in dem sie stehen und sich so dünn und unsichtbar zu machen versuchen wie möglich. Gerne würden sie sich auch geruchlos machen vor diesem Schnüffeln. Aber das Wesen scheint sich nur vergewissern zu wollen, dass sie im richtigen Gang stehen, dann schlurft es mit feuchten Schritten zurück. Es erklingt noch ein lautes Platschen von etwas Großem, das ins Wasser springt, dann ist es still.

Sie warten einen Moment und noch einen Moment. Vielleicht ist was immer in dem schwarzen Wasser lebt schlau genug, um sich zu verstellen?

Sie haben sich erschreckt, dass ihre Herzen flattern, aber das schwerfällige Wesen lässt sich nicht mehr vernehmen. Schließlich eilen sie so schnell und leise sie können weiter, bis sie sich sicher fühlen.

Schnaufend lehnen sie sich an die Wände der nächsten Ausbuchtung, als sie einen ordentlichen Abstand zwischen sich und den Teich gebracht haben. Wie still und unscheinbar hatte er da gelegen, als sie sich ihm von der anderen Seite genähert hatten!

Keiner fragt, was wohl aus dem Menschen geworden sein mochte, der vorzeiten die Planke hergebracht hatte, und ob er sie wirklich absichtlich hiergelassen hatte – oder ob er eventuell nicht mehr in der Lage gewesen war, sie wieder mitzunehmen.

„Eins steht schonmal fest: Zurück können wir nicht mehr", sagt Ilka. Die Priesterin beginnt unter ihren Schleiern zu schluchzen und hohe Jammerlaute von sich zu geben. „Ich habe es doch gewusst! Oh, was bin ich für ein Pechvogel. Ich wusste ganz genau, dass ich niemals in dieses Labyrinth hätte gehen sollen. Warum habe ich das nur getan? Nun werden wir unsere Richtung nie wieder finden und werden für immer hier unten eingesperrt sein! Ich habe euch doch gleich gesagt, das wird nicht gutgehen, aber ihr wolltet ja nicht auf mich hören. Und dabei habe ich doch eine solche Angst vor Labyrinthen!"

Keiner kann verstehen, wie jemand Angst vor Labyrinthen haben kann – nicht enge Räume, nicht unterirdische Höhlen, das wäre ja alles verständlich gewesen, nein: ausgerechnet Labyrinthe. Ilka fragt ganz vorsichtig nach.

„Ja, es ist eine Familienangelegenheit, okay?", faucht die Priesterin sie an. „Und ich will nicht darüber reden." Und schon fängt sie wieder an zu schluchzen. „Labyrinthe bringen mir kein Glück. Wir werden für immer hier unten gefangen sein. Kein Mensch wird uns jemals finden. Ich habe es euch gesagt, aber ihr habt ja nicht auf mich gehört! Jetzt sind wir verloren."

„Ja, der Faden nützt natürlich nichts mehr, wenn der Weg versperrt ist", beginnt Magdalene vorsichtig.

„Den Faden gibt es gar nicht mehr! Das Knäuel ist mir in den Teich gefallen, als die Planke zerbrach!"

Die Priesterin hört sich an, als wären all ihre Vorräte in den Teich gefallen und sie müssten sich von jetzt an ohne Essen, Trinken und Licht vorwärtstasten durch die Finsternis.

Es gibt keinen Weg mehr zurück? Bis jetzt haben sie es nicht wahrhaben wollen. Aber ja, vermutlich ist es wirklich so – von hier an gibt es keinen Weg mehr zurück.

Schwer lastet über ihnen der Berg. Irgendwo tropft Wasser von einer Wand, gleichmäßig und monoton. Der Weg vor ihnen sieht aus, als liege er so seit Urzeiten, sei er vor Jahrtausenden von bronzezeitlichen Bergarbeitern geschlagen worden auf der Suche nach Salz oder nach Erzen.

„So, jetzt reicht es", sagt Ilka. „Wir setzen uns jetzt alle mal an der nächsten geeigneten Stelle zusammen und reden Tacheles." Und als die anderen sie verwundert ansehen: „Wir sind in dieser Geschichte hier gemeinsam drinnen, ob wir das wollen oder nicht. Und wenn wir uns gegenseitig Kasperletheater vorspielen wollen, dann können wir das Ganze auch gleich ganz bleiben lassen. Wir brauchen Aufrichtigkeit, Verlässlichkeit und gegenseitigen Respekt, wenn das hier etwas werden soll. Und mit dir" – sie wendet sich der Priesterin zu –, „mit dir fangen wir an. Wir wollen endlich mal wissen, wer du eigentlich bist."

Dir Priesterin richtet sich zu ihrer vollen Größe auf und sieht von oben auf die andren hinab. Sie würde auch dann auf sie hinabsehen, wenn sie nicht einen halben Kopf größer wäre; nur A. Wake überragt sie um einige Fingerbreit. „Was soll das heißen, wer ich wirklich bin? Bezweifelt hier irgendjemand, dass ich wirklich eine Priesterin der Artemis bin?!"

Magdalene wird jederzeit mit schmierigen Tavernenwirten, betrunkenen Gästen und jedem anderen fertig, dem sie sich überlegen fühlen kann – aber bei Respektspersonen kommt sie in Schwierigkeiten.

Ilka hat dieses Problem nicht. „Fangen wir doch mal mit der Frage an, warum die Planke zerbrochen ist, als du darübergelaufen bist."

„Vielleicht bin ich ein bisschen schwerer als andere? Das wirst du mir doch jetzt wohl nicht zum Vorwurf machen wollen! Und mit Absicht habe ich sie ganz gewiss nicht zerbrochen, das kannst du mir glauben.“

Auch die anderen scheinen nicht so recht zu verstehen, was das mit irgend etwas zu tun hat.

„Ich glaube nicht, dass es am Gewicht alleine lag. Ich glaube, dass dieses ganze Gewicht sich nicht auf einen großen Fuß verteilt hat. Ich glaube, dass du überhaupt gar keine Füße hast.“

„Was soll ich denn wohl sonst haben!“

„Zeig uns das doch einfach mal.“

„Du verlangst doch wohl nicht im Ernst von einer Priesterin der Artemis, dass sie in aller Öffentlichkeit ihre nackten Beine herzeigt!“

„In aller Öffentlichkeit sind wir ja wohl kaum. Ich kann dir versichern, dass sich hier keiner für deine nackten Beine interessiert.“

Der Barde sieht aus, als verlange es seine Berufsehre von ihm, sich für jedes nackte Frauenbein zu interessieren, das ihm ins Blickfeld kommt, Priesterin hin oder her. Ilka sieht ihn mit strengem Blick an und er zuckt die Achseln. „Dann schau ich halt nicht hin“, meint er.

„Ja, ich habe zufällig ziemlich kleine Füße“, gibt die Priesterin zu. „Vielleicht hat das was damit zu tun, dass die Planke zerbrochen ist, das mag schon sein.“

„Haben sie denn auch Zehen, deine kleinen Füße?“

Die Priesterin zuckt die Achseln. „Womöglich nicht. Deshalb sind sie vielleicht auch so klein.“

„Könnte man sie vielleicht möglicherweise auch als Hufe bezeichnen?“

„Was fragst du hier so rum, wenn du ohnehin schon alles weißt!“

„Alles weiß ich nicht. Deine Hufe habe ich nur zufällig gesehen, als du einmal über einen Stein gestiegen bist und deine Röcke gehoben hast. Sie erinnern sehr an eine Kuh, oder?"

„Mag sein."

„Und diese Kopfbedeckung, die du da aufhast: Laufen alle Priesterinnen der Artemis mit sowas rum? Ist das üblich?"

„Üblich vielleicht nicht, nein."

„Also wie viele genau tragen so etwas, außer dir?"

„Außer mir – genau genommen keine."

„Nachdem ich deine Hufe gesehen hatte, ist mir nämlich aufgefallen, dass unter diese Kappe ganz hervorragend die Hörner und die Ohren einer Kuh drunterpassen würden."

„Wenn du ohnehin schon alles weißt – dann weißt du ja jetzt auch, warum ich einen solchen Widerwillen gegen Labyrinthe habe!"

„Nein, das weiß ich nun noch nicht."

„Du weißt, wie ich aussehe, aber nicht, wer ich bin?!" Die Priesterin lacht bitter. „Und ich habe geglaubt, es müsse mich jeder erkennen, der mich ohne Verkleidung sieht. Mein Name ist Agelada. So, nun weißt du es."

Ihre Reisegefährten sehen einander ratlos an. Keiner von ihnen hat jemals von einer Frau namens Agelada gehört. Das scheint die Priesterin höchlichst zu verwundern.

„Ihr habt noch nie von mir gehört und von meinem Bruder Minotauros? Aus welchen Welten kommt ihr denn!"

Doch, erklären sie ihr, von Minotauros hätten sie bereits gehört. Aber dass er eine Schwester habe, das hätten sie nicht gewusst. Und ja, da könnten sie ihre Abneigung gegen Labyrinthe wirklich sehr gut verstehen, wenn der eigene Bruder in einem gefangen gehalten worden sei!

„Zwillingsbruder", korrigiert Agelada müde.

„Auch das noch."

Nun ist es an Agelada, sich zu wundern. Ihr Zwillingsbruder ist bekannt in allen Welten und von ihr hat keiner jemals gehört? Wie kann das sein?

„Vielleicht warst du nicht so gefährlich, dass man dich in ein Labyrinth einsperren musste?", fragt der Barde hoffnungsvoll.

„Nein, das war ich wohl nicht. Bei mir reichten die Kinderstube in der Burg und die Priesterinnenschule im Tempel."

„Das hört sich bitter an."

„Glaubt mir, es ist kein Vergnügen, als lebender Beweis für den Ehebruch der eigenen Mutter herumzulaufen!"

„Aber da konnte sie doch nichts dazu", sagt Magdalene.

„Sie hat sich von dem Baumeister ihres Ehemannes ein Gestell zimmern und mit Kuhhaut überziehen lassen. Dann ist sie in das Gestell hineingekrochen und hat sich von einem Stier begatten lassen! Und du erzählst mir, sie hätte da nichts dazu gekonnt? Das wäre alles nur so versehentlich passiert? Ach, lasst uns doch mal ein Gestell in Kuhgestalt bauen, mal sehen, wie das aussieht! Ja, und wie sieht es wohl von innen aus? Huch, ein Stier! Na sowas, wer hätte denn jetzt das gedacht! So stellst du dir das also vor, ja?"

Es ist ein Gefühlsausbruch, wie keiner ihn von der ruhigen, beherrschten Priesterin erwartet hätte.

„Du schämst dich für deine Mutter?", fragt A. Wake mit sehr ruhiger Stimme.

„Ja, natürlich schäme ich mich für meine Mutter! Etwas Ekligeres kann man sich ja wohl kaum vorstellen. Und ich muss mit Hufen und Hörnern herumlaufen, als lebender Beweis, dabei kann ich doch gar nichts dafür!"

„Du weißt aber schon, dass das der Wille eines Gottes war?", fragt Magdalene.

„Dass eine Ehefrau und Königin ihren Mann und König betrügt? Das wäre aber ein seltsamer Gott, der so etwas wollen würde."

Magdalene sieht sich hilfesuchend um, aber offenbar ist sie die einzige, die diese Sage kennt, also muss sie sich auf ihr Gedächtnis verlassen.

„Wenn ich mich recht erinnere, dann war es Poseidon. Minos hatte Poseidon um ein Zeichen gebeten, dass er der rechtmäßige König ist, und Poseidon hatte einen seiner Stiere aus dem Meer steigen lassen. Allerdings musste Minos versprechen, den Stier gleich umgehend wieder zu opfern und Poseidon damit zurückzugeben. Aber das tat er nicht, weil ihm der Stier so gut gefiel, und er opferte stattdessen einen seiner eigenen Stiere und behielt den Stier des Gottes für sich und dachte, der hat so viele, der wird es schon nicht merken. Er merkte es aber doch und war stinksauer. Und deshalb machte er, dass die Königin völlig verrückt nach genau diesem Stier wurde."

Agelada hat die Geschichte mit wachsendem Unglauben und Unmut angehört. „Jetzt soll wieder der Geschädigte selbst schuld gewesen sein? Mein Vater ist der Betrogene in dieser Geschichte!"

„Nun, vielleicht war es in deiner Welt anders als in meiner", versucht Magdalene Wogen zu glätten, bevor sie sich noch auftürmen.

Agelada schaut sie giftig an. „Dann erzähl auch nicht sowas, wenn es nur für deine Welt gilt und für andere nicht!"

So war es nicht gemeint gewesen, aber jetzt kann Magdalene nicht mehr hinter ihren Versöhnungsversuch zurück. „Können wir zumindest vermuten, dass es einen guten Grund für die ganze Geschichte gegeben hat? So von ganz alleine vermischen sich Mensch und Tiere nämlich nicht, sonst gäbe es solche wie dich an jeder Ecke. Es gibt genug Männer, die ihr Ding in alles reinstecken, was ein Loch hat."

Ilka lacht prustend los, A. Wake schaut unentschieden, der Barde Finn grinst in sich hinein und Kostas wirkt verwirrt. Magdalene entschuldigt sich bei ihm. „Ach, weißt du, wenn du Narr in einem königlichen Haushalt bist, was du da alles mitkriegst ...", und seine Stimme versickert in Schweigen.

Dann rafft er sich noch einmal auf: „Das mit dem Stier, das habe ich auch so gehört, so wurde es auch an dem Hof meines Königs erzählt. Also dass er eigentlich Poseidon gehört hätte und dass Poseidon wütend war." Und wieder blendet sich seine Stimme langsam aus.

Agelada hat sich wieder in ihre ganze Reserviertheit gehüllt, von der die Gruppe nun weiß, dass es nicht nur die Reserviertheit einer Artemis-Priesterin ist. Es kommen noch eine königliche Erziehung hinzu, der Status einer Prinzessin und der Ehebruch einer königlichen Mutter. Mit einer solchen Vorgeschichte ist es sicher nicht einfach, ein freundlicher, umgänglicher Mensch zu werden.

Und so wandern sie von jetzt an und für den Rest dieses Tages ohne eine Absicherung nach hinten einfach in die Dunkelheit hinein und wissen nicht, wohin sie gehen. Sie wissen aber, dass sie nicht umkehren können. Es gibt nun kein Zurück mehr.

Als die Gaia-Priester am frühen Morgen dieses selben Tages den Tempel der Göttin betraten und die Tür des Schreines öffneten, um die Unsterbliche für den Tag vorzubereiten, da fanden sie die Statue über und über von dem schwarzen Gespinst durchzogen, das am Abend noch lediglich ihre Füße angegriffen hatte. Auch das Podest, auf dem sie stand, war schwarz durchzogen, dass es aussah wie ein geäderter Schimmelkäse, ebenso wie die ersten Marmorplatten in der Cella. Und noch immer breitete das Gespinst sich weiter aus. Sie beobachteten es voller Entsetzen und brachten die wertvollen Votivgaben in Sicherheit. Es ging etwas von der Göttin aus, das Gold zerstören mochte; dieses Risiko konnten sie nicht eingehen. Das Gold zu retten hatte jetzt Vorrang vor allem anderen.

Am Nachmittag hatte das schwarze Gespinst den Rand des Tempels erreicht. Die Priester hatten gehofft, es würde sich auf das Gebäude beschränken und zum Stillstand kommen, wenn es keinen Stein mehr fände. Es kam nicht zum Stillstand. Es wuchs die marmorne Stufe hinab und wuchs in der Erde weiter. Und wo es hingekommen war, da wuchs kein Gras mehr.

Die Priester versammelten sich und schwiegen in Bestürzung. Wie die Narbe eines Brandes sah der kleine schwarze Fleck auf dem Boden aus – eines Brandes, der noch nicht gelöscht war, der immer weiter und weiter zog, und welche Götter mochten wissen, ob er überhaupt jemals zum Stillstand kommen würde! Dies war schlimmer, als es Getreidefäule oder Heuschrecken gewesen waren. Noch konnte man hoffen, dass es sich abschwächen, dass es in ein paar Tagen vorüber sein, dass der nächste Regen es löschen, dass der Same des nächsten Jahres fruchtbaren Boden finden würde. Aber man konnte es nicht wissen. Man musste sich auf das Schlimmste gefasst machen.

Was war denn, wenn die Schwärze sich immer weiter und weiter ausbreitete? Wenn das Land unfruchtbar blieb? Wovon sollten die Menschen dann leben?

Auch eine Zikade, die eben ihr Abendlied angestimmt hatte, wurde vom Gespinst überrascht und zerfiel ebenso wie der Grashalm, auf dem sie saß. Als würde ihr abruptes Verstummen sich ausbreiten wie Wellen in einem Teich, so unterbrachen alle Lebewesen ihren Gesang, von der Zikade auf dem Boden bis zu den Vögeln in den Zweigen der Bäume, als sei eine Schockwelle durch das gesamte Tierreich gegangen.

Irgend etwas musste jetzt dringend geschehen! Aber an wen konnte man sich wenden, wenn selbst die Statue der Göttin betroffen war? Wer konnte jetzt noch helfen, wenn selbst Mutter Gaia es nicht mehr konnte?

Der Tag mag sich seinem Ende zuneigen, so lange sind sie schon gegangen. Zumindest muss es später Nachmittag sein.

Seit einiger Zeit schon haben die Wanderer in unterirdischen Gängen Licht gesehen, ein blasses, kraftloses Licht, wie aus weiter Ferne. Und tatsächlich zeigt sich, als sie die weite, von diffusem Licht erfüllte Höhle erreicht haben, eine sehr ferne Öffnung hoch oben, durch die man den blauen Himmel sehen kann. Wie gebannt schauen sie hinauf. Dass es das noch gibt, Licht und blauen Himmel, eine Sonne sogar, vielleicht Menschen, die dort oben umherlaufen und ihre kleinen Kinder vor diesem Loch im Boden warnen! Es ist, als hätten sie wieder einen Blick auf eine Welt geworfen, die sie beinahe schon vergessen hätten.

Dort hinaufzukommen ist unmöglich, sie müssten Hunderte von Metern überhängende Felswände emporklettern. Die Höhle sieht aus wie das Innere eines riesigen geflochtenen Bienenkorbes mit einer kleinen Öffnung ganz oben an der Spitze, und in seiner Mitte reckt sich eine hohe, schlanke Säule vom Boden hoch dem Licht entgegen. Vom Höhleneingang aus betrachtet wirkt sie schmal wie eine vom Wind geschliffene Felsnadel; sie haben geglaubt, es sei eine Steinsäule, die hier emporragt. Aber als sie nähertreten, stellen sie fest, dass sie umfangreicher ist als gedacht und sie zu sechst sie längst nicht umfangen könnten. Auch bestand sie ursprünglich nicht aus Stein. Nein; hier ist vor Urzeiten, Jahrtausende mag es her sein, einmal ein Baum gewachsen.

Der Wind mochte Staub in die Öffnung der Höhle geweht haben, einen Baumsamen dazu. Regen hatte den Boden durchnässt, der Samen war gekeimt, hatte den schlechten Bedingungen getrotzt, war herangewachsen und zu einem Baum geworden. Vielleicht hatte ein Vogel auf ihm genistet, der sich auf der Flucht in die Höhle hinein und zu ihm herabgestürzt hatte, ein lebender Gefährte für die Seele eines einsamen Baumes.

Der Baum war gewachsen. Er hatte seine Äste dem fernen Licht entgegengereckt, dabei konnte er doch von Anfang an nicht die geringste Hoffnung gehabt haben, jemals im Sonnenlicht zu stehen, jemals eines seiner Blätter in den frischen Wind zu halten, einen seiner Samen über das weite Land zu streuen. Und obwohl seine Wurzeln sich nicht in den felsigen Grund verzweigen konnten, war er doch groß und stark geworden – wer keinem Sturm standzuhalten hat, dessen Wurzeln dürfen auch flach sein und sich über den Boden einer weiten unterirdischen Höhle breiten, in die dünne Erdschicht aus dem Staub der Außenwelt und den vertrockneten Resten der eigenen Blätter hineingraben.

Er hatte lange gelebt, genügsam in der Gesellschaft von Generationen von Vögeln, und schließlich war er eingegangen.

Einer seiner Samen ist in seiner Krone gekeimt, in einem verlassenen Vogelnest vielleicht oder in dem Staub, der herabgeweht war und sich auf einer Astgabel angesammelt hatte, vielleicht im Kot von Vögeln und Fledermäusen, in verwelkten Blättern und in moderndem Holz. Er ist zu einem neuen Baum geworden und wieder gewachsen, groß geworden und eingegangen, und dann der nächste auf diesem, und wieder einer – und so stand ein Baum über dem anderen, jeder von ihnen gewachsen auf dem vermodernden Holz seiner Vorfahren. Das Gewicht von oben hatte die unteren Stämme breitgedrückt und versteinern lassen. Im Stein sah man noch jahrtausendealte Reste und Überbleibsel von Ästen, Astlöchern und Zweigen, von Wurzeln und Stamm. Sie alle haben einmal gelebt und sich der Öffnung nach außen entgegengereckt, einer über dem anderen, keiner von ihnen hat das Licht erreicht.

Ganz oben wächst auch jetzt ein lebender Baum, der jüngste in der langen Reihe, schon recht nahe an der Öffnung zum Himmel. Sein Stamm wirkt zierlich im Vergleich zu den unteren. In seiner Krone nisten Vögel, man ahnt ihre Silhouette gegen die Helligkeit des Himmels. Auch dieser Baum wird in seinem Leben nicht das Licht der Sonne sehen, aber er wird mehr Helligkeit haben als seine Vorfahren vor ihm, ein Zwerg auf den Schultern von versteinerten Riesen. Auch sein Kind und sein Kindeskind werden die Öffnung in der Decke noch nicht erreichen, aber dann, eines Tages, irgendwann, wird sich der erste Zweig aus der Öffnung strecken, das erste Blatt sich in die Sonne entfalten, die erste Blüte sich öffnen, der erste Same ins Weite fliegen. Es wird ein glorreicher Tag sein, an dem die Mühen von Tausenden von Jahren endlich belohnt werden und ihre Krönung finden. Auf diesen Tag ist der Baum hingewachsen, jener erste Baum, dessen versteinerte Überreste sie jetzt hier vor sich sehen. Vor Tausenden von Jahren.

Ilka sieht A. Wake an. A. Wake sieht Ilka an. In stillem Einverständnis nicken sie einander zu, dann sagt Ilka: „Wir werden hier eine Zeremonie für die Ahnen abhalten. Dies ist ein Ort, das seht ihr ja sicher selbst, der eine sehr machtvolle Ahnen-Energie hat."

Die beiden brauchen nur wenige Worte miteinander zu wechseln, bis sie sich auf eine gemeinsame Zeremonie geeinigt haben. Sie packen ihre jeweiligen Medizinbündel aus, vergleichen Adlerfeder mit Rabenfeder, Salbei mit Süßgras, begutachten Muscheln und Kerzen.

„Wär schön, wenn wir noch eine Blume hätten", meint Ilka, „ich hab eigentlich immer und überall in einer Zeremonie eine Blume dabei."

„Nice to have", sagt A. Wake kurz, was wohl heißen soll, dass er Blumen überflüssig findet. „Wir haben Wasser als Opfergabe."

„Ja, schon ..."

So recht scheint Ilka nicht überzeugt zu sein.

Er hockt sich auf seine Fersen und schaut sie an. „Ich bin ein Wüstenindianer, weißt du", sagt er. „Wir sind glücklich, wenn wir unseren Ahnen frisches Wasser anbieten können."

Das ist überzeugend. Ilka nickt und will sich schon zufriedengeben, da findet Finn auf dem Boden ein grünes Blatt, das vom obersten Baum gefallen sein muss, und bringt es ihr. Ilka nimmt es erfreut entgegen und legt es mit ihren anderen Utensilien auf einem Tuch zum Altar aus.

Die vier anderen haben sich in die zweite Reihe dahinter gesetzt und verfolgen das Ritual als Zuschauer.

A. Wake ruft die unbekannten Hüter des Ortes an, Himmel, Erde und die vier Himmelsrichtungen. Dann beginnen die beiden mit ihren Gesängen und Anrufungen, wechseln sich dabei ab, und wenn sie beide nach einem jeden Teil „Aho!" sagen, dann sagt Magdalene leise: „Howgh!".

Für Magdalene fühlt es sich an, als folge der Ritus der Reihenfolge der heiligen Messe: zuerst ein Schuldbekenntnis und die Bitte um Vergebung, danach dann Verehrung und Dankbarkeit. Vermutlich ist das einfach eine sehr sinnvolle Reihenfolge, denkt sie noch; dann spürt sie, dass sich jemand an ihrer Seite befindet. Sie fühlt neben sich und findet ihre verstorbene Mutter zur Linken, zur Rechten die noch viel länger verstorbene Großmutter, und hinter sich – sie dreht sich nicht um, es würde nichts zu sehen sein – spürt sie sehr deutlich eine große Gruppe von Frauen, konturiert in ihrer unmittelbaren Umgebung, je weiter weg, umso unschärfer, und zum Schluss im Hintergrund verschwimmend. Es ist eine machtvolle Präsenz, die sich da aufbaut. „Es tut mir leid", sagt sie in Gedanken. „Ich habe in meinem ganzen Leben nichts auf die Reihe gebracht. Es tut mir sehr leid."

Das Gefühl, das zurückgeströmt kommt, ist voller Wertschätzung. Es fühlt sich an, als hätten ihre Ahninnen jeden einzelnen ihrer Schritte beobachtet und für gut befunden, als hätte sie ganz genau das getan, was schon immer von ihr erwartet worden war.

Damit hat sie nicht gerechnet. Nichts, was es zu bemängeln gab? Nicht die allergeringste Kleinigkeit? Das konnte doch wohl nicht möglich sein.

Und doch, das Gefühl ist unzweifelhaft da: Wohlwollen, Wertschätzung, die immense Kraft von hunderten von Frauen, die hinter ihr stehen. Welch eine Macht sie darstellen! Was könnte ihr nun noch geschehen?

Sie schickt eine Welle der Dankbarkeit zurück für die Unterstützung all dieser Frauen, die ihr so unvermutet zuteil geworden ist.

Auch der Narr spürt eine Präsenz hinter sich, eine Vibration in seinem Rücken. Was mag das sein? Er duckt sich unwillkürlich. Seiner Erfahrung nach kommt von hinten Gefahr.

Er braucht einige Zeit, bis er erkennt, womit er es zu tun hat. Er kann sich nicht daran erinnern, jemals eine leibliche Familie gehabt zu haben. An leibhaftige Vorfahren hat er noch nie im Leben gedacht. Und nun sind sie da – seine Familie, seine ganz eigene Familie, so wie alle anderen auch eine haben!

Womit er sehr wohl etwas anfangen kann, der kleine Narr, das sind die Bitten um Verzeihung am Anfang des Rituals. Wie oft in seinem Leben hat er schon um Verzeihung bitten müssen! So tut er das auch jetzt. Zu ihm kommt die klare Antwort, dass es Schuld nur mit einem böswilligen Vorsatz gebe. Wer aus reiner Unwissenheit oder Ungeschicklichkeit einen Fehler mache, der sei nicht schuldig, sondern unwissend oder ungeschickt. Zum ersten Mal in seinem Leben sieht das jemand als völlig unterschiedliche Dinge an.

Zum ersten Mal macht ihm auch jemand klar, dass er ein Recht darauf habe, Dinge ordentlich erklärt zu bekommen. Wenn man ihm vorher sage, was genau er zu tun habe, dann, und nur dann, könne man sich nachher beklagen, wenn er es nicht tat. Dieses Konzept ist ihm völlig neu und gefällt ihm sehr gut. Er ist dankbar, dass jemand das so sieht und ihm das auch mitteilt.

Diese Familie steht hinter ihm, um ihm den Rücken zu stärken und freizuhalten. Sie steht nicht da, um ihm unbemerkt irgendetwas anzutun.

Plötzlich ist er jemand. Er hat eine Familie. Er ist nicht wurzellos, nicht alleine, er ist keine Feder im Wind. Nein, er hat ganz genauso Vorfahren wie alle anderen auch. Der Narr ist überglücklich; er ist nach Hause gekommen, dabei hatte er nicht einmal gewusst, dass er überhaupt ein Zuhause hatte.

Der Barde riecht grün.

Schweigend sehen alle zu, wie die Zeremonie zu Ende geht und die Utensilien wieder in die Medizinbündel eingerollt werden. Die Luft vibriert noch von unbekannten Anwesenden.

Schweigend setzen sie sich dann zusammen und packen ihr Essen aus, und ohne Verabredung verstreut jeder von ihnen ein paar Krümel von seinem Brot auf dem Boden der Höhle.

„Ich schlage vor, wir übernachten hier", meint Ilka, und tatsächlich ist es auch in der unbekannten Welt außerhalb ihrer Höhle bereits dämmrig geworden. „Dies ist eine so wohltuende Energie hier, davon sollten wir mitnehmen, was wir nur kriegen können."

Das ist ihnen allen nur recht. Müde genug sind sie ohnehin, und dieser Ort gefällt ihnen. „Die Höhle der Ahninnen", denkt Ilka und lächelt.

Sie rollen ihre Decken aus. Zum ersten Mal seit ihrem Abstieg ins Labyrinth haben sie einen Ort gefunden, an dem trockenes altes Holz herumliegt und sie ein Feuer entzünden können. Ein weiterer Vorteil, finden sie, ist auch, dass hier Erde auf dem Boden liegt, eine weiche Schicht über dem allgegenwärtigen Fels. Behaglich strecken sie sich darauf aus und führen in der Stille der Nacht und ihrer eigenen Schädel noch ein sanftes, leises, behagliches Zwiegespräch mit den Vorfahren – oder, im Fall des Barden, mit dem Baum.

Die Priesterin spürt nichts, weil sie nichts spüren will.

Und wo an den Ufern des Flusses Paktolos der Tempel der Erdmutter Gaia steht, da beginnen in dieser Nacht Menschen damit,
sich auf ihre Flucht vorzubereiten. Sie entscheiden sich, was sie
mitnehmen, was sie zurücklassen wollen. Sie verabschieden sich
von den Häusern, in denen sie gelebt, von den Weinbergen und
Olivenhainen, den Feldern und Gärten, die sie ernährt haben, von
den Stätten der Kindheit, den Gräbern der Vorfahren und den Tempeln der Götter. Morgen in aller Frühe werden sie aufbrechen und
vor dem Unheil fliehen, das vom Tempel der verletzten Erdgöttin
ausgeht und immer weiter und weiter um sich greift und alles ver-
nichtet, in dessen Reichweite es kommt, vor dem schwarzen Gebiet
des Todes. Dies wird ihre letzte Nacht in ihrem alten Leben sein.

Zwischentext: Die Frau geht in den Wald

Aber was tut sie da, die Frau? Sie überquert mich, als wäre ich nicht die Landschaft ihrer Kindheit, als wäre ich nur eine Station auf ihrem Weg zu einem wichtigeren Ziel. Sie würdigt die Ginsterbüsche kaum eines Blickes, und wie sehr hat sie Ginsterbüsche geliebt!

Sie hat es sich in den Kopf gesetzt, ihrer Puppe einen Wald zu zeigen. Irgendwie ist sie in die Vorstellung verfallen, dass diese Puppe mit den blonden Zöpfen ihre Kindheit verkörpert und dass sie in ihrer Kindheit den Wald geliebt habe und dass sie ihn nun infolgedessen auch der Puppe zeigen müsse.

Ach, wie weit hast du dich von mir entfernt, meine Liebe. Es war nicht der Wald, den du liebtest.

Nun, dann geh halt. Geh in den Wald.

Außerdem ist es auch wirklich gut für dich, in den Schatten zu kommen.

Ach, jetzt weiß ich es.

Sie hat von einem Kind geträumt, das in einer Hütte im Wald lebte. Eine kleine Holzhütte, mit einem Bach an der einen Seite und einer Wiese vorm Haus, auf der sich das Kind mit den Tieren des Waldes traf. Zumindest mit denjenigen, die Menschen als angenehm empfinden. Rehe, Hasen, Füchse. Und nun meint sie, sie müsste unbedingt mit ihrer Puppe in den Wald, um – ja, was? Um dem geträumten Kind einen echten Wald zu zeigen? So etwas in der Art wird es wohl sein.

Sie folgt dem Weg unter die ersten Bäume. Zumindest hat sie jetzt Schatten. Was wird sie nun tun?

Der Wald öffnet mir sein Bewusstsein und ich verfolge ihren Weg mit seinen Augen.

Was sieht sie sich so um? Ach, sie sucht nach Beeren. Nein, die gibt es hier nicht.

Links von ihr liegt ein Tümpel; sie sieht ihn nicht, aber sie kann das faulige Wasser riechen. Es ist kein lebendiger See, der einen Zufluss und einen Abfluss hätte, sondern nur eine Senke, in der sich Regenwasser sammelt und wieder verdunstet. Da es seit vielen Tagen nicht geregnet hat und sehr heiß war, ist jetzt kaum mehr als Schlamm darin übrig.

Jetzt umschwärmen Fliegen ihr Gesicht. Ja, das kommt, wenn Tümpel austrocknen. Sie hält sich die Hand vor Mund und Nase und geht schneller. So hat sie sich ihren Ausflug in den Wald sicher nicht vorgestellt.

Sie meint, wenn sie den Tümpel erst hinter sich gelassen hat und die Fäulnis nicht mehr riechen kann, dann werden auch die Fliegen zurückbleiben. Ich vermute ja, ein paar Schritte weiter werden sie schon noch mitkommen. Und außerdem ist ihr doch auch aufgefallen, an wie vielen Stellen die Erde aufgewühlt ist. Sie hat an Wildschweine gedacht und vermutet, dass in diesen Kuhlen auch Morast gestanden hat. Auch das sind Stellen, an denen Fliegen gerne ihre Eier legen.

Da eilt sie durch den Wald, in den sie so dringend wollte, mit gesenktem Kopf und der Hand vorm Gesicht. Nun ja.

So ist das mit Wäldern. In der Vorstellung, in Träumen und Phantasien sind sie malerisch und voller zutraulicher Rehlein. Im echten Leben sind die Fliegen häufig und die Rehlein rar.

Fünftes Kapitel: Im Labyrinth

Als Magdalene am Morgen wach wird, machen sich einige Körperteile bemerkbar, an die sie normalerweise keinen Gedanken verschwendet. Der Hüftknochen tut weh, auf dem sie gelegen hat, die Beine sind noch schwer von dem langen Marsch des Vortages, und im Kreuz wird sie auch bald etwas spüren, wenn das so weitergeht. Es ist lange her, dass sie mehrtägige Wanderungen unternahm.

Die anderen sind schon wach. Kostas hat ein paar Jonglierbälle hervorgeholt und scheint zu trainieren. Ilka sucht nach einer geeigneten Stelle für ihre Yogaübungen und nach einem Anzeichen der passenden Himmelsrichtung, um die „Begrüßung der Sonne" nach Osten hin ausführen zu können. Finn fingert an den Pfeifen seines Dudelsacks herum, Agelada kramt in ihrem Bündel, A. Wake sitzt still wie aus Holz geschnitzt da, schaut auf den Baum und sieht dabei sehr indianisch aus.

Magdalene geht zu ihm hin und setzt sich neben ihn.

Nach einigen stillen Minuten wendet er ihr sein Gesicht zu, lächelt und sagt: „Guten Morgen!"

Es fühlt sich an, als hätte sie der Sonne beim Aufgehen zugeschaut. Sie lächelt zurück. „Was ich dich fragen wollte", sagt sie, „bist du eigentlich ein richtiger Medizinmann?"

Er lacht. „O nein", sagt er, „ich bin noch nicht mal ein richtiger traditioneller Indianer. Aber einige meiner Onkel sind es. Ihnen zu Ehren trage ich ein kleines Medizinbündel mit mir, nur das Allernötigste. Vergleiche es mit einem Erste-Hilfe-Päckchen, das man bei sich trägt, auch wenn man selbst kein Arzt ist. Ein Heftpflaster, ein Verband, ein Desinfektionsmittel. So etwas."

„Und Ilka?"

„Bei der ist es eher eine kleine Reiseapotheke."

Magdalene nickt verständnisvoll. Wenn sie früher mit ihren Kindern unterwegs war, hatte sie immer ein Desinfektionsspray, eine Pinzette, Heftpflaster und einen Satz saubere Kinderkleidung dabei. Im Wandergepäck eines befreundeten Arztes hatten sich zusätzlich allerlei Salben, Gels und Binden befunden. So ähnlich wird es hier wohl auch sein.

„Du scheinst aber ganz gut zu wissen, was du damit anfangen kannst", meint sie.

„Das ist nur so viel, wie man beim Zuschauen mitkriegt. Keiner hat mich angeleitet und mich etwas gelehrt. Zu meinen ersten Pow Wows bin ich wegen der Mädchen gegangen, zu meinen ersten Schwitzhütten und Zeremonien aus Respekt vor den älteren Verwandten. Inzwischen tue ich es, weil ich gemerkt habe, wie viel es mir gibt."

Magdalene nickt. Zu wie vielen Gottesdienstbesuchen ist sie als Kind gezwungen worden! Und wie eilig hat sie es gehabt, aus der Kirche auszutreten, kaum dass sie volljährig geworden war. Und nun nimmt sie gelegentlich freiwillig an einer Messe teil und genießt die Atmosphäre, und beim ersten Mal nach langer Zeit ist sie erstaunt gewesen, wie gut all die Bewegungen und Antworten noch sitzen.

Sie lächelt den jungen Mann an und geht zurück. Die anderen haben inzwischen ihr winziges Feuer wieder neu entfacht, Ilka kramt einen Tee hervor, und bald können sie zusammen frühstücken und haben sogar ein heißes Getränk dazu.

Vor dem Aufbruch suchen Ilka und A. Wake noch jeder nach einem kleinen versteinerten Stück Holz auf dem Boden. Sie beide danken dem Baum für seine Gabe und stecken das Holzstück ein.

„Diesen Gang da nehmen wir", sagt Magdalene an der nächsten Gabelung, noch bevor Ilka ihre Schafgarbenstengel befragt hat.

„Och nee", kommt ein einstimmiges Protestgemurmel zurück.

„Dieser Gang gefällt mir überhaupt nicht", sagt Finn, „ich hab da ein sehr unangenehmes Gefühl dabei."

Es ist ein enger, muffiger Gang, in den man nicht weit hineinsehen kann und aus dem ein übler Geruch zu kommen scheint.

Warum Magdalene unbedingt hier entlanggehen will, ist den anderen unbegreiflich.

„Ja, mir gefällt er auch nicht", sagt Magdalene. „Ich spüre sogar ein ausgesprochenes Widerstreben in mir, mich ausgerechnet in diesen Gang zu begeben. Und was sagt mir das?"

Keiner unterbricht die kunstvolle Pause mit einer Reaktion auf ihre rhetorische Frage.

„Das sagt mir, dass hier der Weg hingeht. Wir sind hier nicht auf einem Sonntagsspaziergang, auf dem man den Weg des geringsten Widerstandes gehen kann. Wir sind hier auf einer ernsthaften Quest. Und das heißt: Wo der Widerstand ist, da ist der Weg."

Das finden die anderen ein wenig überzogen. Kann es denn nicht auch einfach einen Mittelweg geben?

„Wollt ihr hier ewig im Dunkeln umherwandern?"

Nun ja, das wollen sie denn auch nicht.

„Und ihr kennt das Sprichwort über den Mittelweg in Gefahr und größter Not?"

Ja, sie kennen es – aber ist Gefahr und größte Not nicht ein klein wenig übertrieben? Aber Magdalene geht voraus, eine Fackel in der Hand, was bleibt ihnen übrig, als ihr zu folgen?

Tatsächlich ist dieser Gang schmaler und niedriger als diejenigen, in denen sie bisher gegangen sind. A. Wake setzt sich mit einer zweiten Fackel an das Ende der Gruppe, als könne er sie vor Gefahren von hinten schützen.

Die Luft schmeckt abgestanden und faulig und die Stille scheint von einem feinen Wispern durchdrungen zu sein, das über ihre Trommelfelle schabt. Sie gehen hintereinander und schreiten zügig aus, in der Hoffnung, bald aus dem Gebiet dieses mulmigen und beengenden Gefühls herauszukommen. Das Licht der beiden Fackeln vor ihnen und hinter ihnen beleuchtet nur die Felswände eine Armlänge neben ihnen, die Höhlendecke gleich über ihren Köpfen, und nach vorne und nach hinten wirft es wenige Schritte weit einen trüben Schein in die große, alles durchdringende Finsternis.

Das Wispern, das durch die Stille raspelt, wird immer lauter. Nach und nach sind einzelne Stimmen zu unterscheiden, die aus den Höhlenwänden zu dringen scheinen und aufgeregt auf sie einflüstern, immer lauter und lauter, und schließlich können sie einzelne Worte und dann ganze Sätze verstehen: Das schaffst du nicht! Dazu bist du gar nicht fähig! Was meinst du denn, wer du bist? Andere haben das auch nicht hingekriegt. Warum ausgerechnet du? Wofür hältst du dich? Wie kann man nur so überheblich sein. Du solltest lieber gleich aufgeben. Das ist viel zu schwer für dich. Damit kommst du nicht durch. Das wird dir nicht gelingen. Dafür bist du zu schwach. Dafür bist du zu dumm. Dafür bist du zu klein. Gib auf. Gib auf! Gib auf ...

Sie spüren alle, wie Mutlosigkeit ihr Herz ergreifen will. Sie fühlen sich alle klein und schwach und unfähig, irgendetwas zu tun, geschweige denn einem Ruf der Mutter zu folgen. Sie fühlen Resignation in ihr Herz einziehen und den Wunsch, aufzugeben, zurückzukehren, ihr Versagen einzugestehen, das doch so unausweichlich war. Was haben sie sich überhaupt jemals dabei gedacht, ist das nicht von vornherein die reine Überheblichkeit gewesen?

Ihre Beine werden immer schwerer. Sie heben die Füße nur noch mühsam und schlurfen dahin, von ihrer eigenen Bewegung noch ein wenig getrieben, aber bald würden sie zum Stillstand kommen und es würde nicht mehr weitergehen. Es ist alles aussichtslos. Was haben sie sich nur dabei gedacht?

Die Stimmen flüstern: Wozu soll das gut sein? Du lebst ohnehin nicht mehr lange. Für wen machst du das überhaupt? Das wird dir keiner danken. So viele sind schon gestorben. Keiner erinnert sich mehr an sie. An dich wird sich auch keiner erinnern. Es ist so egal, was du hier tust. Lass es doch einfach bleiben. Es ist gar nicht zu schaffen. Die Aufgabe ist viel zu groß. Du machst keinen Unterschied. Du bist viel zu klein und zu unbedeutend ...

Am liebsten würden sie aufgeben, würden sich auf den Boden legen und niemals wieder aufstehen. Die Versuchung ist groß, nichts mehr zu tun und einfach nur zu schlafen.

Führt dieser schmale, finstere Gang überhaupt irgendwo hin? Oder ist es nur eine Sackgasse? Werden sie wieder zurückgehen müssen, an all diesen Stimmen noch einmal vorüber?

Die Stimmen raunen: Du bist müde. Du bist das alles so müde. Es ist so sinnlos und so anstrengend. Lass es einfach sein. Das bringt ja doch nichts. Es ist zu früh. Es ist zu spät. Du bist viel zu müde. Du hast nicht die Kraft dafür. Sollen das doch andere machen ...

Sie kämpfen sich nur noch so mühsam vorwärts, als müssten sie die Füße durch klebrigen, schweren Sirup ziehen, als hätte sich Schlamm an ihre Beine gehängt und versuche sie hinunterzuziehen. Jeder Schritt fällt ihnen schwerer als der vorige.

Fast sind sie schon zum Stillstand gekommen. Als nächstes werden sie sich auf den Boden sinken lassen. Sie werden sich zu kleinen Kugeln zusammenrollen, jeder für sich, so klein wie möglich, und sich vergeblich zu schützen versuchen. Und wenn die Stimmen auch dann nicht verstummen, dann werden sie so liegen bleiben und so schnell wie möglich zu sterben versuchen.

Ilka nimmt Magdalene die Fackel aus der Hand, setzt sich an die Spitze und ruft: „Unsere Vorfahren sind bei uns! Denkt an die Vorfahren, ladet sie sein!"

Hinter ihnen sammelt sich die Kraft, in deren Gegenwart sie die Nacht verbracht haben.

Magdalene beginnt als erste zu singen. Sie singt „Weine nicht, wenn der Regen fällt", weil ihr das als erstes Lied einfällt, das man einfach drauflos schmettern kann. Ilka fällt ein mit „Es geht mir gut". A. Wake beginnt den Gesang der beiden Frauen mit Beatbox-Rhythmen zu unterlegen. Agelada singt ein Lied der Artemis-Verehrung und der Barde singt „Oh Danny Boy". Der Narr stimmt mit piepsiger Stimme ein Schlaflied an, das den Kindern seines Königs gesungen worden war, wenn sie unruhig waren und nicht schlafen wollten. Ihr Gesang trägt sie wieder einige Schritte weiter, aber es wird nicht reichen, es wird nicht reichen.

Die Stimmen wispern: Leg dich einfach hin und bleib liegen. Es hat doch ohnehin alles keinen Zweck. Du kannst es genauso gut bleiben lassen. Es ist sinnlos. Alles ist sinnlos. Es wird dir nicht gelingen. Du schaffst das nicht. Was hast du schon jemals geschafft. Du hast immer nur alles falsch gemacht ...

Ilka und A. Wake greifen nach den steinernen Ästen, die sie von dem großen Baum der Vorfahren mitgebracht haben, und heben sie in die Höhe, die eine an der Spitze der Gruppe, der andere an ihrem Ende, und rufen mit lauter Stimme die Ahnen um Hilfe. Von den Steinen glimmt ein Licht auf und wird zu einem Leuchten, das sie mehr und mehr umhüllt und die ganze Gruppe in sich einschließt.

Die Macht, die hinter ihnen steht, wird stärker.

Schließlich fällt dem Barden etwas ein, womit man diese Stimmen übertönen kann. Er greift seinen Dudelsack und beginnt ein Marschlied zu spielen, in voller Lautstärke, was der Luftsack hergibt. Es ist das alte Lied, das die Tuatha De Danann gespielt haben, wenn sie aus dem Kessel der Ceridwen getrunken haben und hohen Mutes gegen ihre Feinde gezogen sind. Das dröhnt laut in dem engen Gang und verhindert endlich, dass Stimmen von außen an ihr Ohr dringen; und es gibt ihren Beinen wieder Kraft und Schwung.

Aus ihrem Inneren sind die Stimmen schwerer zu vertreiben.

Als sie diesen Weg endlich hinter sich haben und sich wieder in weiteren, ruhigen und sauberen Höhlen finden, sinken sie erschöpft zu Boden und fühlen sich, als hätten sie den ganzen Tag lang Steine geschleppt.

„Es tut mir so leid", sagt Magdalene, „ich habe euch da reingeredet, es tut mir so leid!"

„Was für ein Glück", sagt Ilka, „was für ein Glück! Stellt euch bloß vor, wir hätten nicht die ganze Kraft unserer Vorfahren hinter uns gehabt. Was hätte das dann werden sollen!"

„Jetzt gehen wir aber in keine Gänge mehr, die uns dermaßen widerstreben!"

„Es wird uns vermutlich nichts anderes übrigbleiben."

„Aber erst nach einer langen Pause!"

„Ich glaube, da sind wir alle dafür."

„Ja! Ich habe auch allmählich Hunger auf Mittagessen."

Sie alle plappern drauflos und reden in ihrer Erleichterung durcheinander.

„Bitte, seid mir nicht böse! Es tut mir so leid."

Der Narr probiert aus, was ihn seine Ahnen gelehrt haben: „Du hast das nicht gewusst. Wenn man etwas nicht wissen konnte, dann kann man auch nicht schuld sein – oder doch?"

So ganz scheint er seiner neugewonnenen Weisheit noch nicht zu trauen, aber die anderen beeilen sich, ihm recht zu geben: „Ja genau, Magdalene."

„Du hast uns nach bestem Wissen geraten."

„Und wer weiß, in was wir sonst hineingerasselt wären!"

„Es ist ja noch mal gut ausgegangen."

„Es tut mir so leid –"

„Nun hör endlich auf, dich ständig zu entschuldigen, es will dir doch gar keiner was!", sagt Ilka resolut.

„Ich habe geglaubt, es wäre am besten so!"

„Ja, das wissen wir alle."

„Es ist gut."

„Ja, aber ..." Magdalene unterbricht sich selbst und schweigt, aber in ihrem Inneren hadert sie weiter mit sich und brütet noch Stunden darüber, was sie alles falsch gemacht hat und ob sie für die Gruppe eine allzu große Belastung sein könnte.

Sie will keinen Weg mehr weisen, ganz bestimmt nicht! Dieser eine misslungene Versuch, ihr Alter und ihre Erfahrung auszuspielen, hat ihr gereicht. Jetzt möchte sie nur noch ein unauffälliges Mitglied der Gruppe sein, nicht herausragen, einfach nur akzeptiert werden.

Klein und still geht sie zwischen den anderen, versucht so unauffällig wie möglich zu sein und weiß nicht, dass sie dabei eine Wolke vergifteter Gefühle um sich her verbreitet, unter der die anderen mehr leiden als unter jedem Fehler, den sie begehen könnte.

Sie brütet noch vor sich hin, als sie auf die nächste Höhle stoßen, die hoch und luftig sich wölbt wie die Galerie eines barocken Schlosses, mit hohen schlanken Säulen und weiten Durchbrüchen dazwischen, als hätte eine unterirdische Flut sie ausgewaschen, so weit sie sehen können. In dieser Lage scheint es besonders sinnlos, sich auf eine Richtung festzulegen. Da es aber offenbar noch sinnloser ist, sich im Kreise zu drehen, suchen sie sich dann doch in der Ferne einen Pfeiler heraus und halten darauf zu. Nach der stickigen Enge des vorigen Ganges fühlen sie sich nun in all dieser Weite beinahe verloren.

Danach kommen sie in einen Gang, in dem ein trübes stinkendes Rinnsal in der Mitte des Bodens entlangtröpfelt. „Irgend jemandes Abfluss ist undicht", sagt Ilka und fügt trocken hinzu: „Dann wollen wir mal hoffen, dass er jetzt nicht die Spülung zieht, sonst landen wir noch sonstwo. Ich führe das jetzt mal nicht weiter aus."

Alle schauen sie erschrocken an. Tatsächlich, wenn hier eine Flutwelle käme und durch die Gänge bräche, sie wären ihr hilflos ausgeliefert. Und die Gänge sehen zum Teil durchaus so aus, als sei dergleichen bereits geschehen, als hätte vorzeiten Wasser die Kanten abgeschliffen. Wind kann es ja wohl nicht gewesen sein.

Da sie ohnehin nicht wissen, wohin sie gehen, wäre es letztendlich egal, wohin eine solche Welle sie trüge – vorausgesetzt, sie landeten heil und gemeinsam, wo auch immer.

„Vielleicht führt der Abfluss ja auch nach draußen?", fragt Agelada hoffnungsvoll. Alle Abflüsse, die sie kannte, sowohl im Tempel der Artemis als auch im Palast ihres Vaters, endeten vor den Mauern der Umfassung. „Vielleicht sollten wir ihm folgen?"

„Möchtest du wirklich in einer Welt herauskommen, in der wer auch immer seine Abwässer entsorgt?", fragt Finn ein wenig knurrig. „Ich möchte jedenfalls nicht in anderleuts Kloake landen."

Die Frage erübrigt sich. Die Brühe in dem Rinnsal verliert an Farbe und Geruch. Je weiter sie kommen, desto blasser wird sie. Zudem wird sie auch immer zähflüssiger, bis schließlich das Rinnsal keine Brühe mehr, sondern nur noch weißlichen Schleim enthält, der etwas nach Vergorenem riecht. Dafür tauchen jetzt fette Maden von allen Seiten auf, kriechen überall entlang und verteilen die zähe, klebrige Masse im ganzen Gang, auf Boden, Wänden und sogar auf der Decke.

Anfangs versuchen die Gefährten noch, die kriechenden weißen Madenkörper zu umgehen, aber es werden immer mehr. Auch der Schleim ist überall. Nirgends kann man seinen Fuß mehr auf einen freien Fleck des Bodens setzen, es wimmelt jeder Fleck von Madenleben. So geben sie es denn schließlich auf, Rücksicht auf die kleinen Geschöpfe zu nehmen. Immer abwechselnd geht einer von ihnen voraus, erträgt das quatschende Geräusch und Gefühl zertretener Maden unter seinen Füßen und versucht sein Essen bei sich zu behalten, und die anderen treten vorsichtig in seine Fußstapfen, mehr können sie derzeit nicht tun. Zudem sind sie damit beschäftigt, Haut, Kleidung und Gepäck vor herabtropfendem Schleim und herabfallenden Maden nach Möglichkeit zu beschützen, was nicht immer gelingt.

Schließlich bleiben Schleim und Maden hinter ihnen zurück. In dem Rinnsal in der Mitte des Ganges fließt jetzt reines, klares Wasser, der Gang weitet sich und die Ufer treten zurück, und ein munter plätschernder Bach mündet in einen See. Ein klarer See voll mit sauberem Wasser, mit durchsichtigem Wasserspiegel, mit Sand und Kieseln auf seinem Grund, der sich vor ihnen inmitten einer weiteren Höhle erstreckt zwischen steinernen Ufern.

Es würde ihnen besser gefallen, wenn sie nicht wüssten, wie dieses saubere Wasser zustande gekommen ist. Aber sie sind alle mit Schleim bedeckt, von den Resten der Maden ganz zu schweigen, und der See liegt still und friedlich zwischen runden weißen Steinen.

„Siehst du", sagt Ilka zu Magdalene, „wir brauchen dich gar nicht, um unangenehme Gänge zu finden. Ich glaube fast, wir hätten diese Stimmen auch in jedem anderen Gang gehört. Es war einfach an der Zeit."

A. Wake singt über dem Wasser und erklärt es für sauber. Alle ziehen sich aus, baden zuerst und waschen dann ihre Kleidung. Magdalene kostet es ein wenig Überwindung, vor all diesen jungen Menschen ihren alten Körper zu zeigen, und Agelada zieht sich um die nächste Ecke zurück, aber den anderen ist es inzwischen egal. Der See ist so tief, dass man sogar ein wenig schwimmen kann; und wenn auch alle dabei an das unbekannte Wesen denken, das sich an ihrem ersten Tag aus dem Wasser gehievt hat, ein paar Züge schwimmen sie doch.

Als Agelada von ihrem Bad zurückkehrt, hat sie darauf verzichtet, ihre Kopfbedeckung aufzusetzen. Ein wenig scheu kommt sie um die Ecke gebogen. Die anderen versichern ihr um die Wette, wie gut ihr ihre Hörner stehen, wie außergewöhnlich elegant sie gebogen sind, dass sie damit hervorragend aussehe und dass auch die Kuhohren nicht im geringsten störten. Sie lächelt ein wenig scheu, glaubt ihnen kaum ein Wort und ist trotzdem sehr glücklich.

Dann rasten sie lange, in ihre Decken gewickelt, während die Kleidung auf Steinen ausliegt und trocknet, bevor sie sich am Nachmittag wieder anziehen und in feuchter Kleidung weiterwandern.

Sie sind in einen Bereich gekommen, in dem die schmalen Gänge abgelöst werden von hohen, weiten Höhlen, besetzt mit glimmernden Steinen. In sprachlosem Staunen schreiten sie hindurch. Quarz wächst hier aus den Wänden und scheint von innen zu leuchten. Vielleicht eine Stunde lang schreiten sie quer durch eine Höhle, die in einem sanften Rot leuchtet und in der es so hell ist, dass sie ihre Fackeln löschen können. Bei ihrer nächsten Rast ist das Rot in Orange übergegangen und das Orange in Gelb, ohne dass es ihnen aufgefallen war. Sie sprechen kaum ein Wort miteinander, so ehrfurchtgebietend wölben sich die Kuppeln über ihnen und verströmen ihr sanftes Licht.

In der letzten der glimmernden Höhlen essen sie ihre letzten Vorräte weitgehend auf und legen sich zu ihrer zweiten Nachtruhe, in goldenem Quarzschein geborgen.

Zwischentext: Die Frau verirrt sich

Die Frau hat das Wäldchen durchquert. Der Weg hat einen Bogen geschlagen, sie hat nicht so recht darauf geachtet, aber sie meint, dass sie jetzt wieder dorthin zurückkehrt, wo sie hergekommen ist: zu mir, der Wiese. Immer nach Hause.

Sie geht Wege entlang zwischen Büschen, vereinzelten Bäumen, an Lichtungen vorüber, auf denen immer wieder Hochsitze stehen. Müsste sie nicht längst schon wieder auf der Höhe ihres Ausgangspunktes angekommen sein? Sie wundert sich und beschließt, an der nächsten Abzweigung nach rechts zu biegen. Rechts, genau. Da müsste sie dann ganz gewiss wieder in die richtige Richtung gehen.

Ja, jetzt sehnt sie sich nach den mageren Wiesen ihrer Kindheit. Außerdem wird auch der Mann mit dem Auto wieder kommen und sie abholen. Da strebt sie jetzt hin. Der Weg führt wieder in den Wald hinein, hier ist sie sicher richtig.

Da hört sie ein Geräusch, das sofort, bevor sie es noch irgendwie eingeordnet hat, nach Bedrohung klingt. Sie erstarrt und bleibt stehen.

Ja, Bedrohung. Sicher ein Wildschwein, es hört sich nach Wildschwein an. Nicht dass die Schweine im Stall ihrer Großmutter jemals solche Laute von sich gegeben hätten. Aber sie hätten es gekonnt; dies ist ein Laut, der einem Schwein zuzutrauen ist. Ein langgezogenes, drohendes Brummen, ein tiefer, kraftvoller Kehllaut, der unmissverständlich sagt: „Du gehst hier nicht weiter. Du gehst woanders lang."

Man soll auf einen Baum klettern, wenn einen ein Wildschwein angreift, hat sie als Kind gelernt. Die schüttere Birke neben ihr ist dafür völlig ungeeignet, selbst wenn sie noch so klettern könnte, wie sie es als Kind so gerne getan hat.

Noch einmal hört sie den warnenden Ruf. Vorsichtig geht sie rückwärts. Eine Bache mit Frischlingen, denkt sie, die vielleicht noch nicht groß genug sind, um wegzulaufen.

Völliger Blödsinn. Frisch geborene Frischlinge in der Sommerhitze?

Das müsste sie aber wirklich besser wissen.

Sie geht immer noch rückwärts, voller Schrecken. Wäre sie weitergegangen, die Bache hätte als nächstes zur Flucht geblasen. Sie hätte nur den Mut haben müssen zu einem einzigen weiteren Schritt. Vielleicht hätte sie die ganze Rotte aus dem Unterholz hervorbrechen sehen, die erste wilde Rotte ihres Lebens.

Aber so dreht sie sich nach ein paar Schritten um, überquert eine Lichtung, findet ihren Weg versperrt durch einen Wald mit dichtem Unterholz, muss eine andere Richtung einschlagen, eine zweite Lichtung passieren, an deren Ende immer noch kein Weg ist, und hat sich in kürzester Zeit völlig verlaufen.

Und sie bemerkt es nicht einmal.

Jetzt ist sie wieder an einer Straße angelangt. Da steht sie jetzt in der Hitze neben dem Asphalt und wartet auf den Mann im Auto. Sie fragt sich, ob sie bergauf oder bergab gehen müsste, um den Parkplatz wiederzufinden, auf dem er sie abholen will. Sie entscheidet sich für bergab; der nächste Parkplatz ist ihr fremd. Sie schleppt sich bergauf. Es ist heiß. Auch in diese Richtung ist ihr der nächste Parkplatz fremd.

Nun weiß sie nicht mehr, was sie noch tun soll. Hat sie sich so weit von ihrem Ausgangspunkt entfernt? Das kann doch eigentlich gar nicht sein.

Nun bedauert sie es, dass sie kein Wasser mitgebracht hat. Die Puppe und das Schreibheft sind die ganze Zeit in der Tasche geblieben; eine Wasserflasche und ein Handy hätte sie brauchen können.

Jedes meiner anderen Kinder hätte längst bemerkt, dass die Sonne aus der falschen Richtung scheint – dass dies also die falsche Straße sein muss. Aber diese Menschen! Da steht sie jetzt fast zwei Stunden lang da und wartet, dass der Mann wieder vorbeikommt und sie da stehen sieht. Dann erst geht sie los – zum nächsten Dorf, wie sie meint, in Wirklichkeit aber in Richtung ihres Zuhause.

Nicht jeder, der den Ruf vernommen hat, vermag ihm auch zu folgen. Die junge Frau hat ihn gehört – sie weiß aber nicht, wie sie in die Anderswelt kommen kann. In ihrer Welt hört man den Gesang der Indianerin Lyla June auf Youtube.

Schamanen finden einen Weg, indem sie auf ihrer Trommel hinüberreiten, Hexen werfen Kräuter in ihre Feuer, Magier schwingen die Mäntel und Zauberer ihre Stäbe, Geschichtenerzähler schreiben sich in Trance und Druiden in ihren Hainen finden einen Weg – aber nicht eine junge Frau, die ihre Reise wegen eines Wildschweins abbricht, tut mir leid. Da muss vorher noch einiges geschehen.

Sechstes Kapitel: Tage voller Prüfungen

An ihrem dritten Morgen gibt es kein Frühstück. Die kleine Notration, die jeder von ihnen sich aufgehoben hat, bleibt wohlverwahrt im Bündel.

Heute geht es wieder in finstere Gänge hinein und Stunden über Stunden bei Fackelschein durch die Dunkelheit. Es ist wieder so wie am ersten Tag, nur dass sie jetzt nichts mehr zu essen haben. Die Stimmung ist gedrückt. Natürlich kann man auch ohne Essen wandern, so lange nur genug Wasser da ist. Aber wo gehen sie eigentlich hin? Und was, wenn es überhaupt niemals einen Ausweg geben würde?

Viele Gänge, durch die sie gehen, sind trocken, luftig und sauber. Die meisten haben auch eine angenehme Temperatur. Aber einmal müssen sie sich alle in ihre Decken einmummeln und werden trotzdem das Gefühl nicht los, dass ihnen ihre Nasenspitzen abfrieren und dass ihr Atem sich als Raureif niederschlägt. Sie müssen feststellen, wie anstrengend das Gehen ist, wenn jeder Muskel steif geworden ist vor Kälte und der Körper all seine Energie dafür braucht, all das warmzuhalten, was er für überlebenswichtig hält. Schließlich kommt der bibbernde kleine Kostas zu Agelada unter die Decke gekrochen, und dann kommen auch die anderen auf die Idee, sich jeweils zu zweit in eine doppelte Schicht Decke zu wickeln und sich darunter gegenseitig warmzuhalten.

Danach essen sie ihre letzten Vorräte auf, denn die Kälte hat sie sehr viel Kraft gekostet. Sie essen langsam und mit Bedacht und spüren, wie ihre Finger brennen und die Nasenspitzen und die Zehen wieder warm werden.

Gerne würden sie alle länger rasten. Sie sind erschöpft. Es würde ihnen gut tun, einfach nur ein wenig beisammenzusitzen. Aber so ganz ohne die geringste Wegzehrung in der Tasche haben sie nun doch das Gefühl, sich beeilen zu müssen – auch wenn keiner weiß, ob dieses Labyrinth überhaupt irgendwo einen Ausgang hat und in welche Richtung sie eilen müssen. Vorwärtszukommen, weiterzugehen, das scheint ihnen wichtig zu sein, auch wenn sie nicht verstehen, warum, auch wenn keiner weiß, wohin.

Sie betreten eine Höhle, die aussieht, als würde sie von riesigen versteinerten Baumwurzeln getragen und gebildet. Ob sie vielleicht im Kreis nach unten gegangen und jetzt unter den Ort geraten sind, an dem sie die erste Nacht verbracht und den sie die Höhle der Ahnen genannt haben?

Aber diese Wurzeln sind nicht wohlwollend, wie es die Bäume der Ahnen gewesen waren. Sie strömen Gehässigkeit aus gleich einem giftigen Gas.

„Müssen wir hier wirklich durch?", fragt Kostas. Instinktiv weichen die Wanderer zurück.

„Es wird uns wohl nichts anderes übrig bleiben", meint Agelada.

„Das sagst du immer!"

„Na ja, es stimmt ja auch immer."

Es fühlt sich an in dieser Höhle wie die Ausstrahlung einer Menschenmenge, die sich nicht für etwas, sondern gegen etwas ereifert, und das mit der heißen, blindwütigen Energie von Fußball-Hooligans. Im Moment scheint die gesamte Ausstrahlung dieser steinernen Wurzeln gegen sie gerichtet zu sein. Warum auch immer; das versteht keiner von ihnen. Haben sie jemals einem Stein etwas getan?

Sie zögern, stehen am Rande der Höhle und wissen nicht, was sie jetzt tun sollen. Umkehren? Aber wohin?

„Sie grenzen uns aus, die Wurzelsteine. Sie mögen uns nicht", sagt Ilka.

„Sie brauchen uns auch nicht zu mögen! Es reicht völlig, wenn sie uns durchlassen." A. Wakes Augen blitzen grimmig entschlossen.

„Wir sind Eindringlinge in ihrem Reich", meint Ilka. Sie denkt schon darüber nach, wie man Steine zu etwas überreden könnte. Wie kann sie einem Stein erklären, dass sie ihm nichts Böses will?

„Ob wir jetzt die Kriegerin gebraucht hätten, die junge Wikingerin mit den blonden Zöpfen, von der der Magier sprach?", fragt Agelada.

„Meinst du etwa, gegen junge Mädchen könnte keiner eine solche Gehässigkeit entwickeln?" Magdalene weiß es besser.

Kostas tritt ein paar Schritte vor. Wenn Kinder verschont werden, dann muss er verschont sein. Aber die Gehässigkeit schwallt ihm entgegen wie ein ätzender Nebel. Erschrocken zieht er sich wieder zurück.

„Wir wollen ihnen doch gar nichts! Wir wollen doch nur hier durch, warum hassen sie uns so sehr?", fragt er verwirrt.

„Ja, das ist eine gute Frage – wenn wir wüssten, warum sie so wütend sind, vielleicht könnten wir dann etwas tun!"

„Meistens", sagt A. Wake, und das ist ein Spruch, den er bei einem Rapper namens Sascha entlehnt hat, „meistens, wenn ich hinter meine Wut blicke, dann sehe ich da ein verletztes kleines Kind."

„Und ein verletztes kleines Kind kann man lieben", fügt Finn hinzu.

„Du meinst, Liebe ist mal wieder die Antwort."

„Liebe ist eigentlich immer die Antwort", sagt Magdalene. „Wisst ihr übrigens, warum Liebe immer stärker ist? Weil sie den Hass mit umfassen kann. Der Hass kann die Liebe nämlich nicht mit umfassen, der muss immer irgendwas ausgrenzen. Aber die Liebe umfasst alles. Und deshalb ist sie stärker."

„Energiekreis", sagt Ilka. Magdalenes Erinnerungssplitter von den Dogmatikvorlesungen längst vergangener Jahrzehnte scheinen sie auf eine Idee gebracht zu haben.

„Was?"

„Wir setzen uns jetzt mal alle im Kreis auf den Boden. Dann schicken wir so lange Energie rund, bis jeder von uns voll damit ist vom Scheitel bis zur Sohle. Wir saugen unsere Aura so mit positiver Energie voll, dass alles Negative davon abgestoßen ist. Versteht ihr?“

Noch nicht so ganz, aber es kann zumindest nicht schaden.

Sie setzen sich im Kreis auf den Boden und fassen einander bei den Händen – die linke nach oben geöffnet wie eine offene Schale, die rechte über die Hand des Nachbarn gewölbt wie eine Regenwolke. Sie atmen Energie ein, geben sie mit der rechten Hand weiter und empfangen sie mit der Linken vom Nachbarn, lassen sie durch sich hindurchströmen, bis sie alle sich einen leuchtenden Kreis vorstellen können, in dem Energie sich dreht. Sie dehnen den Kreis nach oben, bis sie eine geschlossene Kuppel haben, und stellen in diese Kuppel die Gehässigkeit hinein, die sie gespürt haben, um sie mit Liebe zu durchtränken.

Tatsächlich fühlen sie sich aufgeladen, als sie sich voneinander trennen.

„Jetzt seit ihr alle mit Energie gefüllt von oben bis unten und rundherum. Eure ganze Aura ist aufgeladen. Und jetzt stellt euch vor, ihr habt ein Magnetfeld um euch rum, von dem jedes übel wollende Feld einfach abgestoßen wird. Kennt ihr alle Magneten, die einander abstoßen?“

Zustimmendes Gemurmel antwortet ihr.

„Also wir wandern jetzt los, jeder von uns in seinem eigenen kleinen Energiefeld. Was geliebt werden möchte, das können wir lieben. Was uns schaden möchte, das wird einfach wirkungslos von uns abprallen. Und wir bleiben in Verbindung miteinander und unterstützen uns gegenseitig. Fertig?“

Gemurmel.

„Dann los! Und haltet die Energie, bis wir durch sind!“

Sie gleiten in die giftige Atmosphäre hinein wie glattgeschliffene Kiesel ins Wasser. Diesmal geht A. Wake mit seinem Ahnenstein vorneweg und Ilka mit ihrem zum Schluss. „Rise up!", singt A. Wake, „all you warriors of love!" Beide versuchen, ihre Energie so hoch zu halten, dass sie auch die anderen damit versorgen und stützen können, falls jemand zusammenbricht.

Tatsächlich ist Kostas konzentrierter, als sie gedacht haben. Sie haben gemeint, ein Kind würde sich leicht ablenken lassen, aber er hatte sich einfach vorgestellt, er müsse fünf Bälle gleichzeitig in der Luft halten. Agelada hingegen zeigt eine etwas faserige und zerfahrene Aura, auch Magdalenes Aura ist schwankender, als sie vermutet hätten. Ilka und A. Wake halten die beiden mit ihrer Energie mit aufrecht. Die Aura des Barden leuchtet in einem unerschütterlichen Grün, ihm kann nichts geschehen. So durchqueren sie die Höhle der Gehässigkeit unbeschadet.

Der kleine Narr beginnt zu weinen, als sie das andere Ende erreicht haben und die wabernde Aura hinter ihnen liegt. „Warum waren sie nur so böse mit mir?", schluchzt er, „Ich habe ihnen doch überhaupt gar nichts getan!"

Er denkt dabei auch an die abgenagten Knochen, mit denen die Gäste seines Königs ihn beworfen haben, nachdem sie eben noch über seinen Auftritt gelacht hatten. Warum taten sie das? Wussten sie nicht, wie sehr sie damit einen Menschen verletzen konnten? War es ihnen egal, ob ihn das schmerzte? Oder wussten sie es gar und machten es gerade deswegen? Das hatte er sich schon so oft gefragt.

„Das mit dem Energiekreis könnten wir öfter machen", meint Magdalene. „Gefiel mir nicht schlecht."

„Ja", sagt Ilka, „es gibt Dinge, denen solltest du einfach nicht alleine entgegenstehen."

Und weiter geht es. Sie laufen durch schmale Gänge, sie laufen durch größere Höhlen und wieder durch schmale Gänge, sie laufen über eine weite Fläche und kommen sich vor wie ein paar kleine Ameisen, die über ein weites Plateau krabbeln. Wobei sie sich manchmal fühlen, als ob über ihnen Vögel kreisten, die sie gesehen haben und Appetit auf Ameisen entwickeln mochten – und wenn das so wäre, dann würden sie nicht die leiseste Idee haben, wohin sie sich würden flüchten können.

Zur Nachmittagspause trinken sie Wasser. Zu essen haben sie nichts mehr.

Gegen Abend, sie haben es kaum bemerkt, sind die Höhlengänge wieder in gemauerte Korridore übergegangen. Zuerst von gewachsenem zu behauenem Stein, dann ein wenig Flickwerk hier und da, das immer mehr zunimmt – und jetzt gehen sie durch sehr gerade, sehr sauber gemauerte, sehr gleichmäßige Gänge.

„Glaubt ihr, dass wir jetzt endlich wieder nach draußen kommen?", fragt jemand, und ein anderer: „Glaubt ihr, dass hier jemand ist?"

Hinter ihnen rasselt ein eisernes Fallgitter aus der Decke und schneidet ihnen den Rückweg ab.

„Ach du Scheiße."

„Ja, es scheint so."

Was bleibt ihnen übrig? Sie gehen vorwärts. Sie biegen ab, wo Fallgitter ihnen andere Wege versperren. Offenbar will irgendjemand sie an irgendeinem Ort haben, und sie haben nicht die geringste Vorstellung davon, wohin es gehen und was dort mit ihnen geschehen sollte.

Wer einen Gott hat, ruft ihn während dieses Ganges leise murmelnd an. Keiner gibt sich große Mühe, sich alle Eventualitäten vorzustellen – im Gegenteil, sie versuchen nach Möglichkeit an etwas anderes zu denken. Irgendetwas anders.

„Was meint ihr, wo führt man uns hin?" fragt schließlich Kostas mit zitterndem Stimmchen, und alle machen „pscht!".

„Das werden wir schon noch sehen", fügt Magdalene hinzu, in einem Tonfall, der tröstend wirken soll, es aber nicht tut.

Schließlich öffnet sich vor ihnen der Gang, ein letztes Fallgitter rasselt hinter ihnen in die Tiefe. Sie stehen auf einem halbrunden Platz von mehreren Schritten Breite, sind in helles Licht getreten und kneifen geblendet die Augen zu.

„Und nun?", fragt einer von ihnen, so leise murmelnd, dass man die Stimme nicht erkennt.

Sie sind nicht allein. Sie spüren genau, dass jenseits dieser Lichter, jenseits dieses Platzes, auf dem sie stehen, jemand ist. Viele sind. Sie können viele Präsenzen spüren.

Menschen sind es vermutlich nicht, es fühlt sich fremdartig an, was sie spüren. Wenn doch, dann sind es sehr ungewöhnliche Menschen.

Und nun, was wird nun von ihnen erwartet?

Sie stehen vor dem Fallgitter und trauen sich nicht davon weg. Vielleicht wird es ja wieder hochgezogen werden für einen kurzen Moment, vielleicht werden sie dann entkommen können? Es ist doch sicher keine schlechte Idee, sich in der Nähe des Ausgangs aufzuhalten – vor allem dann, wenn sich Bilder von Opferritualen aufdrängen, von Herzen, die aus lebenden Leibern geschnitten werden, von Blut, das über Altäre rinnt. Und ja, so allmählich sollte man sich jetzt mal mit dieser Vorstellung oder etwas Vergleichbarem vertraut machen.

Im Halbkreis um sie herum wird allmählich ein ungehaltenes Murmeln laut. Vereinzelte Pfiffe sind zu hören.

„Du meine Güte, was sind wir so blöd!", murmelt der Narr.

Er geht ein paar Schritte vor, stellt sich mitten ins Licht, greift in die Taschen seiner Pluderhosen und holt seine Jonglierbälle hervor. Zuerst etwas eingerostet, aber dann mit immer größerer Sicherheit beginnt er mit drei Bällen zu jonglieren, sich dabei um die eigene Achse zu drehen, zu hüpfen und auf einem Bein zu stehen, Purzelbäume zu schlagen, einen vierten Ball hinzuzunehmen.

Das unruhige Gemurmel um sie herum macht Lauten Platz, die eindeutig einen wohlwollenden Klang haben.

Offenbar sind sie in einer Art Amphitheater gelandet und sie sind die Attraktion des Abends. Wie weit die Ränge sich emporziehen, wer darauf Platz genommen hat und wie viele es sind, das können sie nicht sehen und wollen es auch nicht. Auch wollen sie nicht wissen, ob irgendwo Löwen darauf warten, ihnen den Garaus zu machen.

Und bevor sie sich überlegen, was man hierzulande mit einer Attraktion macht, die man nicht unterhaltsam findet, sollten sie sich lieber schnell überlegen, was jeder von ihnen zeigen kann.

Kostas hat seine Darbietung beendet und verneigt sich. Er schwenkt seine Narrenkappe so schwungvoll, dass sie über den Boden fegt. Von den Rängen kommt zustimmendes Gemurmel; offenbar ist seine Jonglage gut aufgenommen worden. Kostas richtet sich wieder auf mit einem breiten Grinsen im Gesicht: ein Kind, das für die Bühne geboren ist und das vom Applaus lebt.

Von der Seite kommt eine hochgewachsene Gestalt in grauem Umhang, die Kapuze tief ins Gesicht gezogen, legt dem Narren eine Hand auf die Schulter und führt ihn beiseite, auf einen seitlichen Durchgang zu und durch eine Tür hindurch. Als die anderen Anstalten machen, ihnen zu folgen, hebt er die Hand ihnen entgegen und hält sie damit schweigend zurück.

„Ich würde gerne bei dem Kind sein, und ich würde gerne bei den Frauen bleiben, beide möchte ich beschützen, was soll ich jetzt nur tun?", fragt A. Wake mehr sich selbst als die anderen. Es ist das erste Mal, dass einer von ihnen die Gruppe verlässt und den Kontakt zu den anderen verliert.

„Sie werden ihm schon nichts tun – sie werden ihm doch wohl hoffentlich nichts tun?"

„Denen hier draußen scheint er gefallen zu haben, aber wer weiß, was die da drinnen von ihm halten?"

„Vielleicht essen die draußen nur die Leute, die ihnen gefallen haben."

„O pfui, was für ein böser Gedanke!"

„Ich werde mal versuchen, ob sie mich zu ihm lassen." Und Ilka tritt an die Rampe.

Ja, was kann sie? In ihrem Hexenzauber ist kein Blendwerk dabei, das irgendjemanden beeindrucken könnte.

Sie verbeugt sich, breitet ihre Decke aus und macht ihre Yogaübungen, schön mit einem Sonnengruß am Anfang und fließenden Übergängen. Sie legt ihre ganze Konzentration hinein. Dann zeigt sie schwierigere Übungen, die Körperbeherrschung erfordern. Jede von ihnen hält sie für ein paar Sekunden, bevor sie möglichst sanft und fließend in die nächste Übung übergeht. Schließlich endet sie wieder mit dem Sonnengruß und verneigt sich dann.

Bei ihrem Auftritt hat es kein Geraune gegeben wie bei dem des Narren. Aber jetzt ist die Zustimmung deutlich zu hören. Es war gut; es hat gefallen. Die grau gewandete Gestalt kommt und führt sie hinter dem Narren her. Hinter ihr schließt sich wieder die Tür.

„Und was passiert, wenn ihnen etwas nicht gefällt?"

„Das möchtest du nicht wissen", erwidert A. Wake grimmig.

„Ah okay."

Agelada tritt vor. Jetzt ist sie froh, dass sie ihren Hut wieder aufgesetzt hat nach dem Bad.

Sie hat beschlossen, ein Lied für die Artemis von Ephesos vorzutragen. Sicher gibt es doch keine Welt, wo auch immer, in der nicht die Artemis von Ephesos verehrt und ihren Priesterinnen Respekt gezollt wird!

Anscheinend doch. Das Raunen auf den Rängen hört sich nicht zufrieden an, von respektvoll oder gar ehrfürchtig ganz zu schweigen.

Ratlos dreht Agelada sich um. „Liegt es an meiner Stimme?", fragt sie die anderen.

„Ich denke eher, du müsstest mehr mit dem Herzen dabei sein", meint der Barde. „Es kam so ein wenig mechanisch rüber. Die Stimme an sich war gar nicht so übel. Aber das Publikum möchte auch immer gerne, dass auch etwas für das Herz dabei ist, wenn du mich fragst."

Das Lied der Verehrung der Artemis mit dem Herzen singen? Agelada spürt ein Widerstreben dagegen. Respekt für die Göttin, selbstverständlich, jederzeit. Auch Ehrfurcht kann sie empfinden und in ihre Stimme legen. Aber Zuneigung? Noch nie in ihrem Priesterinnenleben hat sie Zuneigung zu der Göttin empfunden. Es ist auch nie von ihr verlangt worden. Alles, was je verlangt worden war, ist Verehrung gewesen, und diesbezüglich hat sie sich niemals etwas zu Schulden kommen lassen. Irritiert schaut sie jetzt auf den Barden und dann wieder in die Dunkelheit jenseits der Bühnenlichter.

„Vielleicht kennst du ein anderes Lied, bei dem du mehr empfindest?", fragt Magdalene sanft.

Das Publikum schweigt erwartungsvoll. In Ageladas Kopf herrscht Verwirrung, sie kann ihre eigenen Gedanken nicht mehr auseinanderhalten. Zu sicher hat sie damit gerechnet, dass ein Lied einer Priesterin immer und überall wertgeschätzt würde. Nun ist sie nicht mehr in ihrer Funktion als Priesterin gefragt. Nun soll sie als Mensch hier stehen. Wann hat sie das zuletzt getan, sich hingestellt als sie selbst – nicht als Fehltritt ihrer Mutter, nicht als Priesterin ihrer Göttin, nicht als Missgeburt im Palast eines Königs?

Eine leise Erinnerung schleicht sich in das Chaos in ihrem Kopf. Fast wäre sie unbeachtet wieder verschwunden, aber Agelada hat sie gerade noch erspäht und hält sie schnell am Rockzipfel fest.

Sie war drei oder vier Jahre alt gewesen, hatte noch nie bewusst in einen Spiegel geschaut, wusste nichts von Königen und weißen Stieren, von Kuhohren und den Fehltritten von Königinnen. Sie hatte mit ihren Schwestern im Garten des Palastes gesessen, sie hatten Hochzeit gespielt. Ariadne war die Braut gewesen, die Schwestern hatten ihr Blumen gestreut und gesungen. Dieses Lied. Wenn es ein Lied gibt aus einer Zeit, bevor sie so tief verletzt worden war, dann ist es dieses.

Und anstelle des feierlichen, komplizierten Hymnus an die Göttin beginnt Agelada mit einem sehr schlichten „Ich habe ein Mädchen gesehen, das gefiel mir so gut, sie soll meine Königin sein, eine andere will ich nicht."

Das Publikum raunt Zustimmung. Agelada wird herausgeführt und weiß selbst nicht, wie ihr geschieht.

„So", sagt Magdalene zu A. Wake, „Frauen und Kinder sind draußen, dann geh du jetzt mal beschützen." Und als er den Mund öffnen will, fügt sie schnell noch hinzu: „Großmütter schützen sich selbst."

Das ist in der Welt von A. Wake anders. Da sind die jungen Krieger zum Schutz nicht nur der Frauen, sondern auch der verehrten Alten da. Er geht trotzdem vor in die Bühnenmitte – denn der Respekt vor den Alten gebietet auch, dass man ihnen gehorcht.

Was werden die Unsichtbaren von Beatbox-Rhythmen halten? Wie werden ihnen Hip-Hop-Bars gefallen? Wenn es nach dem Enthusiasmus des Sängers geht, dann ist alles gut; und tatsächlich kommt A. Wakes Darbietung gut an und er darf von der Bühne gehen und den anderen folgen.

Finn versucht es zuerst mit einer Heldenballade, wie sie in den Hallen von Königen gern gehört werden. Als sich keine Zustimmung äußert, nimmt er seinen Dudelsack und stimmt ein jammervolles Klagelied an, das die Gefallenen eines längst vergangenen Krieges ausgiebig betrauert.

Er selbst hört es nicht, aber Magdalene kann hören, wie die Zuschauer zuerst verblüfft sind und sich dann eher wohlwollend äußern. Nach einer beträchtlichen Anzahl von Wiederholungen der immer gleichen Tonfolge, so kommt es ihr zumindest vor, darf der Barde gehen.

Nun ist sie als letzte übrig. Singen kann sie nicht; sie hat noch nie im Leben einen Ton getroffen oder gar halten können. Im übrigen hat sie sich auch noch nie getraut, laut zu singen, wo es irgendwer hätte hören können.

Aber sie sollte doch wohl ein Gedicht aufsagen können! Ob Gedichte auch zählen?

Sie versucht es mit dem Erlkönig. Er hat textlich ein paar kleinere Lücken, aber sehr schön verstellte Stimmen, also unterhaltsam ist das doch!

Die Zuschaueräußerungen klingen nach sehr verhaltener Zustimmung. Es geht mit Gedichten, möglich ist das, aber es hat nicht gereicht. Und nun? Der Erlkönig ist ihr Paradegedicht. Nichts anderes lässt sich so schön dramatisch ausschlachten – wobei sie sich, zugegeben, die Stimme des Erlkönigs von Gollum ausgeliehen hat. Was nun? Ein anderes Gedicht fällt ihr auf die Schnelle nicht ein, und überhaupt – mehr Dramatik geht nicht!

Und wenn es auch bei ihr nicht um den Unterhaltungswert ging, sondern um die emotionale Beteiligung?

Ein Gedicht fällt ihr ein, ein einziges, von Doris Lessing. Von dem war sie so beeindruckt, damals, als sie es in einem Roman entdeckte, dass sie es gar nicht zu lernen brauchte, es blieb von selbst in ihrem Gedächtnis haften.

„I shall rise my heart!", schreit sie dem Publikum entgegen. „Thundering!", schreit sie. „Across the plains!"

Das Publikum verstummt verblüfft. Aber nach ihren letzten, nicht mehr gebrüllten, sondern beinahe geflüsterten Worten „Teach me to love my hunger. Send me hard winds from the plains" erhebt sich ein Applaus, der ausreicht, dass eine hohe Gestalt in grauer Kapuze auf sie zukommt. Erleichtert verbeugt sie sich vor einem Auditorium, das noch immer unsichtbar ist. Nie im Leben werden sie erfahren, vor wem sie hier eigentlich aufgetreten sind!

Und sie folgt der Gestalt durch die Tür, durch die auch die anderen gingen. Nun wird sie erfahren, wie es ihnen ergangen ist, und wird auf Gedeih und Verderb ihr Schicksal teilen.

Zu ihrer allergrößten Verblüffung kommt sie in einen Raum mit einem Tisch, mit Bänken, auf den Bänken sitzen die Kollegen, auf dem Tisch stehen Platten mit Essen, Becher sind da und Krüge. Die anderen lachen ihr entgegen: „Willkommen in der Künstlergarderobe! Das Catering war schon da, aber wir wollten nicht ohne dich anfangen."

Sie lässt sich auf die Bank fallen, erschöpft. Soeben hat sie etwas hinausgeschrien, woran sie seit vielen Jahren nicht mehr gedacht hatte, das muss sie jetzt erst einmal verarbeiten. Nur nebenbei nimmt sie Brot und Butter, nimmt Honig wahr und Käse, Äpfel und frisches Wasser.

Sie hat ihre Wünsche hinausgeschrien, ihre Träume, ihre geheime Furcht. Ihre Sehnsucht. So vieles, was in ihr verschlossen gewesen war. Seit Jahren hat sie nicht mehr an dieses Gedicht gedacht, das ihr doch irgendwann einmal so wichtig gewesen ist, dass sie es auswendig konnte, ohne es jemals vorsätzlich gelernt zu haben. Jeder einzelne Satz dieses Gedichtes ist in sie hineingraviert als eine Herausforderung, eine Aufgabe. Und sie hat es völlig vergessen. Wie konnte das nur geschehen?

Auch Agelada sitzt etwas verloren da. Auch sie hat sich an eine Zeit erinnert gefühlt, in der sie eine ganz andere gewesen ist. Jetzt wird sie eine Weile brauchen, bis sie wieder in ihre gewohnte Priesterinnenrolle zurückfindet, bis sie wieder überheblich und unterkühlt auf die anderen herabsieht. Aber nie wird es wieder ganz verloren gehen, das einmal wiedergefundene Kind, das stillvergnügt mit seinen großen Schwestern im Garten spielte und sich für eine von ihnen hielt. Damals, als ihre Welt noch in Ordnung war. Niemals wieder würde sie vergessen, dass es einmal eine solche Zeit gegeben hatte.

Wie hatte sie es überhaupt jemals vergessen können? Ach ja, der Schock. Er war so groß gewesen, er hatte alles in den Schatten gestellt.

Die anderen sind nicht so schweigsam. „Was für ein Glück, dass du erkannt hast, wo wir sind und was wir tun müssen! Was hätten wir nur ohne dich gemacht!", wird Kostas gelobt, dass er rot wird bis an die Ohren und sich trotz aller Verlegenheit in dem allgemeinen Lob sonnt, als hätte er im Leben noch nicht viel davon bekommen. A. Wake erklärt ihm, wie schrecklich es gewesen sei, ihn da ganz alleine fortgeführt zu sehen – man habe ja nicht wissen können, wohin er gebracht werde!

Im übrigen weiß man immer noch nicht, wo es von hier aus hingehen wird. Man weiß noch nicht einmal, ob sie überhaupt wieder fortgelassen werden. Aber der überstandene Schrecken hat alles Adrenalin verbraucht, das sie zur Verfügung hatten. Jetzt wird es in Geplapper umgesetzt, in Gelächter. Wenn es ganz aus dem Blut verschwunden ist, dann werden sie urplötzlich müde sein. Und morgen, morgen werden sie sich auch wieder Sorgen machen und sich aufregen können.

Der vierte Tag findet sie in einem Raum mit gemauerten Bänken, auf denen sie die Nacht verbracht haben, und einem Fallgitter vor dem Zugang zu dem Raum, in dem sie am Abend zuvor gegessen hatten. Also war es wohl doch ein einmaliger Auftritt, der von ihnen verlangt worden ist, und kein dauerhaftes Engagement?

Als die große Müdigkeit über sie gekommen war, waren sie zum Glück noch geistesgegenwärtig genug gewesen, sich etwas vom gedeckten Tisch zu nehmen und als Reiseproviant einzustecken. Nun können sie frühstücken und dann durch den einzigen offenen

Durchgang die Räume hinter der Bühne verlassen und wieder eintreten in die Welt der endlosen Gänge.

„Was ich nicht verstehe", sagt Magdalene zu Ilka, als sie einmal nebeneinander gehen, „das ist, warum du mit körperlichen Übungen durchgekommen bist. Von mir wurde verlangt, dass ich etwas wirklich Emotionales zeige, und bei dir reicht ein bisschen Yoga! Nicht, dass es nicht beeindruckend ausgesehen hätte", fügt sie schnell noch hinzu.

Ilka wäre vor Überraschung beinahe stehengeblieben. „Du meinst, das wären einfach so emotionslose Gymnastikübungen gewesen? Aber das ist doch völlig falsch! Wenn ich Yoga mache, dann fühle ich mich zu Hause, ich lebe in diesen Übungen, ich bin lebendiger als fast in allem anderen, wie andere vielleicht im Tanzen oder Singen. Yoga ist das Emotionalste, was ich von mir auf einer öffentlichen Bühne zeigen kann!"

Magdalene nickt. Jetzt versteht sie.

Der Narr ist noch immer begeistert von seinem eigenen Auftritt. Einen Aspekt seines Dienstes als Narr kann er offenbar nicht ausstehen: wenn er zur Zielscheibe allgemeinen Spottes wird, wenn man gar Knochen und Brotkrusten nach ihm wirft. Aber seine akrobatischen Auftritte und seine Jonglagen liebt er sehr. Aufgeregt wie ein kleines Kind plappert er drauflos und erzählt ihnen von besonders schwierigen Griffen, die ihm geglückt sind, was sie offenbar nicht regelmäßig tun. Dabei hüpft er um sie herum wie ein junger Hund, der am Ende des Spazierganges den dreifachen Weg zurückgelegt hat.

Irgendwo muss dieses Labyrinth doch einen Ausgang haben! Sie versuchen, immer so ungefähr in dieselbe Richtung zu gehen. Aber wie soll man das feststellen, wenn man weder Himmel noch Sonne oder sonst einen Anhaltspunkt sieht!

Zu Mittag essen sie einmal mehr ihre letzten Vorräte, ruhen ein wenig und gehen dann weiter. Keine Vorräte mehr, das heißt, es ist nun an der Zeit, allmählich mal irgendwo anzukommen. Sie werden wohl kaum noch einmal auf ein Amphitheater treffen, das ihnen einen Tisch voller Lebensmittel spendiert. Das hat ihnen zwar einen weiteren Tag geschenkt, aber hat es sie ihrem Ziel auch nur einen Schritt näher gebracht? Sie wissen nach wie vor nicht, in welche Richtung sie gehen müssen, ob es überhaupt einen Ausgang gibt. Sie wissen nicht, wohin sie gerufen sind und wann sie dort erwartet werden. Sie können nur immer weiter und weiter gehen, auch wenn es ihnen noch so sinnlos erscheint.

Nun haben sie eine weite Höhle zu durchqueren, auf deren Boden lockerer warmer Sand liegt. Bei jedem Schritt sinken ihre Füße tief ein und das Weiterkommen wird immer schwieriger.

Auch scheint der Sand immer wärmer zu werden. Und in der Entfernung haben sie sich ebenfalls verschätzt; die andere Seite der Höhle liegt weiter entfernt, als sie erwartet hatten.

Schweigend kämpfen sie sich vorwärts, jeder für sich. Die Wasserflaschen sind leergetrunken und das andere Ende des Wegs ist noch so fern.

Jeder von ihnen versucht nur noch an seinen nächsten Schritt zu denken, der so schwer fällt, weil der Fuß jedes Mal wieder aus dem tiefen Sand herausgezogen werden muss. Jeder versucht den knurrenden Magen zu ignorieren, die zunehmende Kraftlosigkeit, die Schwere der Beine, die Schweißperlen, die ihnen in den Nacken rinnen. Jeder kämpft sich vorwärts, so gut er kann.

Sie reden nicht mehr miteinander, weil jedes Wort Kraft kostet, und jedes bisschen ihrer Kraft brauchen sie zum Vorwärtskommen.

Magdalene fühlt ihre Gedanken verwehen und ihren Kopf immer leichter werden. Kündigt sich so eine Ohnmacht an?

Aber auch die anderen sind nicht mehr zum Nachdenken in der Lage. Von Zeit zu Zeit reiben sie noch mit der Zunge über das Zahnfleisch, um Speichel hervorzulocken und damit die Kehle zu befeuchten, aber auch diese Quelle ist längst versiegt.

Schließlich bricht Agelada zusammen. Sie ist schwer gebaut, ihre Hufe sinken tiefer in den Sand ein als ein menschlicher Fuß, ihre Kraft ist aufgebraucht: Sie fällt einfach ohne ein weiteres Wort in den heißen Sand und bleibt ohnmächtig liegen, ihren seltsamen Hut auf dem Kopf und in ihren langen Röcken.

Bevor die anderen noch sich um sie scharen und einander hilflos ansehen können, ist A. Wake bereits auf sie zugegangen und hat sie hochgehoben. Er legt sich die Ohnmächtige über die Schulter und stapft weiter.

Und noch immer ein Drittel des Weges zu gehen bis zum Rand dieser Höhle.

Als sie etwa eine weitere Viertelstunde gegangen sind, kommt A. Wake ins Stolpern. Er kann die Last nicht mehr tragen und lässt Agelada vorsichtig in den Sand gleiten. Schnaufend setzt er sich neben sie.

Auf die Gefahr hin, dass keiner von ihnen jemals wieder auf die Füße kommt, lassen die anderen sich neben ihn plumpsen.

Es ist gar nicht mehr so besonders weit; eine halbe Stunde vielleicht noch, dann würden sie es geschafft haben und die Höhle würde hinter ihnen liegen. Aber im Moment weiß keiner, ob er jemals einen Schritt wird weitergehen können, von einer halben Stunde ganz zu schweigen.

Ihre Mägen sind leer, die Kehlen sind trocken, die Beine haben keine Kraft mehr, die Knie sind weich wie Pudding. Was sollen sie tun? Vielleicht hätten sie damals – war das erst zwei Tage her? – in dem Gang mit den Stimmen bleiben sollen, die sie unbedingt zum Aufgeben hatten überreden wollen. Nun sitzen sie hier stattdessen mitten im Sand, haben sich so viel Mühe gegeben, leiden Hunger und Durst und sind dem Erfolg ihrer Mission womöglich nicht einen einzigen Schritt näher gekommen.

Magdalene fuchst es, dass all das vergeblich gewesen sein soll.

Als sie eine Weile gesessen haben, spüren sie zumindest, dass der Sand hier zum Rand hin nicht mehr so heiß ist, wie er in der Mitte der Höhle gewesen war. Auf den letzten Metern haben sie wohl mehr vor Anstrengung geschwitzt als vor echter Hitze. Nicht dass ihnen das jetzt viel hilft. Aber wenn sie es schaffen, noch einmal auf die Beine zu kommen und die restliche Strecke in Angriff zu nehmen, dann wissen sie zumindest jetzt, dass sie nur noch gegen Hunger, Durst, Müdigkeit und tiefen Sand kämpfen müssen, nicht mehr gegen Hitze. Auch Agelada hat die Augen wieder geöffnet.

Vielleicht werden sie es doch noch schaffen können? Irgendwie.

„Haben wir wirklich überhaupt gar nichts mehr?", fragt der Barde und befingert seinen Dudelsack, ob sich irgendwo noch ein Wassertropfen fände.

„Schokolade wär schön", meint Ilka. „Mit Cremefüllung."

„Wenn wir vielleicht unsere ganze Ausrüstung hier lassen, vielleicht geht es dann?"

Aber das können sie nicht tun, sie wissen es genau. Wenn es ihnen gelingt, diese Höhle zu durchqueren, dann werden sie auch wieder auf Wasser treffen. Sie werden ihre Flaschen füllen, sich in ihre Decken wickeln, ausruhen und dann noch weiterlaufen können. Wenn sie alles hier lassen, dann wären sie verloren.

Keiner macht sich Hoffnung, etwas zu finden, trotzdem schaut jeder noch einmal nach.

Und wenn es nur ein überflüssiger Gegenstand ist, den man zurücklassen könnte, dann würde doch schon viel gewonnen sein.

Dabei stoßen Magdalenes suchende Finger auf ein kleines Päckchen, das sie nicht einordnen kann. Hat sie das wirklich einge-

packt? Sie zieht es hervor, es ist in Wachstuch sorgfältig einge-
schlagen. Als sie das Tuch auseinanderfaltet, sieht sie darin sieben
getrocknete Apfelschnitze, die einen starken, fast berauschenden
Duft verströmen. Dann fällt es ihr wieder ein: Die alte Frau in dem
schwarzen Kleid hat ihr dies Päckchen mit Dörrobst gegeben, die
Ziehmutter des Tavernenwirtes.

Sie reicht jedem von ihnen einen Apfelschnitz. Viel ist das
nicht, aber immer noch besser als gar nichts, und ein letzter
Schnitz bleibt sogar übrig und wird sorgsam wieder eingewickelt.

Ein frischer, saftiger Apfel wäre ihnen allen lieber gewesen.
Aber jeder von ihnen nimmt seinen gedörrten Schnitz trotzdem
dankbar entgegen und beginnt sofort, daran zu knabbern.

Aber welche Überraschung erwartet sie! Das Dörrobst schmeckt
nicht trocken und fade, sondern es entfaltet in ihrem Mund eine
strahlende Kaskade von Geschmack. Es schmeckt nach einer jungen Welt voller Überraschungen, voller Engel und Wunder, es
schmeckt nach prallem Leben, nach saftiger Fülle. Sein Geschmack
weckt die Gerüche von frischem, saftigem Gras, von Weizen in der
Sommersonne, von Regen auf trockenem Land. Es füllt ihre Mün-
der mit dem Gefühl von Einssein, von Verehrung und Dankbarkeit.
Es gibt ihren Körpern Kraft, ihren Köpfen Frische und ihren Gefühlen einen fernen Hall von etwas lange Verlorenem. Es erfrischt sie
so durch und durch, dass sie einander staunend ansehen. Dann,
wie auf Verabredung, raffen sie ihre Bündel zusammen und machen sich auf den Weg; wer mag denn wissen, wie lange diese
wundersame Belebung anhält!

Tatsächlich kommen sie schnell, fast mühelos ans andere Ende
der Höhle und sind noch immer voller Energie und guten Mutes.
Nur wenige Minuten und eine Abbiegung weiter finden sie auch
ein Rinnsal, das eifrig von der Wand sprudelt und über den Boden
davoneilt, als wolle es der Sandhöhle mit ihrer Hitze so schnell wie

möglich entfliehen. Dort öffnet sich eine große Höhle, die Wände überwachsen von Kristallen, die zwischen Rosa und Grün changieren. Hier lassen sie sich nieder und füllen einer nach dem anderen ihre Wasserflaschen; einmal, um sie sofort auszutrinken, und ein zweites Mal für den weiteren Weg. Erleichtert sitzen sie auf dem Boden und halten ihre Flaschen in den Händen.

Sie alle fühlen sich ein wenig wie kleine Kinder, die gerade noch einmal davongekommen sind.

„Brüder und Schwestern", sagt A. Wake, ein wenig feierlich und völlig ohne Rap und ohne Reim, „ich habe versagt. Es ist mir nicht gelungen, unsere Schwester Agelada zu schützen und zu retten, als sie in Gefahr war. Brüder und Schwestern, ich beuge in Zerknirschung mein Haupt und erflehe eure Verzeihung."

Sein Tonfall hätte lächerlich klingen können, aber sie sehen ihm an, dass es ihm sehr ernst ist. Er lässt den Kopf hängen und in seinen Augen stehen tatsächlich Tränen.

„Na ja, ich bin ja auch nicht grade ein Leichtgewicht", meint Agelada; das scheint ihn aber keineswegs zu trösten.

„Ich verstehe dein Problem nicht", sagt Ilka, „keiner von uns hätte das gekonnt, warum solltest ausgerechnet du es können?"

„Wofür sonst sind Männer da?", fragt A. Wake.

„Also in meiner Welt", sagt Magdalene, „fällt Männern zu diesem Thema so allerlei ein. Einiges davon wäre ihnen vielleicht besser nicht eingefallen."

„Auch bei uns fällt Männern einiges ein, was ihnen besser nicht eingefallen wäre", sagt A. Wake, und jetzt laufen ihm tatsächlich Tränen die Wangen hinunter. Das scheint ihm sehr unangenehm zu sein; am liebsten hätte er den Kopf zur Seite gedreht, hätte die Tränen weggewischt, am allerliebsten wäre er wütend geworden.

Ilka kniet sich vor ihm auf den Boden und nimmt seine Hände in ihre. „Bruder", sagt sie sanft, „schau mich an."

Widerstrebend richtet A. Wake den Blick auf sie.

„Nun sag mir, was los ist. Was bedrückt dich so?"

„Ich habe wieder einer Frau nicht helfen können. Bei uns heißt es, dass eine Frau geboren ist, um Leben weiterzutragen; und ein Mann ist geboren, um die Frau zu schützen, dass sie sicher auf der Erde wandeln kann. Ich habe versagt."

„Warum wieder?", fragt Ilka. „Du hast ‚wieder' gesagt."

„Habe ich das?" A. Wakes Blick richtet sich in die Ferne. „Ja, das habe ich wohl. Da ist ein Mann gewesen, ein böser Mann, er hat meine Mutter geschlagen, ich habe es gesehen – und ich konnte ihr nicht helfen."

„Wie alt bist du gewesen?", fragt Ilka. Die anderen verhalten sich mucksmäuschenstill.

„Ich muss gerade in die Schule gekommen sein, denke ich."

„Dann konntest du ja wohl kaum gegen einen erwachsenen Mann etwas ausrichten, oder?"

„Aber wofür lebe ich, wofür bin ich als Mann geboren, wenn ich noch nicht einmal meine eigene Mutter beschützen kann! Einmal musste sie mit zwei gebrochenen Rippen ins Krankenhaus."

„Du bist nicht als Mann geboren, sondern zunächst einmal als Kind. Du warst damals kein Mann, Wake, hörst du? Du warst ein Kind!"

A. Wake schaut sie verwirrt an.

„Du warst ein Kind", wiederholt Ilka. „Du konntest deiner Mutter nicht helfen, weil du ein Kind warst. Ein ganz kleines Kind. Du hast selbst noch Schutz und Hilfe gebraucht."

Er nickt, noch etwas zögernd.

„Eure Männer sollen die Frauen schützen. Bei uns sagt man, Männer sollen die Frauen und die Kinder schützen. Der Mann deiner Mutter, der hat versagt. Er hat weder deine Mutter geschützt noch dich."

„Aber es hat so weh getan", flüstert A. Wake. „Sie hat geweint. Und ich konnte ihr nicht helfen."

„Ja, mein Lieber. Ja, das hat es getan, damals. Und es tut mir sehr, sehr leid um das kleine Kind, das du gewesen bist, dass ihm so wehgetan wurde. Du musst es mal in den Arm nehmen und trösten, das kleine Kind in dir, hörst du? Sonst wird es immer weiter in dir weinen. Aber jetzt – jetzt bist du ein Mann. Und du hast Agelada gerettet. Du hast sie so weit getragen, bis keiner von uns mehr weitergehen konnte. Du hast die Gruppe zusammengehalten. Ohne dich hätten wir sie verloren."

Die anderen halten ihren Moment für gekommen und geben zustimmende Laute von sich. „Ganz genau!", „So ist es." „Und dafür danke ich dir von ganzem Herzen!" – letzteres von Agelada.

„Ist das so?", fragt A. Wake, noch etwas unsicher.

„Ganz genau so ist das", antwortet Ilka. „Das kannst du mir glauben, Bruder."

„Übrigens heiße ich Andrew", sagt A. Wake, „aber ihr könnt ruhig weiter Wake zu mir sagen."

„Ich habe auch als Kind geglaubt, ich müsse meine Mutter schützen", beginnt Magdalene. „Sie war krank und lag so jämmerlich in ihrem Bett, dass ich Angst um ihr Leben hatte. Dann kam eine Nachbarin und sagte, wenn ich ein liebes Mädchen wäre, dann würde meine Mutter wieder gesund. Und da hab ich geglaubt, dass das Leben meiner Mutter davon abhängt, dass ich ein liebes Mädchen bin. Meine ganze Kindheit über. Gut, in der Pubertät vielleicht weniger. Aber irgendwo muss ich es mein Leben lang geglaubt haben. Denn als dann meine Mutter eines Tages wirklich starb, da bin ich in eine Depression gefallen, und es war ganz ähnlich wie das, was du beschreibst, Wake. Ich hatte das Gefühl, ich hätte versagt. Ich habe mich schuldig gefühlt und wusste selbst nicht, warum. Jeden Morgen bin ich aufgewacht mit dem Gefühl, ich hätte was äußerst Wichtiges, etwas Lebenswichtiges tun müssen und hätte es nicht getan. Es ist gut, dass du so genau weißt, was dich bedrückt; ich habe da viele Jahre für gebraucht."

„Mir ist es eines Tages in einer Schwitzhütte eingefallen, ganz plötzlich. Ich hatte es auch nicht gewusst, ich hatte mich auch nur immer schlecht gefühlt und nicht gewusst, warum."

„Es ist sicher gut, das zu wissen", sagt Ilka.

„Ich habe dafür ein Jahr bei einer Therapeutin gebraucht", meint Magdalene. „Und jetzt bin ich dabei, wie Ilka gesagt hat, dieses verschreckte kleine Kind in meinem Inneren vorsichtig aus seinem Versteck zu locken und ihm gut zuzureden. Es bildet sich doch wahrhaftig ein, am Tod meiner Mutter schuld zu sein, weil es nicht lieb genug gewesen ist!"

„Bei mir ist es der Vater, der beschützt werden muss", meint Agelada. „Er hat so sehr unter dem Ehebruch meiner Mutter gelitten. Als kleines Kind, als ich ihn noch für meinen leiblichen Vater gehalten habe, da habe ich ihn sehr geliebt. Als ich dann erfahren musste, dass ich die Frucht eines schändlichen Ehebruchs bin, da habe ich mich ihm nicht mehr vor die Augen getraut. Ich muss ihn doch an das erinnern, was ihm angetan wurde! Jedes Mal, wenn er mich sieht, wird er daran denken müssen. Es dreht mir das Herz um. Ich kann ihm das nicht antun. Deshalb war ich froh, als er mich zu den Priesterinnen der Artemis gab und ich nicht mehr Gefahr lief, ihm unversehens im Palast über den Weg zu laufen."

„Wie bist du als kleines Mädchen gewesen?", fragt Ilka.

„Ich war eigentlich ein ganz normales Kind. Ich wusste ja von nichts! Kälber haben noch keine Hörner, die wachsen später erst." Früher hat sie solche Dinge mit einem Unterton der Verbitterung gesagt. Dieser Unterton ist jetzt verschwunden. „Mein Bruder Minotauros war von Geburt an ein Monster. Schon als kleines Kind war er aggressiv ohne jeden Verstand, ohne Hemmungen. Sobald er laufen konnte, musste er weggesperrt werden, weil er Menschen verletzte. Er dachte sich nichts dabei. Es war sein Trieb, zu verletzen und zu zerstören, und den lebte er einfach aus. Es war ihm auch nichts anderes beizubringen. Er verstand nicht, dass er das nicht tun darf. Und wenn er es verstanden hätte, dann hätte er sich wohl trotzdem nicht beherrschen können. Das Labyrinth war am Ende noch die beste Lösung.“

Ihre Stimme ist leiser geworden, während sie ihren Erinnerungen nachhängt. Sie schaut vom Boden auf, auf dem sie wohl den kleinen Minotauros gesehen hat, ihren Zwillingsbruder, den man wegsperren musste, als er laufen lernte.

„Wisst ihr, als ich da in diesem Amphitheater auf der Bühne stand – ich habe mich lange als Kuhfrau gesehen, als Priesterin der Artemis. An dieses kleine Mädchen im Palast eines geliebten Vaters, im Garten mit den anderen Prinzessinnen, fröhlich spielend – daran habe ich schon lange nicht mehr gedacht. Aber von der Priesterin wollte das Publikum im Amphitheater nichts wissen. Deshalb bin ich zurückgegangen in meine Vergangenheit, auf der Suche nach etwas, was echte Emotionen enthält, meine eigenen echten Emotionen und nicht irgend etwas Ausgedachtes – ich weiß nicht, ob ihr mich versteht?“

Finn und Kostas sehen nicht so aus, als ob sie verstünden, aber die anderen sehr wohl.

„Und da bin ich bei diesem Bild gelandet, die Schwestern und ich im Garten des Palastes, so unbefangen und glücklich. Ja, so bin ich einmal gewesen, auch wenn es lange her ist.“

„Und als du die Wahrheit erfahren hast“, fragt Ilka, „wie hast du dich da gefühlt?“

„Wie fühlst du dich, wenn du in vollem Lauf bist und es stellt dir jemand ein Bein? Im einen Moment bist du noch fröhlich unterwegs, im nächsten liegst du längelang am Boden und weißt erstmal gar nicht, wie du da hingekommen bist.“

„Und dann?“

„Dann – ja – Hass auf die Mutter natürlich, Mitleid mit dem betrogenen Vater. Sehr viel Scham. Ich habe mich keinem mehr unter die Augen getraut.“

„Du sagst, du hast im Amphitheater das kleine Mädchen gesehen, das glücklich mit den Schwestern spielte. Kannst du auch das Kind sehen, das so verschreckt worden ist?“

Agelada horcht für einen Moment in sich hinein.

„Da ist das spielende Kind im Garten – dann wird das abrupt abgeschnitten. Ich fühle – ja, da ist etwas. Es hat sich versteckt, ich kann es nicht sehen. Mir wird schlecht, wenn ich daran denke, ich kann es hier im Magen spüren.“ Sie legt die Hand auf ihren Bauch. „Es ist ein dumpfes Gefühl, wie betäubt.“

Ilka nickt. „Dieses Kind hat nichts verbrochen“, sagt sie. „Warum konnte es nicht weiter im Garten mit seinen Schwestern spielen?“

„Es hat sich so fürchterlich geschämt ...“

„Wofür hat es sich geschämt? Was hat es getan?“

„Es hat sich für seine Mutter geschämt.“

„Aber hatte es denn nicht die selbe Mutter wie seine Schwestern?“

Agelada schaut Ilka voller Verblüffung an.

„Warum hat das kleine Mädchen Agelada sich so für den Fehltritt der Mutter geschämt und ihre Schwestern haben es nicht getan?“

„Dann habe ich mich vielleicht für meine uneheliche Geburt geschämt?“

„Also wie ich kleine Kinder kenne, ist denen ehelich oder unehelich herzlich egal. Du sagst, du hättest natürlich Hass auf die Mutter empfunden. Bist du dir sicher, dass du das natürlich findest? Versuch doch mal, das Kind aus seinem Versteck rauszulocken. Sag ihm, dass es nichts getan hat, wofür es sich verstecken müsste.“

Agelada nickt und sieht noch nicht so recht überzeugt aus.

„Habe ich euch erzählt, dass ich hauptsächlich Ahnenarbeit mache?", fragt Ilka. „Was ich sehr hilfreich dabei finde, und das gilt genauso für die Arbeit mit dem inneren Kind, ist die Bitte um Verzeihung und der Dank dafür. Wir sind alle verletzt worden, ohne Ausnahme. Meine Eltern waren liebevoll, aber trotzdem will ein Kind manches haben, was es nicht haben darf. Manches ist gefährlich; man kann ein Kind nicht mit dem Feuer spielen lassen, das geht nicht. Manchmal passt die Zeit nicht richtig oder das Geld ist gerade nicht da. Ein Mensch kann einen anderen nie vollkommen verstehen, auch nicht Eltern ihre Kinder. Und so häufen sich auch in den harmonischsten Familien Missverständnisse und Verletzungen an und türmen sich auf und müssen irgendwann einmal verziehen und ausgeräumt werden."

„Ich erinnere mich daran", fährt sie fort, „wie meine Mutter ungehalten war, als ich sie eines Nachts aus dem tiefsten Schlaf geweckt hatte, weil ich meine Decke weggestrampelt hatte. Ich erinnere mich nicht an die vielen Male, an denen sie klaglos aufgestanden ist und mich liebevoll wieder zugedeckt hat. Das habe ich als Kind für selbstverständlich genommen, aber dieses eine Mal, das habe ich mir gemerkt."

„Was ist mit euch beiden, wie seid ihr aufgewachsen?", wendet sie sich an Finn und Kostas, „Habt ihr auch mit anderen Kindern im Gras gespielt?"

„In den Sklavenquartieren von König Midas", sagt Kostas, und Finn: „In einem Langhaus meines Clans am Rande der Wälder."

„Meine Mutter habe ich nie gekannt", erzählt Kostas, „aber das war auch nicht so wichtig. Wer gerade Zeit hatte von den Sklavinnen, der kümmerte sich um uns. Am liebsten waren uns natürlich die Köchinnen, die steckten uns immer allerhand Leckereien zu; sie waren ständig der Ansicht, wir wären zu dünn. Wir hatten einen eigenen Schlafraum, wir Sklavenkinder, auch wenn einige von uns bei unseren Müttern schliefen. Mein Vater war der Narr des Königs, und er war ein freier Mann, aber meine Mutter ist eine Sklavin gewesen. Nach meiner Geburt hat der König sie verkauft, ich habe sie nicht kennengelernt. Mich hat er meinem Vater gegeben. Mein Vater war mein ein und alles. Von klein auf habe ich bei ihm Jonglieren und Akrobatik gelernt. Wenn ich draußen war, dann vor den Toren mit den anderen armen Kindern zusammen."

Seine Stimme hat einen träumerischen Klang bekommen. „Und der Garten, in dem haben die Prinzen und Prinzessinnen des Palastes gespielt. Manchmal konnte ich ihnen heimlich zusehen. Manchmal haben sie mich sogar gerufen, damit ich ihnen etwas vorführe. Nirgends sonst war das Gras so weich wie im Palastgarten. Die jüngste Prinzessin, die hat mich immer gerne gesehen. Ach, was hat sie gelacht, wenn ich auf den Händen lief!"

Finn erzählt: „Meine Mutter konnte kein Kind bekommen, deshalb hat ihre Schwester mich geboren. Sie und ihr Mann sind für mich immer meine zweiten Eltern gewesen. Und dann gab es natürlich noch Onkel und Tanten, Großmütter und Großväter, Vettern und Basen. Unser Haus war voll, wenn wir alle drinnen waren. Das waren wir aber nur, wenn es nicht anders ging, im Winter zum Schlafen zum Beispiel. Sonst waren wir immer draußen. Im See habe ich schwimmen und fischen gelernt, auf den Wiesen das Laufen und das Hüten des Viehs, in den Wäldern klettern und das Sammeln von allem Möglichen. Auf den Bergen habe ich gelernt, den Dudelsack zu spielen."

„Aber dann wollte ich fort und Könige sehen und große stolze Hallen voller Ritter und edler Damen ..." Seine Stimme verliert sich.

„Wie alt warst du da?", fragt Ilka und ihre Stimme ist so weich wie die Haut auf den Wangen einer Dame. „Und wer hat dich auf solche Gedanken gebracht?"

„Oh, da kam ein wandernder Barde, der hat einen Winter bei
uns verbracht – der Schnee hatte ihn überrascht und er konnte
nicht weiterziehen. Der hat mir erzählt – aber ich weiß nicht, ich
glaube bald, er hat Geschichten erzählt, die nicht wahr sind. Von
ihm habe ich auch die großen Heldenballaden gelernt, die in den
Hallen von Königen gesungen werden. Er wollte mich nicht mitnehmen, als er im Frühjahr weiterzog, aber als ich dann zwölf Jahre alt war, bin ich alleine gegangen.“

Er wirft seinem Dudelsack einen halb traurigen und halb liebe-
vollen Blick zu. „Leider kann man ganz schlecht gleichzeitig Balla-
den rezitieren und Dudelsack spielen. Außerdem ist ein Dudelsack
auch nicht sehr willkommen in den Hallen von Königen. Deshalb
habe ich niemals in einer solchen Halle gespielt.“

„Du hast keine großen Hallen, keine Ritter und edlen Damen
gesehen?“

„Doch, gesehen habe ich sie wohl, auch wenn ich in den ganz
großen Hallen nicht spielen und noch nicht einmal singen durfte.
Die feinen Herren trugen kostbare Gewänder, aber keiner von ihnen war so klug wie mein Großvater. Die Damen waren schön, aber
keine war so freundlich wie meine Tanten. Die Mädchen waren
keck und frech, aber keine war so lieblich wie meine Base Erin mit
den blonden Zöpfen. Die Hallen waren weit und ihre Wände waren
behängt mit allerlei edlen Gegenständen – aber ach, unser Langhaus daheim, auch wenn es eng war und die Wände verrußt – Hexe
Ilka, weißt du was, ich glaube, ich habe Heimweh. Ich möchte den
See wieder sehen und die Felder und Wälder und Berge ...“

„Und ein paar blonde Zöpfe?“

Er lacht. „Ja, ein paar blonde Zöpfe auch.“

Ilka steht auf. „Na, dann sehen wir doch mal zu, dass wir hier
rauskommen! Genug geruht, Leute. Als nächstes dürfte wieder was
Unangenehmes auf uns zukommen zur Abwechslung. Und dann

brauchen wir auch noch einen Platz für ein Nachtlager. Also los, auf sie mit Gebrüll!"

Alle murren, weil es von ihnen erwartet wird, stehen aber bereitwillig auf. Noch spüren sie die Frische der Apfelschnitze. Wer kann wissen, wie lange das anhalten wird, das nutzt man jetzt besser einmal aus; ruhen können sie immer noch. Vor dem Nachtlager wollen sie noch eine Strecke zurücklegen.

Sie packen ihre Sachen zusammen und wandern weiter unter leuchtenden Kristallen entlang, die nun in einem satten Blau schimmern, erst hell und dann zunehmend dunkler. Sie alle fühlen sich, als wanderten sie durch die Gärten ihrer Kindheit.

Das Blau über ihnen und um sie her erinnert sie an Sommertage, die kein Ende zu nehmen schienen, und an Himmel, deren Horizonte so weit waren, dass Kinderfüße sie nicht erreichen würden. Wie groß war die Welt ihrer Kindheit gewesen! Wie leicht waren ihre Füße, ihre Beine gewesen! Wie lau die Luft, wie hatte der Wind ihre Haut gestreichelt.

Sie gehen wie über das weiche Gras von damals unter einem endlosen Himmel, der die Welt in sein strahlendes Blau taucht.

Macht sich einer von ihnen Sorgen, weil sie nichts mehr zu essen haben? Das braucht er nicht. Bald wird der Abend kommen, die Mutter wird rechtzeitig nach ihnen rufen, sie werden ins Haus laufen, dort wird das Essen auf dem Tisch stehen und auf sie warten. Daran gibt es keinen Zweifel.

Ihre Herzen sind sorglos und erfüllt von Glück.

Als sie die blaue Höhle hinter sich haben und in einen weiteren schmalen Gang einbiegen, steht vor ihnen ein sehr alter Mann mit braunem, tief zerfurchtem Gesicht, dem der Bart lang und weiß über die Brust fällt. Sie erschrecken und stehen mit offenem Mund nach Luft schnappend da; sie sind nicht darauf gefasst gewesen, hier unten einem lebenden Menschen zu begegnen. Er sieht sie an und versperrt ihnen den Weg, als hätte er seit Jahrzehnten an eben dieser Stelle gestanden, hätte Wurzeln geschlagen und wäre längst schon festgewachsen. „So", sagt er, und seine Stimme hört sich rostig an, als sei sie jahrelang nicht mehr benutzt worden. „So, so. Was haben wir denn da."

Alle sind stehen geblieben, als wären sie vor eine unsichtbare Wand gelaufen. Ein leibhaftiges Monster hätte sie jetzt weniger überrascht als dieser Alte in seinem zerschlissenen Kittel.

„Lebt Ihr hier? Wir suchen einen Ausgang", sagt Magdalene schließlich, als sie sich von ihrer ersten Überraschung erholt hat.

„So. So, so, so." Der Alte mustert sie mit flinken Augen, einen nach dem anderen, und keinen mit erkennbarem Wohlwollen. „Einen Ausgang. Tja."

„Ähm – ja. Wir haben nämlich nichts mehr zu essen, wisst Ihr, und es wäre schon gut –"

„Ha", sagt der Alte nur und Magdalene verstummt.

Eine Weile starren sie sich gegenseitig schweigend an, dann tritt Kostas vor. „Es tut uns leid, mein Herr, wenn wir stören, aber hier sind wir nun einmal ..." Wieder einmal beendet er einen Satz nicht, sondern lässt ihn in der Luft verschweben. Dieses Mal bemerkt er das selbst, schluckt, holt tief Luft und fährt tapfer fort: „Wir wären wirklich sehr dankbar."

Der alte Mann sieht ihn an. „Ein Kind", sagt er. „Kinder können leicht verloren gehen hier unten."

„Wir gehen alle hier unten verloren, wenn wir nicht herauskommen!", schnappt Agelada.

Jetzt ist sie an der Reihe und wird von den klaren Augen fixiert. „Interessant", sagt der Alte zu ihr, „wirklich interessant."

Agelada schnappt nach Luft, verstummt und tritt zurück.

Zwischentext: Eure Mutter kennt euch

Ach, diese Menschen – da glauben sie daran, dass ein göttlicher Vater all ihre Gedanken sieht. Das mag so sein oder auch nicht, ich weiß es nicht, und wen interessiert es auch, was einer denkt? Gedanken sind so beliebig.

Was ich aber weiß, und das ganz sicher: Eure göttliche Mutter sieht die Menschen. Sie sieht jede ihrer Handlungen, spürt jeden ihrer Schritte und all ihre Emotionen.

Ihr meint, ich hätte keine Augen und Ohren? Ihr irrt. Ich habe mehr Augen und Ohren, als ihr jemals zählen könnt, und sie nehmen mehr wahr, als ihr es in euren wildesten Vorstellungen jemals für möglich haltet. Licht jenseits der euch bekannten Wellenlängen? Für viele meiner Kinder kein Problem. Viele Insekten sehen Ultraviolett, Schlangen Infrarot. Töne, die für euch zu hoch, zu tief, zu leise oder zu laut sind – ungezählte Ohren hören sie. Es seien nur mal Wal, Hund und Fledermaus genannt, als Beispiele.

Und was Nasen riechen, davon macht ihr euch überhaupt keine Vorstellung. Eure Gesundheit, eure Fruchtbarkeit, eure Gefühle, ob Zuversicht oder Mutlosigkeit, Ehrlichkeit oder Ausflüchte, all das wird ständig gerochen von den Wesen um euch her.

Und wie ich das weiß, fragt ihr? Wie ich mir das merken kann?

Ihr glaubt vielleicht, die Erde habe kein Gedächtnis. Ihr meint, all die Informationen, die mir meine Augen und Ohren übermitteln, seien ein Hauch im Wind, ein Flüstern im Sturm, eine Lichtspiegelung in einer Stromschnelle, eine Schneeflocke im Blizzard.

Und wieder irrt ihr euch.

Habt ihr denn noch nie von dem feinen, unendlich verästelten Gespinst unter meiner Haut gehört, von dem euer Sonnengeflecht nur ein schwacher Abglanz ist? Eure Gehirne mögen etwas komprimierter sein, aber zugleich trennen sie euch auch voneinander. Euer Internet mag etwas schneller sein, aber mein Mycelium speichert seit Jahrmillionen. Es weiß, was die Steine geträumt und was die Bäume gerochen haben, es erinnert sich an den erderschütternden Tritt des Tyrannosaurus und das leise Trappeln der ersten Säugetiere. Es merkt sich, was die Fledermäuse hören und was die Schlange sieht. Es kennt euch, durch und durch.

Ich weiß, wo ihr geht und steht. Ich weiß, wo ihr mir etwas aus dem Leib nehmt und wo ihr mir etwas zurückgebt. Ich weiß, was ihr mit schlechtem Gewissen tut und wo ihr euch nichts bei denkt. Ich weiß, mit welchen Gefühlen ihr einander begegnet und wie ihr euch gegenseitig belauert und umschleicht.

Bis ihr so viele Informationen zusammengetragen und ordentlich verknüpft und vernetzt habt, da könnt ihr lange in eure Tastaturen hämmern.

Ihr fandet den Gedanken verstörend, es könne ein allwissender Gott eure Gedanken beobachten?

Nun.

Und eines Tages werdet ihr alle zu mir zurückkehren und in meiner Erinnerung wird euer ganzes Leben aufgehoben sein, neben den Leben all meiner anderen Kinder. Verschreckt euch das auch? Die Bäume flüstern es einander zu und die Bäche im Gebirge murmeln darüber. In der Erinnerung der Erde werdet ihr leben als die, die ihr heute seid.

Siebtes Kapitel: Der Fremde
unter der Erde

Der Mann, der vor ihnen steht, hat ein zerfurchtes Gesicht und einen weißen Bart bis über den Gürtel seines Gewandes. Seine Augen sehen aus wie die sehr alten, sehr traurigen Augen, die einem manchmal für einen kurzen Moment entgegenschauen, wenn man zu tief in den Spiegel blickt.

„Tja", sagt der Alte, „da wären wir also. Und wie werden wir uns jetzt einig?"

„Wir haben nichts, was wir Euch geben könnten, Herr", sagt Ilka und wird umgehend angestarrt.

„Überhaupt nichts?"

Vor diesen Augen wäre man am liebsten rücklings in die Felswand verschwunden.

Der Narr nimmt seinen Mut zusammen, tritt vor und bietet seine Narrenkappe an.

„Gold", sagt der Alte. „Du würdest nicht glauben, wie viel Gold es hier unten gibt. Wenn es irgend etwas gibt, was ich ganz sicher nicht brauche, dann ist das Gold."

„Vielleicht wünscht ihr ein wenig Unterhaltung, Herr", bringt Finn heraus und hält dem Fremden seinen Dudelsack entgegen.

Der Alte nickt. „Gut gedacht", sagt er. „Jedenfalls besser als Gold. Unterhaltung, ha! Was man hier unten brauchen kann, ist etwas Lebendiges, nicht etwas Totes, da hast du völlig recht."

Und wieder sieht er sie einen nach dem anderen an, als schätze er ihre Appetitlichkeit ab.

„Ich habe noch einen einzigen Dörrapfelschnitz", sagt Magdalene und fummelt an dem Wachspapier, in das er eingewickelt ist.

„Wir müssten halt hier rauskommen, draußen würden wir ja sicher etwas zu essen finden!"

Der Schnitz ist nun ausgewickelt, liegt klein und braun und schrumplig auf seinem Wachspapier und beginnt sofort, seinen Duft zu verströmen. Magdalene hält ihn dem Alten ängstlich entgegen.

Aber was ist mit dem knurrigen alten Mann geschehen? Er ist nicht wiederzuerkennen. Seine Augen strahlen wie die Augen eines Kindes, er streckt die Hände sehnsüchtig dem Apfelschnitz entgegen und Tränen rinnen seine Wangen hinab und durch die tiefen Falten in seinem Gesicht.

„Wo habt ihr das her?", fragt er ehrfürchtig.

„Eine alte Frau hat es uns gegeben, als wir aufbrachen", sagt Magdalene.

„Eine sehr alte Frau?"

„Ja – schon."

Der Alte nickt. Dann nimmt er das Wachspapier mitsamt dem Apfelschnitz in seine Hände und dreht sich um. „Folgt mir", sagt er.

Durch einen Durchgang neben ihm treten sie in eine Höhle, die enthält ein steinernes Bett und einen steinernen Tisch und eine Nische in der Wand, aus der er jetzt einen Teller nimmt, um den Apfelschnitz mit einer zärtlichen Bewegung daraufzulegen.

Wenn dies der Wohnraum des Alten ist, dann stellt er keine Ansprüche.

„Setzt euch irgendwo hin", sagt er und deutet auf dem Boden umher, wo sie sich nun alle so gut es geht auf ihren Bündeln niederlassen. „Zu essen habe ich leider nichts für euch, ich esse nicht. Aber wenn ihr hier übernachten möchtet, kann ich euch morgen früh den Weg nach draußen erklären, er ist nicht weit. Für heute ist es zu spät. Wasser findet ihr genug. Und wenn ihr möchtet, kann ich euch vorher noch meine Geschichte erzählen. Sie wird euch vermutlich interessieren."

Alle nicken. Ja, das wäre mal wieder angenehm, etwas von jemand anderem zu hören.

Der Alte stellt sich einen Krug und einen Becher mit Wasser auf den Tisch, lässt sich auf seinem steinernen Bett nieder und beginnt zu erzählen.

„Es ist lange her", beginnt er seine Erzählung, „viel länger, als ihr es euch vorstellen könnt. Damals lebte meine Sippe an den Hängen des Taurus, im Quellgebiet von Euphrat und Tigris, im fruchtbarsten Teil des Fruchtbaren Halbmondes. Unser Gebiet lag zwischen vier Flüssen. Es war eine wunderschöne Landschaft, eingebettet in die hügligen Ausläufer der Berge, mit springenden Wasserbächen. Die wilden Getreide, die Gräser mit den dicken Samenkörnern, wuchsen so dicht, dass unsere Sippe sie mit Sicheln aberntete, obwohl sie wild wuchsen und keiner sie angebaut hatte. Es gab wilde Hülsenfrüchte. Es gab Beeren und Früchte und Blätter und Wurzeln. Das ganze Gebiet war wie ein einziger fruchtbarer Garten, in dem wir nur zu ernten brauchten. Die wilden Schafe und Ziegen der Gegend gaben uns bereitwillig Wolle und Milch. Wir lebten so gesund und so glücklich, wie man nur sein kann, und verehrten die Erde aus vollem Herzen."

A. Wake nickt. Solche Sagen kennt man auch in seinem Volk.

„Unsere Nachbarn in diesem Gebiet lehrten uns die Geheimnisse der Töpferei, so dass wir unsere Überschüsse in große tönerne Krüge füllen und in Erdhöhlen aufbewahren konnten, bis wir wieder vorüberkommen würden. Denn wir bewohnten den gesamten Garten, nicht nur ein einzelnes kleines Dorf. Wir lebten im Sommer in Zelten, die uns Schatten gaben, und zogen umher; im Winter, wenn der große Regen kam, bauten wir Hütten."

Sind es die Sagen einer gemeinsamen Vergangenheit, die der alte Mann hier erzählt? Hat jeder seiner Zuhörer diese Geschichte von seiner Großmutter am Herdfeuer erzählt bekommen? Sie sehen aus, als würden sie an etwas Altvertrautes erinnert, an eine weit entfernte Erinnerung. Eine Geschichte aus fernen Tagen. Damals, als das Leben noch so gewesen war, wie es sein sollte.

„Wir verehrten die Erde sehr, die uns ihre Schätze schenkte und uns ihren Garten gab und so großzügig und weitherzig zu uns war. Aber dann stellte sich heraus: Das war nicht ihre einzige Seite, sie hatte auch noch ein anderes Gesicht.“

Der alte Mann trinkt umständlich aus seinem Becher und wischt sich danach noch umständlicher den Bart ab. Wartet er darauf, dass seine Vision wieder klar wird? Oder fällt es ihm schwer, zu berichten, was er jetzt zu erzählen hat?

„Die anderen Sippen in der Gegend hatten uns gewarnt. Sie hatten gesagt: Wenn die Gräser schwarze Körner tragen, dann esst diese Körner nicht.“

„Mutterkorn“, sagte die Hexe leise vor sich hin, und als alle sie ansehen: „Es ist ein Pilz. Sehr brauchbar für die Wehen, auch gut für magische Reisen, aber extrem schwer zu dosieren und in der falschen Dosis lebensgefährlich.“

Der Alte nickt. „Wir wussten das nicht, wir sahen solche Körner zum ersten Mal. Wir haben den anderen Sippen wohl auch nicht so recht geglaubt.“

Wieder nimmt er sich eine kleine Pause und einen Schluck von seinem Wasser.

„Es war üblich in der Gegend zur damaligen Zeit, dass alle Sippen einmal im Jahr zusammentrafen. Das war ein ganz großes Ereignis. Bündnisse wurden geschlossen, Hochzeiten verabredet, Unstimmigkeiten geklärt. Vor allem aber wurde der großen Göttin geopfert. Und es wurde gefeiert. Jede Sippe brachte Körner mit, so viel sie erübrigen konnte, aus denen für alle Bier gebraut wurde; und es war eine Frage des Ansehens, wie viel jede Sippe zu geben hatte. Da mag vielleicht schon die erste Spur eines Fehlers gelegen haben. Und in unserem Stolz, nicht als Bittsteller kommen zu wollen, die selbst nichts beizutragen haben."

Jetzt kämpft er sichtlich mit seinen Erinnerungen und mit seinen Worten. Die anderen sehen ihn mitfühlend an; es ist ja abzusehen, wohin diese Erzählung führen wird.

„Ich mache es kurz. Wir brachten Körner mit, unter denen auch schwarze waren. Sie wurden mit im Bier verbraut. Menschen wurden krank, manche starben. Unter ihnen auch meine Tochter. Die anderen Sippen waren verständlicherweise sehr wütend auf uns. Sie hatten uns doch ausdrücklich gesagt, dass man diese schwarzen Körner nicht essen soll! Sie sagten uns, sie wollten nicht mehr unsere Nachbarn sein und wir dürften nie wieder heimkehren in unseren Garten. Die Göttin wolle uns da nicht mehr sehen."

Die Augen des alten Mannes schauen voller Sehnsucht in eine ferne Vergangenheit. Die Gefährten sehen ihm an, wie sehr ihn dieser Abschied geschmerzt hat, wie sehr das Heimweh ihn bis heute quält. Es erinnert sie an ihren Gang unter dem blauen Quarzhimmel heute Nachmittag und an das Heimweh nach dem Land der Kindheit, dieser verlorenen Zeit, in der die Farben leuchteten und Gerüche einen mit Macht trafen, Speisen schmeckten wie niemals später wieder und der Gesang der Vögel unbeschreiblich lieblich war.

„Wir fühlten uns von unserer Mutter Erde verraten, die wir so geliebt und verehrt hatten. Nie wieder würden wir einer weiblichen Gottheit trauen, nahmen wir uns vor. Wir würden Ziegen und Schafe hüten, wir würden jagen, nirgendwo würden wir wieder sesshaft sein, nichts würden wir jemals anpflanzen. Wir würden Sturmgötter und Wettergötter verehren, Berggötter und Kriegsgötter, die Götter von Felsen und Stein. Wir würden heimatlos sein, aber frei und unabhängig. Wir würden uns von den Bändeln der Mütter lösen und unser eigenes Leben führen, und wenn es in der kahlen, trockenen, unwirtlichen Wüste sein sollte, dann war es eben so. Wir würden die stolzen, kriegerischen Wüstenstämme als unsere neuen Nachbarn haben. Unser Leben würde voller Gefahren sein. Es war uns in diesem Moment egal. Keiner hasst so wie der, der vorher viel geliebt hat."

Noch einmal nimmt der Alte einen tiefen Schluck. Noch einmal sammelt er sich für eine schwierige Stelle in seinem Bericht.

„Eines Tages sah ich meinen Bruder opfern. Er hatte einen Altar gebaut aus den Steinen der Wüste und verbrannte etwas darauf. Natürlich dachte ich, es wäre ein Lamm oder ein Zicklein, denn etwas anderes opferten wir unseren neuen Göttern nicht. Aber dann kam ich näher und sah, dass er der alten Göttin opferte, von der wir uns losgesagt hatten, denn auf seinem Altar brannten Früchte und Brot, die Opfer für die Göttin. Ich konnte es nicht ertragen. Die Göttin hatte uns verraten, sie hatte uns unsere Heimat genommen, unseren Garten, unsere Nachbarn, mit denen wir so gut zusammengelebt hatten, und mir mein Töchterchen, das ich geliebt hatte, und jetzt ging mein eigener Bruder hin und opferte ihr, entgegen jeder Abmachung? Ich war außer mir vor Zorn. Ich wusste nicht mehr, was ich tat. Ich ging hin und erschlug meinen Bruder."

„Ach!", entfährt es der Hexe Ilka, in die Stille hinein, „Kain! Und ich hatte an Adam gedacht."

„Ich habe meinen Namen so oft geändert in all der Zeit. Ich habe so viele Rollen gespielt. Und so viele von ihnen sind schlecht gewesen, diktiert von Hass und Wut und alten, uralten Verletzungen. Ich habe dafür gesorgt, dass die Erinnerung an den Garten nicht aus dem Gedächtnis meines Volkes verschwand. Ich habe dafür gesorgt, dass sie niemals vergaßen, dass sie Vertriebene waren. Wer weiß, vielleicht hätten sie ohne mich glücklich sein und ihren Platz unter den Völkern einnehmen können wie alle anderen auch?"

„Wenn eure Vorfahren gelitten haben", und dabei schaut er Ilka und A. Wake an, „dann ist das zu einem großen Teil auch meine Schuld. Ich habe den Hass genährt. Ich habe geleugnet, dass wir alle

Kinder der einen göttlichen Mutter sind. Ich habe dafür gesorgt, dass
meine Nachkommen diese Welt als ein Jammertal ansahen, als ein
Exil, dass sie sich als Vertriebene, als Heimatlose betrachteten. Sie
waren von ihren Wurzeln abgeschnitten und haben das an die Erben
ihrer Religion weitergegeben. Als wir wieder sesshaft wurden, haben
unsere neuen Nachbarn die Natur angebetet, die ewige Mutter; ich
habe dafür gesorgt, dass mein Volk das nicht tat. Die anderen haben
sich als Mitglieder einer Gemeinschaft gesehen; mein Volk stand allein. Die anderen haben sich verbunden gefühlt; wir haben uns vor
lauter Einsamkeit zum Herren gemacht."

„Ich habe dafür gesorgt", sagt er, „dass die Geschichten vom
Garten, von Adam und von Kain in unserer Tradition lebendig
blieben. Ich habe dafür gesorgt, dass Gott nicht mehr innerhalb
seiner Schöpfung vorgestellt wurde, sondern außerhalb – im Ge-
gensatz zu allen anderen Völkern und Religionen haben wir
Gott aus seiner Schöpfung herausgenommen und entfernt. Die
Natur ist bei uns gottverlassen. Und damit ist sie verdammt. In
einer tragischen Ironie des Schicksals haben wir es selbst in unserer Geschichte immer und immer wieder erleben müssen, wie
schnell das geht, wie konsequent: Wie klein der Schritt ist von
der Ausgrenzung zur Verfolgung. Die Natur gehörte nicht mehr
zur Sphäre des Göttlichen, nun durfte sie verletzt, geplündert,
vergiftet und misshandelt werden in allen vorstellbaren Arten.
Aber ich schwöre euch, das haben wir damals nicht gewusst.
Alle anderen Menschen sind Teil der Welt, Geschöpfe unter Mit-
geschöpfen, Teile der selben Mutter Erde. Wir allein, die Gläubigen des einen Gottes, die wir so stolz auf unsere Fortschrittlich-
keit sind, wir benehmen uns, als seien wir von sonstwo, von
außerhalb in die Welt hineingeworfen."

„Verstehst du, wovon dieser Mann da redet?", flüstert Agelada
A. Wake zu, der neben ihr sitzt. Ilka und Magdalene scheinen ihm

sehr aufmerksam zuzuhören und alles zu verstehen, aber sie versteht nicht ein Wort von dem, was der Alte sagt.

„Ich fürchte ja", sagt A. Wake und sieht dabei ungewohnt grimmig aus.

„Wir waren trotzige kleine Kinder", fährt der Alte fort, „die sich von ihrer Mutter verraten fühlten. Die ihre Wut und ihren Hass, ihre Trauer und ihre Schuldgefühle, alles gegen die Mutter richteten. Die zwischen die göttlichen Eltern in ihrer Vorstellung einen Spalt brachen, einen Keil hineintrieben, sie auseinanderlösten und voneinander trennten und auf die Seite des Vaters gegen die Mutter traten."

Die angespannten Muskeln an A. Wakes Wangen zeigen, wie fest er die Zähne zusammenbeißt.

„Andere haben die Einheit von Vater- und Muttergottheit gefeiert, haben heilige Hochzeiten zelebriert, haben göttliche Natur von göttlichem Bewusstsein durchdrungen gesehen. Wir haben beide voneinander getrennt. Wir haben sogar dazu aufgerufen, die göttliche Mutter beherrschen zu wollen. Manche unserer Gläubigen hielten die Erde für so schlecht, dass sie Gott nicht einmal mehr als ihren Schöpfer ansehen mochten. Sie glaubten, es müsse ein anderer diese schlechte Welt erschaffen haben, sie sei zu verdorben, und Gott müsse von ganz, ganz ferne diese Schöpfung voller Trauer betrachtet haben."

„Eins versteh ich noch nicht", sagt Magdalene. „Wie kommen da jetzt der Baum und die Schlange ins Spiel?"

„Das war eines der Bilder der Gottheit an dem Ort, an dem wir uns alljährlich trafen: De Göttin steht neben dem Baum mit der Schlange und reicht dem Menschen eine Frucht. Es war ein Bild für die Großzügigkeit der Natur, für die Fürsorglichkeit unserer göttlichen Mutter, ein Bild des Lebens und der Erneuerung. Das haben wir angebetet, unsere Nachbarn und wir, und es war ein schönes

Bild, es passte so gut zu unserem Leben. Als uns dieses Leben genommen wurde – und ich weiß inzwischen längst, dass es nur unsere eigene Schuld gewesen ist –, da konnte ich auch dieses Bild nicht mehr ertragen, nicht mehr die Schlange, die für das Leben steht, nicht mehr den Baum, seine Früchte, und vor allem anderen nicht die Mutter, die dem Menschen seine Nahrung reicht. Erst dachte ich daran, die Göttin könne dem Menschen einen vergifteten Apfel reichen. Aber ich wollte ja die ganze Göttin verschwinden lassen, nicht nur ihre wohltätige Seite. Ich wollte ihr Tier, die Schlange, verteufeln. Also stellte ich eine ganz normale Frau an die Stelle der Göttin, da ich ja das Bild selbst nicht aus dem Glauben meines Volkes löschen konnte. Bilder sind sehr hartnäckig, nur ihre Interpretation kann man ändern. Die Schlange wurde böse, die Frucht wurde vergiftet, und das Weib, das ohnehin dazu neigt, der Göttin anzuhängen, wurde auch gleich mit diskreditiert. Ein Erfolg auf der ganzen Linie. Leider."

„Und dafür hat Gott dich zum ewigen Leben verdammt", meint Ilka verständnisvoll.

Der Alte sieht sie sehr, sehr traurig an. „Zum ewigen Leben bin ich nicht verdammt. Nur dazu, so lange zu leben, bis mein falsches Weltbild aus dem Gedächtnis der Menschheit verschwunden ist. Bis der Schaden behoben ist, den ich angerichtet habe. Und wenn ich dich höre, dann weiß ich, es wird noch sehr, sehr lange dauern. Denn du glaubst ganz selbstverständlich, ein Vatergott habe mich verdammt. Ein Vatergott kann nur zeugen, er kann Bewusstsein geben, Mut kann er geben und Kraft, alles mögliche – aber kein Leben. Wir bestehen alle aus dem Fleisch unserer Mutter, nur sie allein gibt Leben oder Tod. Deswegen hat sie ja die Schlange bei sich, die ihre alte Haut abwirft, immer wieder und wieder, und in der neuen Haut immer wieder weiterlebt: das Sinnbild für den Wechsel von Leben und Tod und Leben, immer wieder und wieder. Das ist die Gabe der göttlichen Mutter, nicht die Gabe eines Vaters. Sie hat mir das Geschenk des Lebens gegeben und hat mir das Geschenk des Todes versagt."

„Die Schlange ist das Tier der Göttin?"

„Wenn sie Leben und Tod spendet, ja."

„Interessant", sagt die Hexe. Für einen Moment hat ihr Wissensdurst über ihr Mitgefühl gesiegt.

Aber nur für einen Moment.

„Ich verstehe immer noch nicht, wie du dermaßen aufgebracht sein konntest, dass du das getan hast."

„Ich war der geliebte Sohn einer göttlichen Mutter gewesen, geborgen in ihrer Nähe, unbekümmert hatte ich vor mich hingelebt. Von einem Tag auf den anderen war ich ein Nichts, ein Niemand. Ein Ausgestoßener. Ich hatte meine Familie nicht schützen können, ich hatte meine Nachbarn vergiftet, ich hatte Menschen umgebracht – und ich hatte es nur getan, um besser zu scheinen, als ich war. Ich wollte vor den Nachbarn groß dastehen, das war mein ursprünglicher Fehler. Und genau das machte mich dann schuldig – und so klein, so schäbig, so unerträglich für die anderen und für mich selbst. Die anderen stießen mich aus ihrer Gesellschaft aus. Aber ich selbst sollte meine Gesellschaft weiter ertragen können? Ich konnte es nicht. Ich wusste doch selbst am besten, was ich getan hatte. Ich hatte die Gesundheit und das Leben der anderen aufs Spiel gesetzt, ich hatte meine eigene Tochter getötet, aus reiner Angeberei! Wie sollte jemand das ertragen können?"

Er schaut Ilka und Magdalene an. „In eurer Welt weiß man doch inzwischen, was dann geschieht. Man nimmt seine eigene Schuld und Schäbigkeit und projiziert sie auf jemand anderen. Und dieser andere ist dann an allem schuld und verkörpert alles Böse. Alles ist gerechtfertigt, um gegen diese Verkörperung des Bösen vorzugehen. Je mehr man sich selbst erhöht, umso mehr wird der andre erniedrigt. Wer sich selbst für rein hält, muss all seinen Schmutz auf einen andren werfen. Wer projiziert, der hält sich selbst für gerechtfertigt. Alles ist richtig, was man gegen das Böse tut. Man muss es bekämpfen, wo man nur kann, und tut damit nur Gutes. Das kommt dir doch sicher bekannt vor. Misstraut jedem, der sich selbst für gut hält! Misstraut ihm! Und fragt ihn immer wieder, wen er für böse hält, denn da werdet ihr seine andere Hälfte finden. Ich wollte mich selbst für gut halten und habe einen vollkommen guten Gott erfunden. Also musste der andre Teil dieses Gottes böse werden. Die Gottheit enthält männlich und weiblich, gut und böse. Ich habe dem weiblichen Teil das Böse zugeordnet und beide, die Weiblichkeit und das Böse, aus der Gottheit ausgestoßen. Ein vollkommen guter, vollkommen männlicher Gott blieb zurück."

„Ich habe gelesen, du hättest Jesus auf dem Weg zur Kreuzigung gesagt, er solle schneller gehen", sagt Magdalene.

„Das mag wohl sein. Ich habe Gott so oft gebeten, sich zu beeilen. Öfter, als ich zählen kann. Ich bin das Leben so unsagbar müde."

„Das ist doch alles völliger Blödsinn", sagt Finn plötzlich. „Ihr könnt nicht leben, ohne dabei Kind der Göttlichen Mutter zu sein. Wie sollte das gehen? Sie liebt Euch! Und Ihr versteckt Euch hier unter den Felsen und schmollt?"

Alle sehen ihn verblüfft, fast ein wenig erschreckt an.

„Was weißt du schon", sagt der Alte. „Du verstehst offenbar nicht, was ich getan habe."

„Doch, das verstehe ich schon. Ihr habt Euch so schäbig benommen, dass Ihr Euch selbst nicht mehr leiden konntet. Und dann habt Ihr gedacht, jetzt kann die Mutter Euch auch nicht mehr leiden. Und das ist halt Blödsinn. So ist sie nicht."

„Wie alt seid ihr, was versteht ihr schon! Nach all diesen Jahrtausenden wollt ihr Hüpfer ankommen und mir etwas anderes erzählen? Ich habe mehr Schuld auf mich geladen, als ihr euch überhaupt vorstellen könnt!"

„Ich habe drei Kinder großgezogen", sagt Magdalene. „Kinder benehmen sich manchmal unmöglich. Das tun sie einfach. Und eins weiß ich: Eine Mutter kann die Schuld sehen und das Verhalten des Kindes verurteilen und das Kind trotzdem noch ganz genauso lieben wie immer. So sind Mütter. Vielleicht ist etwas dran an dem, was der Barde sagt."

„Vielleicht ist es auch schon spät", fährt ihnen der Alte über den Mund, „und wir sollten jetzt alle einfach mal schlafen. Die Märchenstunde ist vorüber, bis morgen."

„Jedenfalls sind wir froh, dass Ihr jetzt diesen Apfelschnitz habt", sagt Ilka mit ihrer seidigsten Stimme. „Wir könnten uns keinen besseren Ort dafür denken."

„Und dafür danke ich euch", quält es sich über die Lippen des alten Mannes.

Zwischentext: Interview mit der Erde I

(wörtliche Abschrift des Interviews, unbearbeitete Fassung)

Frage: Sehr geehrte Frau – ähm – es ist uns eine große Ehre, dass Sie sich bereiterklärt haben – wie dürfen wir Sie anreden?

Antwort: Ach, Jungchen. Seit wann spricht man seine Mutter mit Sie an?

Frage: Naja, aber Sie sind doch immerhin – ich meine – Mutter Erde! Oder Mutter Natur? Und so groß!

Antwort: (lacht leise) Ja, das bin ich. Ich bin groß. Und ich habe eine Menge Kinder. Normalerweise bin ich mit all meinen Kindern auch ständig in Kontakt. Ihr seid das erste meiner Kinder, das eine offizielle Anfrage nach einem Interview gestellt hat!

Frage: Finden Sie das etwa unpassend? Sie haben aber zugestimmt.

Antwort: Genau genommen seid ihr Menschen es gewesen, die den Kontakt abgebrochen haben. Ich war es bestimmt nicht. Nun ist das natürlich eure Entscheidung. Wenn ihr euch von eurer Mutter lossagen wollt – bloß frage ich mich, wie habt ihr euch das vorgestellt? Aber ich finde es gut, dass ihr den Kontakt wieder aufnehmen wollt. Von daher, natürlich habe ich ja gesagt! Wie könnte eine Mutter nein sagen, wenn ihr Kind mit ihr reden will?

Ihr seid schon eine sehr spezielle Art. Ihr habt den Kopf zwischen den Sternen. Mit den Füßen aber steht ihr immer noch fest auf eurer guten alten Mutter Erde!

Und ihr könnt mich anreden, wie es euch passt. Mir ist das alles recht.

Frage: Womit viele Menschen Schwierigkeiten haben, das ist die Vorstellung, Sie als ein einziges Lebewesen zu sehen. Wir sprechen zwar von Biosphäre, wenn wir den belebten Teil der Erde meinen, aber eigentlich mehr im Sinne eines Konzepts und nicht im Sinne eines einzelnen Lebewesens. Was sagen Sie zu diesen Menschen?

Antwort: Denen sage ich, dass ich diese Frage verwunderlich finde bei jemandem, der genau weiß, dass sein Körper aus lauter einzelnen Zellen besteht. Sie alle sind am Ursprung des Lebens einmal Einzeller gewesen, einzelne Lebewesen, jedes für sich, und haben sich dann zu Systemen zusammengeschlossen. Vielleicht sind die Zellen eurer Muskeln auch der Meinung, dass die Zellen der Knochen nicht so richtig lebendig wären? Vielleicht neiden die Zellen eurer Körperflüssigkeiten den Organzellen ihre Sicherheit und werden selbst um ihre Ungebundenheit beneidet? Vielleicht halten sich die Nervenzellen für klüger und allen anderen überlegen? Weißt du das?

Das ursprüngliche Lebewesen ist der Einzeller. Du bist ein Konglomerat von hochspezialisierten Einzellern und willst mir erzählen, dass ich doch eigentlich gar kein richtiges Lebewesen wäre? Ich bitte dich. Du siehst dich selbst als Wald und mich als lauter einzelne Bäume. Du betrachtest dich selbst als ein einzelnes Lebewesen und mich nicht. Und das tust du nur aus alter Gewohnheit, aus keinem anderen Grund, und schon gar nicht aus einem vernünftigen.

Achtes Kapitel: Zurück in die Welt

Am nächsten Morgen knurren zwar ihre Mägen, aber sie stehen voller Erwartung und Vorfreude auf. Bald, bald wird das Labyrinth hinter ihnen liegen; das hat der alte Mann ihnen versprochen. Sie werden wieder über das Angesicht der Erde wandern und über sich den Himmel sehen. Ihr Blick wird in die Ferne schweifen und nicht mehr von Felswänden abprallen, sie werden Erde und Kräuter riechen statt Stein und gelegentlich etwas Unappetitliches.

Sie waschen sich, füllen ihre Wasserflaschen auf und packen ihre Bündel.

„Also, die Lage ist folgende", sagt der alte Mann, als sie fertig sind. „Wenn ihr den Gang weitergeht, den wir gestern Abend gekommen sind, dann gelangt ihr in die große Amethyst-Höhle. Ihr seid ja vielleicht schon in anderen Kristallhöhlen gewesen und wisst, dass sie manchmal von Lichtschächten hoch oben erleuchtet sind. Das ist bei dieser Höhle auch so. Und zu einem dieser Schächte gibt es einen Aufstieg. Ich werde euch begleiten und euch zeigen, wie ihr hinkommt."

Sie kommen zu der großartigsten Höhle, die sie bis jetzt gesehen haben. Nicht nur, dass sie größer ist als alle bisherigen und sich weiter und höher erstreckt. Zudem ist sie nicht nur über und über von Amethysten bedeckt, sondern von Wänden und Pfeilern hängen Trauben von Quarzen, deren Farbe von einem hellen, bläulichen Rosa bis zu einem tiefdunklen Violett reicht, und amethystene Säulen strecken sich schmal und durchscheinend in die Höhe. Das Licht, das hoch oben hereinscheint, wird vielfach gebrochen und flirrt farbig durch die Luft, wobei es einen kaum hörbaren hohen Ton von sich zu geben scheint. Auf dem Boden der Höhle erstreckt sich zudem ein weiter, tiefer See, und auch dessen Wasser schimmert in demselben tiefen Violett.

Die Höhle ist so hoch und weit, dass sie sich winzig fühlen auf ihrem Grund und sich vor Ehrfurcht hätten verneigen mögen. Sie atmet die Atmosphäre eines gotischen Doms, in dem alles nach oben strebt, Pfeiler und Säulen, Rippen und Palmetten, Spitzbögen und Fenster, und in dem die Seele emporgezogen wird von all diesen steilen Linien. Nach oben hin können sie kein Ende des Aufstrebens erkennen, als wäre die Höhle zum Himmel hin offen.

Tatsächlich verneigen sie sich, unwillkürlich; Magdalene beugt sich kurz und unauffällig und berührt mit den Fingerspitzen erst den Boden und dann ihre Stirn, als betrete sie einen hinduistischen Tempel. Finn, Ilka und A. Wake knien ganz offen nieder und berühren den Boden mit der Stirn. Agelada malt mit den Händen seltsame Zeichen in die Luft, die vermutlich das gleiche zu bedeuten haben.

Der Fremde deutet auf einen der Lichtschächte an der gegenüberliegenden Wand: „Dort oben ist ein Ausgang. Seht ihr etwas links davon die Säule, die aussieht wie zwei Bäume, die umeinander gewachsen sind? Hinter dieser Säule beginnt der Aufstieg."

„Und wie kommen wir dorthin?"

„Mit dem Boot. Und zwar mit diesem hier."

Da liegt tatsächlich ein Boot vor ihnen im seichten Wasser. Sie haben es bisher nicht bemerkt, weil es aus Amethyst besteht und damit die gleiche Farbe hat wie alles andere.

„Na, dann mal rein mit euch."

Als sie in das Boot geklettert sind, gibt der Alte ihnen noch einen Stoß und sie treiben hinaus auf den See. Jetzt erst bemerken sie, dass sie weder Steuer noch Ruder oder Paddel haben.

„Wie können wir das Boot bewegen? Und wie steuern wir es?", rufen sie ans Ufer zurück.

„Durch Gesang! Das Boot bewegt sich durch Gesang!"

Mehr Anleitung bekommen sie nicht. Also probieren sie Verschiedenes aus. Der Alte steht schweigend am Ufer, die Arme vor der Brust verschränkt, und beobachtet ihre Bemühungen mit ausdrucksloser Miene.

Bei dem Klang von Finns Dudelsack macht das Boot einen entsetzten Satz nach oben und klatscht dann wieder aufs Wasser zurück, wobei es eine große violette Fontäne emporschießen lässt. A. Wakes Beatbox-Rhythmen versetzen es in wilde Zuckungen, aber zum Glück in der Waagerechten. Ein Fortschritt irgendwohin ist dabei aber auch nicht zu bemerken. Es dauert eine geraume Zeit, bis es sich davon erholt hat und allmählich wieder beruhigt.

Sie versuchen es zunächst einer nach dem anderen mit Gesang in verschiedenen Tonhöhen und Lautstärken. Die Lautstärken scheinen dem Boot weniger wichtig zu sein. Dann versuchen sie es mit Mehrstimmigkeit, was ihm offenbar sehr gut gefällt, wodurch es aber ein wenig schwankend und richtungslos zu schaukeln beginnt.

Gesang mit einem betonten Rhythmus scheint ihm durchaus zu behagen, solange sie nicht mitklatschen und das Tempo nicht steigern. Versuche, schnellere Lieder zu singen, enden in ziellosem Trudeln oder Kreiseln, und jedes Mal braucht das Boot lange, bis es wieder ruhig im Wasser liegt und sie den nächsten Versuch starten können.

Ein relativ getragener Gesang mit langgedehnten Tönen setzt das Boot dann tatsächlich in Bewegung und treibt es gemächlich über den See. Nun brauchen sie nur noch herauszufinden, wie sie die Richtung beeinflussen können.

Diesmal liegt das Geheimnis in der Tonhöhe.

So zickzacken sie über das Wasser dahin, aber das macht ja nichts, der Ausgang soll ja ganz nahe sein, jetzt müssen sie sich auch nicht mehr beeilen.

Trotz aller Umwege überqueren sie nach und nach den amethystfarbenen See und steuern mal rechts und mal links auf den einen in sich verwundenen Pfeiler zu, den der Alte ihnen gezeigt hat, und schließlich haben sie das Boot an einen kleinen edelsteinernen Vorsprung bugsiert und steigen vorsichtig aus.

„Hat Spaß gemacht, das Singen. Und wie kriegt der Alte jetzt sein Boot wieder zurück?", fragt Kostas noch, da hören sie vom jenseitigen Ufer leisen Gesang und das Boot macht kehrt und setzt sich wieder in Bewegung, schnurstracks über den See hinweg wie ein gehorsamer Hund, der gerufen wird und nun zu seinem Herrn zurückkehrt.

„Er hätte uns sicher auch hierhersingen können", meint Ilka, und Magdalene erwidert: „Der Adler hätte Frodo auch nach Mordor hintragen können. Anscheinend gibt es Dinge, die muss man einfach selbst machen."

Ilka nickt. „Leider. Naja, was heißt leider – also gelegentlich würde man es sich vielleicht mal anders wünschen. So zur Abwechslung."

Sie grinsen einander an.

Der Pfeiler sieht auch von nahem aus wie zwei Bäume, die sich im Wachsen umeinander geschlungen und gewunden haben, nur dass sie quarzglatt und rindenlos sind. Dahinter beginnt ein schmaler Steig, an seinen steilsten Stellen vor Urzeiten zu ein paar Stufen geschlagen, hart und kantig und mit scharfen Graten. An den weniger steilen Stellen ist er sehr rutschig. Sie klettern und klimmen, die meisten von ihnen großenteils auf allen Vieren. Gelegentlich verlieren sie ihren Weg, dann kommen sie wieder ein Stück vorwärts, und ein Blick zurück auf den See zeigt ihnen keinen alten Mann mehr und kein violettes Boot; wieder sind sie ganz auf sich allein gestellt.

Sie steigen höher und höher und der See liegt kleiner und kleiner weit unter ihnen. Ein violetter Dunst scheint über ihm zu schweben, manchmal von etwas bewegt, was kein Wind sein kann.

Ihre Arme haben sie sich zerschnitten an den scharfen Graten, auch in ihren Beinen zeigen sich Risse und kleine Schnitte, die Hände bluten, als sie endlich auf der Höhe des Lichtschachtes angekommen sind. Nun noch über einen schmalen, kaum handbreiten Vorsprung hinüber, den Rücken an die quarzene Wand gepresst, die Fersen in den Boden gestemmt, das Gleichgewicht so weit wie möglich nach hinten verlagert, um jetzt nicht noch abzustürzen, so kurz vor dem Etappenziel. Ageladas Hufe sind schmal, aber sie sind auch glatt, außerdem ist sie massiger gebaut und in größerer Gefahr, Übergewicht zu bekommen. A. Wake geht neben ihr und nimmt sie bei der einen Hand, Finn geht auf ihrer anderen Seite, dann kommen Magdalene, Kostas und Ilka. Sie fassen einander an den Händen, als wollten sie dem Schicksal mitteilen, dass sie gemeinsam abzustürzen gedenken oder gar nicht. So schieben sie vorsichtig einen Fuß zur Seite und ziehen den anderen nach, immer wieder und wieder, bis sie schließlich heil hinübergekommen sind und auf dem Plateau stehen, in das der Lichtschacht mündet. Von hier aus müssen sie nur noch auf allen Vieren durch die enge Höhlung kriechen. Sie sehen schon den blauen Himmel zu sich hereinleuchten.

Statt sich sofort auf den Weg zu machen und endlich, endlich aus diesen unterirdischen Gängen herauszukommen, lassen sie sich auf den Boden fallen und sehen noch einmal zurück auf die amethystene Höhle, die letzte Station des Labyrinthes, in das sie vor fünf Tagen eingetreten sind. So viele Meilen sind sie darin gewandert! So viele Hindernisse haben sie überwunden! Sie sind nicht mehr diejenigen, als die sie aufbrachen. Jeder einzelne von ihnen hat sich gewandelt. Außerdem sind sie eine Gruppe geworden.

Schweigend blicken sie zurück und nehmen Abschied.

Die Außenwelt empfängt sie, wie sie es erträumt haben: auf einem kleinen Plateau mit saftigem grünem Gras, mit blauem Himmel und ein paar fedrigen Wölkchen. Außerdem empfängt sie sie mit einem unerwarteten Fernblick. Offenbar sind sie ziemlich hoch oben nach draußen geklettert, in welcher Welt auch immer. Hinter ihnen liegt der Berg, aus dem sie gekommen sind; aber in die drei andren Himmelsrichtungen sehen sie Hügel um Hügel wie rollende Wellen.

Sie schauen einander an, zum ersten Mal bei hellem Tageslicht. Sie sind erschöpft, verschwitzt, hungrig, verdreckt, ihre Kleider zerrissen und ihre Hände und Knie blutig und zerschürft. Aber sie haben es geschafft. Sie haben es wirklich und wahrhaftig geschafft! Sie sind wieder draußen in der Welt, dort liegt sie vor ihnen – und um welche Welt es sich handelt, das würden sie schon noch herausfinden. Jetzt zählt erst einmal nur, dass sie es gemeinsam geschafft haben.

Finn wirft sich längelang bäuchlings ins Gras und presst sein Gesicht in die Erde. Es riecht nach Nachmittagssonne und würzigen Kräutern. Oregano, so viel ist sicher. Eine Kiefernart. Salbei vielleicht.

Ob es hier wohl irgendwo etwas zu essen gibt?

„Ich rieche Rauch", sagt A. Wake. „Er kommt von dort unten."

„Rauchzeichen! Sie senden uns Rauchzeichen!"

„Dann nichts wie hin!"

„Wir wollen sie ja nicht warten lassen!"

Und sie eilen einen steilen, schmalen Bergpfad voller lockerer Kiesel hinab, so schnell die Füße sie tragen ohne auszugleiten und zu stolpern.

„Konnten die den Eingang nicht gleich ebenerdig angebracht haben!", knurrt Magdalene, und Ilka bekommt daraufhin einen Lachanfall, an dem sie sich alle dermaßen anstecken, dass sie minutenlang keinen Schritt weitergehen können. Der Witz ist nicht so übermäßig lustig gewesen, aber ihre Erleichterung bricht sich jetzt Bahn. Eben noch in der Amethyst-Höhle voller Abschiedswehmut, sind sie nun urplötzlich hemmungslos fröhlich und erleichtert. Sie haben es wahrhaftig geschafft! Ha, dem Wirt vom „Durstigen Rotkehlchen", dem werden sie was erzählen.

„Diese Frau im Durstigen Rotkehlchen ...", beginnt Ilka, und Magdalene meint: „Ja, das ist eine gute Frage. Aber wir werden da ja wieder hinkommen, wenn wir nach Hause wollen. Dann müssen wir ihr ohnehin alles erzählen." Ilka nickt; ja, dann werden sie wohl auch erfahren, wer die alte Frau ist. Woher der Mann sie kannte. Woher sie die Apfelschnitze hat. Und auch, was sie von der ganzen Geschichte des Mannes hält.

Es ist immer gut, beide Seiten zu hören.

Sie rutschen und schliddern die letzten Meter des Pfades hinab und finden sich auf einer Almwiese, auf der Ziegen weiden. Der Rauch kommt aus dem Schornstein eines sehr einfachen Hauses, einer Almhütte, erbaut nicht für Touristen, sondern als sommerliche Unterkunft für Hirten. Trotzdem ist die Sennerin nicht überrascht, sie zu sehen. Auch in diesen Bergen sind Wanderer offenbar nichts Ungewöhnliches, selbst dann nicht, wenn sie so abgerissen daherkommen. Sie werden mit etwas Obst versorgt, zum See geschickt und angewiesen, in einer guten Stunde sauber zum Abendessen bei der Hütte zu erscheinen.

Dieses Mal baden sie alle gemeinsam, aber nur kurz. Die Luft ist zwar warm und die Sonne streichelt die Haut, aber das Wasser im Bergsee scheint sich noch an Schnee und Eis und Gletscher zu erinnern. Dann liegen sie in der Sonne, wärmen sich wieder auf und kauen auf ihrem Obst. Sie fühlen sich miteinander verbunden, als hätten sie das Beste und das Schlechteste voneinander gesehen, als hätten sie einander die Hand gereicht und den Rücken freigehalten, als hätten sie ihre Geheimnisse miteinander geteilt. Sie sind aus der magischen Welt zurückgekehrt, in der Menschen zu sich kommen und Fremde zu Freunden oder zu Feinden werden, und alles ist gut.

Agelada schlägt gedankenverloren mit ihrem Kuhschwanz nach Fliegen, und niemanden stört es. Kostas trainiert ein paar seiner akrobatischen Übungen. Noch ist er in einem Alter, in dem Energien unerschöpflich sind. Die anderen liegen nur da und ruhen. Es tut so gut, die Sonne wieder zu sehen, sich ausruhen und den Blick in die Weite richten zu können, sich verbunden zu fühlen mit der Welt und miteinander.

Rechtzeitig zum Abendessen strolchen sie zur Hütte zurück, sauber und so gut wie möglich zurechtgemacht. Sie haben ein paar Fragen; nun werden sie sie stellen können.

Das Abendessen besteht aus Brot, Salat und Weichkäse. Dem Wasser im Krug hat die Sennerin ein wenig Beerensaft beigemischt. Nichts hätte köstlicher schmecken können an diesem milden Sommerabend in der Bergluft, die ihre eigene Würze zum Essen beisteuert. Die Weite beginnt sich zu bläuen, während der Himmel sich rötet, späte Vögel singen, ihre Herzen hätten die Welt umarmen mögen, und alles ist gut.

Sie beginnen vorsichtig Erkundigungen einzuholen, indem sie erzählen, sie hätten sich womöglich ein wenig verlaufen, und ob man ihnen vielleicht erklären könne, wo genau sie sich hier jetzt eigentlich befänden? Diese Taktik hat sofort Erfolg, denn als die Wirtin weitschweifig die nähere Umgebung erläutert, fallen zwei Ortsnamen, die der Narr erkennt. Womöglich ist es also seine Welt, in der sie herausgekommen sind. Was immer der Göttin fehlt, dass sie nach ihnen gerufen hat: In dieser Welt werden sie ihr zu Hilfe kommen.

„Dann sind wir hier also eine halbe Tagesreise östlich von dem Palast des Königs Midas?", fragt Kostas.

„Ja, genau! Ach, der arme König. Ist es nicht schrecklich, was mit ihm geschehen ist?"

„Was ist denn mit ihm geschehen? Wir sind jetzt tagelang in den Bergen gewesen und haben nur einmal einen sehr alten Mann getroffen, sonst keinen Menschen."

Es ist immer gut, sich an die Wahrheit zu halten, findet Magdalene. Wie andere Menschen sie interpretieren, das ist dann deren Problem.

Die Sennerin lehnt sich genüsslich vor. „Er war ja schon immer entsetzlich geldgierig", erzählt sie. „Dafür war er ja schon lange bekannt. Er hat Geld rausgeholt, wo es nur ging. Ich könnte euch da Sachen erzählen!"

„Ich weiß das, ich bin sein Narr", sagt Kostas, und die Frau fährt hoch und schlägt sich erschreckt die Hand vor den Mund. „Ihr habt natürlich völlig recht, er war schon immer sehr geldverliebt."

„Das tut mir jetzt leid, bitte verzeiht mir, ich wollte nichts Böses sagen über unseren Herrn!"

„Das habt Ihr auch nicht getan. Bis jetzt habt Ihr nichts anderes als die reine Wahrheit gesagt. Aber was ist denn nun geschehen?"

Die Frau beugt sich wieder zu ihnen herüber und beginnt flüsternd zu erzählen. Obwohl sie die eine Hälfte schon gewusst und die andere sich gedacht haben, fühlen sie doch Kälte ihre Beine heraufkriechen, ihre Haare sich sträuben und kaltes Entsetzen ihr Herz umklammern. Konnte das wirklich wahr sein, konnte so Entsetzliches tatsächlich geschehen? Konnte man an einem so linden blauen Sommerabend auf einer Alm sitzen und gleichzeitig so etwas begreifen, auf derselben Welt, am selben Abend?

König Midas habe sich gewünscht, es möge alles zu Gold werden, was er berührte; das hatten sie gewusst, aber es war ein Wissen gewesen wie aus einer der alten Sagen, die zwar wahr sind, dann aber auch doch nicht wahr. Jetzt erzählt Kostas ihnen zum ersten Mal, wie die kleine Prinzessin, Midas' Tochter Philomena, dem Vater um den Hals gefallen und verwandelt worden war. Seine Stimme zittert, als er das erzählt; die Wirtin zeigt die Feige, das bewährte alte Handzeichen gegen den bösen Blick, und merkt sich gierig jedes Detail. Die anderen gedenken des Mädchens in einem Moment mitfühlenden Schweigens.

Dann flüstert wieder die Wirtin, als lade sie zur Teilnahme an einer Verschwörung ein. Sie erzählt, als sei es ein Märchen aus alten Zeiten, wie der König zum Tempel der Gaia gefahren sei, wie er auf die Statue zugerobbt sei und wie ehrfürchtig er die Füße der Göttin berührt habe, von den drei Dutzend ausgesucht schönen Kühen ganz zu schweigen, die er ihr geopfert habe.

Der Narr, der das Wesen seines Herrn kennt, zweifelt – sowohl an der Ehrfurcht als auch an den drei Dutzend ausgesuchter Kühe –, behält seine Skepsis aber für sich.

Und dann, sagt die Frau, dann! Oh, dann sei das große Unglück geschehen, über das sich heute alle so aufregten, und keiner wisse, was dagegen zu tun sei. Der König habe die Füße der goldenen Statue berührt, und statt dass er nun geheilt sei, sei im Gegenteil die Göttin erkrankt. Nun stünde man dumm da, meint sie.

„Was ist denn los mit der Göttin, geht es ihr nicht gut?", fragt Ilka, die vermutlich schon in Gedanken den Inhalt ihres Hexenbündels durchgeht.

„Ja, wie soll man das sagen! Es kommt ja keiner mehr zum Tempel hin."

Wie das, wollen sie wissen, und der Abend verströmt noch einmal verschwenderisch den Duft von Oregano und Pinien, vermischt mit ein wenig Holzfeuer und Ziege, während die Sonne sich allmählich zwischen die Hügel senkt.

Offenbar war an diesem Abend die Göttin wie immer zur Ruhe gegangen, nachdem die Priester die Türen ihrer Cella für die Nacht geschlossen hatten. Als sie am nächsten Morgen zurückgekommen waren, um die Göttin zu wecken, fanden sie Statue und Tempelboden von einem schwarzen Gespinst überzogen, „den Zeichen der Vernichtung, die Verdammnis für Mensch und Vieh", denn dieses Gespinst sei immer weiter und weiter gewachsen und habe alles Leben im Umkreis ausgetilgt. „Und so fliehen die Menschen in Panik, wo immer das Zeichen des Todes sie erreicht. Hunderte sind bereits geflohen, ach was sag ich, Tausende bestimmt inzwischen schon. Und noch immer verbreitet sich der schwarze Tod weiter und weiter."

Die Sennerin hat offenbar eine poetische Ader. Die Sonne hat den Saum der Hügel erreicht.

„Jetzt verstehe ich aber noch nicht, wovor die Menschen fliehen." Ilka hat das Gespräch mit der Sennerin übernommen.

„Nicht nur die Menschen, auch Tiere, soweit sie es können. Und die Pflanzen können nicht fort und werden von dem schwarzen Geflecht durchzogen und zerkrümeln dann zu Staub."

„Oh."

„Ja, es ist schlimm. Man versucht alles, um es aufzuhalten, aber bisher hat noch nichts gewirkt. Priester haben Zeremonien abgehalten, es wurde geweihtes Wasser auf den Boden geschüttet, Gräben wurden ringsum ausgehoben, nichts hat das Wachstum der Todeszone aufhalten können. Sogar Brände hat man schon gelegt. Zuletzt haben Priester gemeint, ein Zaun aus Gold könne wirken, weil ja auch Gold die Ursache gewesen ist. Aber wer hat schon so viel Gold? Und wenn es einer hat, dann gibt es der nicht heraus."

„Und wie soll das nun weitergehen?"

„Na ja, es hofft natürlich jeder, dass es von alleine wieder aufhört. Dass es sich verläuft und verdünnt, je weiter der Kreis sich zieht. Oder dass es eine vorübergehende Erscheinung ist, die kommt und auch wieder geht wie eine Kinderkrankheit. Es hat bisher allerdings nicht den Anschein."

Dass es nicht aufhören könnte, ist zu schrecklich, um es zu denken. Es muss einfach ein Ende finden, es muss! Wo sollen denn die Menschen alle hin? Man kann sie ja schlecht auf Schiffe packen und alle übers Meer befördern. Und dann all die wilden Tiere – die kleinen, die nicht fliehen können – was haben ein Wurm oder ein Käfer oder eine Schnecke mit der Geldgier des Königs Midas zu tun?

„Ihr wollt morgen früh aufbrechen?", fragt die Wirtin, und alle nicken.

„Da werdet ihr wahrscheinlich schon die ersten Flüchtlinge sehen. Es ist schlimm. Wenn es nicht vorher aufhört, werden wir hier auch nicht bleiben können. Ach, es ist ein Jammer! Dann zeige ich euch jetzt mal, wo ihr schlafen könnt, und morgen nehmt ihr noch ein wenig Brot und Käse mit für unterwegs."

Resolut steht sie auf. Was sind schon welterschütternde Ereignisse verglichen mit den Erfordernissen des Augenblicks?

Sie bringt die Wanderer zu einem Schuppen, in dem sich bereits die diesjährige Heuernte anzusammeln beginnt, und überlässt sie dort sich selbst und ihrem Schrecken. Die Sonne geht unter, aber wie sollten sie jetzt schlafen können?

„Ich würde gerne mit euch an einem Feuer sitzen", sagt A. Wake. „Dies scheint mir ein sehr geeigneter Zeitpunkt zu sein. Wer weiß, was morgen auf uns zukommt."

Kostas rennt hinter der Wirtin her und erbittet ein wenig Feuerholz. Vielleicht würde er ihr morgen beim Abschied eine der goldenen Tränen des Königs dafür geben. Bald würde Gold wenig wert sein, Nahrung und Wasser hingegen alles, aber so weit denkt die Frau heute sicher noch nicht. Noch würde sie sich über Gold freuen und ihnen Brot und Käse leichten Herzens reichen.

Sie steuern auf eine andere Welt zu, auf eine finstere Welt. Vermutlich ist das vielen Menschen noch nicht klar.

Was würde mit der Gastfreundschaft geschehen, wenn der schwarze Kreis sich weiter ausweiten würde? Mit dem geheiligten Recht eines jeden Fremdlings, empfangen zu werden wie ein wandernder Gott? Bisher hatte sich daran auch gehalten, wer selbst für sich und seine Familie nur wenig hat. Das mag nun ein Ende finden. Wie so vieles andere. Es ist nicht abzusehen.

Sie starren in die Flammen ihres Feuers, sehen zu, wie sie von einem Holzstück nach dem anderen Besitz ergreifen, und reden nur wenig. Es ist gut, hier so gemeinsam zu sitzen. Wie schrecklich wäre es erst gewesen, diese Nachrichten zu hören und dabei ganz alleine zu sein!

„Wenn ich alleine gewesen wäre, ich hätte es nicht geglaubt", sagt Agelada in das Schweigen und das Knistern des Feuers hinein.

Die anderen schauen überrascht auf, dann nicken sie.

„Ja, es fällt schwer."

„Man wünscht sich, es nicht glauben zu müssen."

„Dieser Idiot von einem König aber auch!", bricht es aus Kostas heraus. „Konnte er nicht einfach demütig und bescheiden sein wie jeder andere Mensch auch? So ein Dummkopf! Und wir können es jetzt ausbaden."

„Pachamama ist sehr krank", sagt A. Wake. „Ich verstehe jetzt erst so richtig den Ruf, der ergangen ist."

„Ja, ich auch. Aber was können wir für sie tun?"

„Und wo sind die anderen, die gerufen wurden? Das siebte Feuer spricht von einer Generation, die sich erheben wird! Mein Volk betet um diese Generation schon so lange."

„Wir können alleine gar nichts tun."

Ilka holt den Ahnenstein hervor. „Ihr wisst aber schon, woran mich diese Sprüche erinnern? Ich dachte, diesen Gang hätten wir hinter uns."

„Ja, aber was können wir wirklich tun?"

„Das wissen wir jetzt noch nicht. Wir werden hingehen und es herausfinden."

Natürlich, das ist es.

„Wenigstens wissen wir jetzt, wofür wir gerufen wurden."

Sie sitzen noch eine Weile und teilen Ungläubigkeit, Trauer und Wut miteinander, gelegentlich auch einen Anflug von Resignation oder von Hoffnung, wie es gerade kommt. Dann ziehen sich Kostas, Agelada und Magdalene in den Heuschober zurück wie Tiere, die in Höhlen leben. Beinahe hätten sie sich zurückgewünscht in die Dunkelheit ihres Labyrinthes, wo Schwierigkeiten plötzlich vor einem standen und nichts weiter erforderten als die angemessene Reaktion, ohne dass man lange vorher darüber nachgrübeln musste.

Ilka, Finn und A. Wake breiten ihre Decken am Feuer aus und schauen hinaus in die Nacht und hinauf in die Sterne. Ihnen ist der Aufenthalt unter der Erde besonders schwer gefallen, weil sie an ein Leben im Freien gewöhnt waren. Sie fühlen sich heimgekommen unter dem Himmel.

Zwischentext: Interview mit der Erde II

Frage: Bitte, nehmen Sie die Frage nicht persönlich, aber manche sagen – ich meine, es gibt alte Mythen, nicht wahr, in denen angedeutet wird, dass Sie Ihre eigenen Kinder – ähm – fressen würden, also verschlingen, ich meine –

Antwort: Und was genau wäre die Alternative? Wo sollten meine Kinder denn sonst hin, wenn sie gestorben sind? Natürlich kehrt jedes meiner Kinder nach seinem Tod in meinen Leib zurück, es gibt ja nichts anderes, wo es hin könnte.

Ja, ich weiß, ihr habt eine Handvoll Asche in den Weltraum geschickt. Das ist die eine einzige Ausnahme von dieser Regel.

Das Wasser in deinem Körper, mein Jungchen, ist nicht nur im Nil geflossen und als Monsun über Indien niedergeregnet, es war auch schon das Blut eines Fisches und die Pisse eines Krokodils. Es hat Saris gewaschen und ist von Elefanten getrunken worden, es wurde von alten Frauen geweint und von ihren Söhnen vergossen. Und jedes Mal, immer wieder, ist es in mich zurückgekehrt.

Dein Fleisch, deine Knochen, deine Haare und Zähne – dein ganzer Körper besteht aus immer wieder recyceltem Material. Alles hat schon einmal anderen meiner Kinder gedient. Jedes Atom, ausnahmslos.

Ja, nun schau nicht so verwundert drein! Du ernährst dich von Pflanzen, im Grunde genommen. Oder meinst du etwa, Pflanzen wären keine Kinder von mir? Und ja, ich nehme sie wieder in mich auf, alle meine Kinder, immer wieder und wieder.

Sie kommen immer alle nach Hause.

Frage: Also, um auf meine Frage – was ich fragen wollte, eigentlich, war: Die Menschen sind ja mit Ihnen, wie manche sagen, rücksichtslos umgegangen. Ist das so? Und wenn das so ist, dann wäre die nächste Frage: Sind Sie darüber böse?

Antwort: Die Menschheit ist ja eines meiner jüngsten Kinder. Es gibt die Art noch nicht sehr lange. Sie ist jetzt erst in der Pubertät. Und ihr wisst ja selbst, wie das ist:

Als Neugeborenes ist man eins mit seiner Mutter, als Kleinkind entwickelt man so allmählich sein eigenes Bewusstsein, man arbeitet sich an Vater und Mutter ab – und in der Pubertät findet man plötzlich seine Eltern unsäglich peinlich. Man nimmt, ohne auch nur danke zu sagen, man lässt seinen Müll überall herumliegen, denkt nicht an Aufräumen, Saubermachen, etwas Zurückgeben oder Beitragen, und das Zimmer ist eine einzige Müllhalde. Man benimmt sich, als wäre man allein auf der Welt, völlig unabhängig von allen anderen. Erwartet aber trotzdem, dass Mutter alles Notwendige bereitstellt.

Das ist anscheinend eine notwendige Entwicklungsstufe, und für alle anderen unangenehm.

Das schaut man sich als Mutter eine Zeitlang an. Irgendwann folgen zwangsläufig Konsequenzen. Nicht, weil die Mutter das beschließt, sondern weil die Situation es herbeiführt.

Und um deine Frage zu beantworten: Böse zu sein liegt nicht in meiner Natur. Ich bin von Natur aus mütterlich, anders kann ich nicht sein. Liebevoll und konsequent. Eine untragbare Situation lehne ich ab, aber nicht das Kind, das sie herbeigeführt hat.

Frage: Das macht für das Kind vermutlich wenig Unterschied.

Antwort: Das mag wohl sein. Aber das war ja nicht die Frage. Jedenfalls solltet ihr wissen, dass ich euch liebe.

Frage: Und sehen Sie Ihre Kinder als unterschiedlich an?

Antwort: Natürlich kommt Speziezismus vor.

Die Feldmäuse halten den Hamster für gierig und arrogant, und Fuchs und Dachs sind sich auch nicht immer grün. Das ist doch ganz verständlich, wenn beide auf derselben Weide grasen. Aber ich – ich bin die Mutter von allen, jedes meiner Kinder ist ein kleiner Teil der großen Mutter Gaia, wie könnte ich eines meiner Kinder den anderen vorziehen?

Natürlich sieht man ihre Unterschiede. Und man liebt die jüngsten besonders. Die Menschen sind eines meiner jüngsten Kinder und ich habe zudem viel von ihnen erwartet. Ich habe gehofft, sie würden den schwächeren Geschwistern beistehen, von den älteren lernen, sie würden mich bereichern. Ihr habt Fähigkeiten, mit denen könntet ihr die Welt bunter machen, lebendiger, vielfältiger. Es hätte so großartig sein können zwischen uns.

Zumindest habt ihr jetzt wieder Kontakt aufgenommen. Nun solltet ihr allmählich auf den Gedanken kommen, dass ihr Teil eines Größeren, Teil einer Familie seid und Rücksicht nehmen müsst. Dass ihr auch etwas beitragen solltet. Ihr habt noch so viel zu lernen! Eine Mutter schaut sich so etwas an und seufzt –

Aber ich sehe noch mehr. Ich sehe auf dem Grund jedes einzelnen von euch die goldene Saat, die in euch angelegt ist. Ich sehe, wie eure Fehler und Schwächen zu dem Humus werden können, in dem diese goldenen Samenkörner aufgehen und Wurzeln schlagen. Ich sehe große, großzügige Herzen und all den Mut, den ihr brauchen werdet.

Ihr seid meine goldene Saat.

Aber natürlich kann ich euch nicht unbegrenzt Schaden anrichten lassen.

Ich habe schon so viele Arten hervorgebracht. So viele meiner Kinder sind schon längst gestorben, und nicht unbedingt immer einzeln hintereinander. Auch von denen haben manche eine wilde Pubertät gehabt, haben sich aufgespielt wie ein Bantam-Gockel zwischen Sulmtaler Hennen.

Ich sehe sie kommen, ich sehe sie gehen, ich sorge für sie, so gut ich kann. Mehr kann eine Mutter nicht tun.

Neuntes Kapitel: Auf dem Weg zum Tempel der Gaia

Früh am Morgen lassen sie sich Brot und Käse einpacken, bedanken sich bei der Sennerin, füllen ihre Wasserflaschen auf und machen sich an den Abstieg.

Flüchtlinge kommen ihnen entgegen, sobald sie von der Alm ins Tal hinabgestiegen sind. Mit Wagen und mit Handkarren rumpeln die Menschen über die Wege, ihre Alten und die kleinsten ihrer Kinder oben auf das Gepäck gesetzt. Hunde laufen daneben. Sie kommen mit Lasttieren, die beinahe zusammenbrechen. Sie treiben ihre Herden vor sich her, sie gehen oder sie reiten, und alle haben sie so viele Dinge mitgenommen, wie sie nur mitnehmen konnten. Ein altes Paar wandert langsam, stützt sich auf Stöcke und trägt nur jeder ein Bündelchen. Eine Gruppe junger Männer hingegen hat sich Lasten auf den Rücken getürmt, die hoch über ihre Köpfe emporragen. Sie tragen Kleidung und Decken, Geschirr, Schmuck, Wertgegenstände und Waffen, vor allem aber tragen sie Lebensmittel. Ein kleines Mädchen versucht verzweifelt, einen Wurf widerstrebender Hundewelpen in den Armen festzuhalten, und die Tränen der Wut und des drohenden Versagens laufen ihr über die schmutzigen Wangen.

Die Menschen gehen schweigend, denn sie leiden unter dem Verlust ihrer Heimat, unter dem Schrecken der Katastrophe und unter der Unsicherheit der Zukunft.

Was werden die Alten tun, wenn ihre Vorräte aufgezehrt sind? Was werden die mit den hoch beladenen Eseln tun, wenn ihre Tiere zusammenbrechen? Was wird mit den Herden geschehen, wenn die Menschen beginnen, Hunger zu leiden?

Und falls die schwarze Krankheit der Erde nicht zum Stillstand kommt, bevor sie alle das Meer erreichen: Was würde mit all diesen Menschen geschehen, wenn sie auf der einen Seite das große Wasser und auf der anderen den sicheren Tod sehen?

Schweigend, mit gesenktem Blick und wehen Herzen, schieben sich die Wanderer dem Flüchtlingstreck entgegen. Sie wollen nicht vor dem schwarzen Fleck fliehen wie alle anderen, im Gegenteil: Sie suchen sein Zentrum. Dafür müssen sie jetzt gegen den Strom schwimmen und werden misstrauisch angestarrt, als frage sich die Menschenmenge, ob sie ihre leerstehenden Häuser ausrauben wollen oder was sie sonst Finsteres im Sinn haben.

Je weiter sie kommen, desto mehr verwandeln sich Angst und Trauer der Masse in Wut, desto stärker prallen die Emotionen auf sie ein. Sie fühlen sich, als würden ihnen unsichtbare Steine entgegengeschleudert, unsichtbare Hindernisse in den Weg gelegt, als türme sich eine unsichtbare Mauer gegen sie auf. „Lumpenpack!", ruft ihnen einer entgegen. Wenn das so weitergeht, dann werden bald Steine fliegen.

„All you warriors of love!", singt A. Wake, „Rise up!"

Und sie erinnern sich an ihre gemeinsame Energie, mit der sie die Höhle der Gehässigkeit durchquert haben. Es ist nicht leicht im Angesicht einer realen Bedrohung, aber sie haben es einmal geschafft, warum nicht auch ein zweites Mal? Jeder von ihnen konzentriert sich darauf, so gut er kann.

In einer geschlossenen kleinen Gruppe, die Augen gesenkt, um niemandem einen Grund zur Wut zu bieten, eingehüllt in ihr Vertrauen zueinander und das Bewusstsein dessen, was sie gemeinsam durchgemacht hatten, so gleiten sie durch die Menschenmenge. Hohngelächter brandet um sie her. Einzelne Pfeile von brennendem Hass prallen gegen ihren Energieschild.

Diesmal geht A. Wake vorneweg, sein langer, schlacksiger Körper teilt die Menge wie der Bug eines Schiffes, die anderen drängen sich eng hinter ihm, Agelada bildet die Nachhut. Sie zieht ihre Kappe von den Hörnern und hält den Kopf hoch erhoben. In wilder Entschlossenheit stapft sie hinter den anderen her: stolz, zu ihrer vollen Größe aufgerichtet und jederzeit bereit, ihre Hörner notfalls einzusetzen, als schütze sie ihre Herde.

Die Menge traut sich nicht, sie anzugreifen. Sie begnügt sich mit höhnischem Gelächter und einzelnen Schimpfworten. Wo sie ihn durchquert haben, fließt der Treck der Flüchtlinge wieder zusammen und zieht weiter, als habe es sie niemals gegeben. Die Menge wird dünner. Bald sind es nur noch einzelne Nachzügler, die ihnen entgegenkommen und sich beeilen, den Treck einzuholen. Sie werden kaum noch beachtet. Selbst auf Ageladas Hörner fällt nur selten einmal ein kurzer Seitenblick.

„Ich glaube, ich weiß es jetzt“, sagt Kostas, als sie wieder alleine auf der Straße sind. „Ich weiß jetzt, warum sie so böse sind. Die armen Menschen! Sie müssen ganz fürchterlich leiden, dass sie so werden.“

Tränen laufen seine Wangen hinab. Agelada legt ihm den Arm um die Schulter und zieht ihn an sich. Er lehnt den Kopf an ihren Arm und schnieft ein wenig.

„Yo man“, sagt A. Wake. „So ist das.“ Und als er sieht, dass Kostas verlegen zu ihm hochschaut, fügt er hinzu: „Und lass dir von keinem einreden, dass ein Mann ein Opfer ist, wenn er weint! Schließlich und endlich sind wir Krieger des Lichts, die lassen ihre Gefühle nicht unterkriegen, von keinem. Wenn du dein Mitgefühl verlierst, dann hast du verloren.“

Der kleine Narr grinst dankbar zu ihm auf, und A. Wake hält ihm die Faust hin. Damit kann Kostas zwar nichts anfangen, aber er versteht die Geste, wie sie gemeint war. „Freunde“, sagt er.

„Freunde", sagt A. Wake, „und Kampfgefährten. Du hättest dir auf dieser Reise schon mehr als eine Adlerfeder verdient. Jeder von uns. Wenn wir durch sind, könnten wir uns jeder eine Federhaube machen und sie mit Stolz tragen."

Sie gehen nun durch menschenleeres Land. Ob in einem dieser Häuser noch Kranke liegen, die keiner mitgenommen hat und die nun in stillem Entsetzen auf einen furchtbaren Tod warten? Die zu krank sind, um aufzustehen und das Vorrücken des schwarzen Kreises zu beobachten, und die jeden einzelnen Moment mit seinem Eintreffen rechnen müssen?

Agelada stopft die Kappe für ihre Hörner achtlos in das Reisebündel. Hier ist niemand mehr, hier wird sie keine Kopfbedeckung brauchen.

Nach den Menschen kommen die Tiere. Aus ihnen spricht keine Wut, sondern bodenlose Traurigkeit. Ihnen scheint es klar zu sein, dass sie für immer verloren sind. Sie schleppen sich müde dahin, ohne Hoffnung und ohne Ziel. Einigen sieht man es an, dass sie dem Verderben nicht entgehen werden; anderen, dass sie keinen Lebensmut mehr haben.

Schnecken schleppen ihre Häuser in vergeblichem Bemühen. Ein Schaf steht neben seinem Lamm, dessen Huf sich in einer Steinspalte eingeklemmt hat, und stupst es immer wieder dringlich auffordernd mit der Nase an. Beide blöken jämmerlich.

Haben die wütenden Menschen den Kampfgeist der Wanderer geweckt, so zerschneiden ihnen die Tiere das Herz. Dieses eine Lamm können sie befreien, aber was ist mit all den anderen?

Gegen Mittag können sie die Grenze zwischen gesundem und krankem Land schon ganz deutlich sehen. Es ist eine klare Linie, auf deren einer Seite die Welt grün von Leben strotzt, auf der andren Seite liegt sie schwarz und leblos und verströmt den Geruch von Asche und Verzweiflung. Und sie können auch sehen, wie diese Linie sich ganz langsam vorschiebt. Es ist eine bedrückende Ansicht.

Als die Sonne zu brennen beginnt und es Zeit für eine Mittagsrast ist, kommen sie an dem Biergarten eines verlassenen Gasthofes vorüber. Hier ist ein guter Ort, um zu rasten und auf die etwas kühleren Nachmittagsstunden zu warten. Sie betreten den Hof und füllen ihre Wasserflaschen aus seinem Brunnen, setzen sich an einen Tisch im Schatten eines Weinstocks, der üppig über sein Spalier wächst, und neben eine Wand, die den Blick auf die Schwärze versperrt und nur fruchtbares grünes Land sehen lässt. Dieser Wein wird nicht mehr lange wachsen, sie wissen es genau. Sie schnüren ihre Bündel auf und nagen bedrückt und ohne großen Appetit an dem Brot, das ihnen die Sennerin mitgegeben hat.

Da knirscht eine Tür. Was kann das sein? Erstaunt schauen sie einander an. Sie haben nicht damit gerechnet, hier noch einen gesunden, lebenden Menschen anzutreffen. Sind nicht alle, die flüchten konnten, längst geflüchtet?

Sie haben sich geirrt: Aus dem Gastraum tritt, füllig und in weitem Gewand, der Magier, den sie zuletzt in der Taverne zum durstigen Rotkehlchen gesehen haben, als er Agelada zu ihnen brachte und vom Geschick des Königs Midas erzählte. Da steht er in seinem kretischen Gewand und mit dem Mantel des Magiers und breitet die Arme aus, dass die Ärmel flattern, als säßen sie im Hof seines Hauses und er wolle sie willkommen heißen.

„Welch eine Freude!", sagt er mit seiner öligen Stimme, „welch eine Freude, euch alle so wohlbehalten hier wiederzutreffen! Ich hoffe, die Götter haben euch eine angenehme Reise geschenkt!"

Damit sind sie aus seiner Aufmerksamkeit auch schon wieder entlassen und er verbeugt sich vor Agelada. „Priesterin", sagt er, „wenn ich um ein Wort unter vier Augen bitten dürfte?"

Agelada legt ihr angebissenes Stück Brot zurück auf den Tisch, auf das sie ohnehin keine Lust gehabt hat, und schaut die anderen verwirrt an. Die sehen genauso zurück; wer hätte vermutet, dass hier ein Bekannter plötzlich vor ihnen stünde, wo sie mit keiner lebenden Menschenseele mehr gerechnet haben! Und was will dieser Mensch von ihrer Agelada?

„Wir bleiben hier sitzen und laufen dir nicht weg", sagt Finn schließlich. „Ich weiß nicht, wie es den anderen geht, aber mich zieht es nirgendwo anders hin, bevor die Hitze nachgelassen hat." Tatsächlich scheint das schwarze Land Hitze auszustrahlen, die sie bis hierher fühlen können. „Und danach eigentlich auch nicht", fügt der Barde noch hinzu.

Agelada folgt dem Magier in den Gastraum. Willkommen ist er ihr nicht, dieser Bote aus einem Leben, das sich fern und fremd und kalt anfühlt, als sei sie eine andere gewesen, als sie aufbrach.

„Ich sehe, Ihr tragt Eure Haube nicht mehr?", fragt er, und Agelada antwortet: „Wir haben hier nicht mit Menschen gerechnet. Und wenn man mit jemandem über mehrere Tage und Nächte zusammen ist, dann wird eine solche Verkleidung irgendwann einmal sinnlos."

„So ist es Euch nicht gelungen, Euren eigenen Schlafraum zu finden allnächtlich?"

Darüber muss sie lachen. „Es ist uns meistens nicht gelungen, überhaupt irgend einen Schlafraum zu finden. Aber Ihr seid doch sicher nicht gekommen, um Euch nach meinem nächtlichen Befinden zu erkundigen? Und bitte, fasst Euch kurz, ich bin hungrig." Das entspricht zwar nicht der Wahrheit, aber ihr ist beigebracht worden, unter allen Umständen höflich zu sein.

„Dann sage ich es direkt und gradeaus und bitte um Eure Nachsicht: Ich bin gekommen, um Euch an Eure Verpflichtung zu erinnern. Ihr habt an dieser Fahrt teilgenommen, um das Geheimnis des Goldes für Euren Herrn Vater zu entdecken, das habt Ihr doch hoffentlich nicht vergessen?"

Doch, stellt Agelada fest, sie hatte es fast vergessen. Etwas anderes jedoch nagt an ihr, seit Magdalene es erzählt hat, dass nämlich der Fehltritt ihrer Mutter der Wille eines Gottes gewesen sei! Und endlich hat sie jemanden gefunden, der Näheres wissen mag.

„Ja, der König!", sagt sie wie leichthin. „In dem Verlangen nach Gütern steht er dem armen König Midas nicht nach, nur in der Klugheit schlägt er ihn um Längen. Midas soll die Kastanien aus dem Feuer holen und mein Vater will sie essen. Ein kluger Mann. Dass er den Stier des Poseidon nicht geopfert hat, das ist vermutlich der einzige Fehler gewesen, zu dem seine Habgier ihn jemals verleitet hat! Aber dafür hat er ja auch teuer bezahlen müssen."

„So teuer, Prinzessin, dass ihm da ein gewisser Ausgleich noch zusteht, würde ich doch sagen! Poseidon hat schließlich einen anderen Stier bekommen, der stammte auch nicht von schlechten Eltern ab."

Damit hat er alles gesagt, was Agelada wissen wollte. Sie versichert dem Magier, dass sie ganz genau wisse, wo ihre Loyalitäten zu liegen hätten, verabschiedet ihn, wie es einer Prinzessin ansteht, dann schließt sie die Tür des Abtritts hinter sich und große dicke Tränen kullern aus ihren Kuhaugen.

Magdalene findet sie dort. „O weh", sagt sie, „so schlimm?", und Agelada nickt heftig. Nicht nur, dass sie als so minderwertig angesehen wurde, dass ihrem Vater noch ein Ausgleich zustand. Nicht nur, dass man sie all die Jahre in einem falschen Glauben gelassen hatte. „Ich habe meiner armen Mutter so Unrecht getan!", schluchzt sie. „Du hast völlig recht gehabt, der Magier hat es eben zugegeben. Und er hat es noch nicht einmal bemerkt!"

Die Vorbehalte gegen ihre Mutter lösen sich jetzt in Tränen auf, und das tut weh. Am schmerzhaftesten aber ist es, dass der König ihre Loyalität und ihr schlechtes Gewissen hatte ausnutzen wollen, um sich selbst zu bereichern, und dass sie so bereitwillig darauf eingegangen war. Beinahe hätte sie sich betrügen lassen! Es hätte nicht viel gefehlt.

Sie strafft sich und geht zu den anderen zurück, setzt sich an den Tisch und zerkrümelt das Brot auf ihrem Teller.

Was hätte auf der Reise nicht alles geschehen können! König Midas von Phrygien hat zumindest nur mit seinem eigenen Leben gespielt. Gut, die Prinzessin Philomena – aber das ist ein Unfall gewesen. Er hat sie nicht absichtlich in Gefahr gebracht, sondern sie ist ihm um den Hals gefallen, bevor er sie daran hat hindern können. Er hätte nicht gewollt, dass sie in Gold verwandelt wurde.

Ihr eigener Vater hingegen, der König von Kreta – dem war sie völlig egal. Er hat aus Gier das Leben seines Kindes riskiert. Er hat das Zeichen eines Gottes sich unter den Nagel reißen wollen. Er hat sein Verlangen nach dem Götterstier über die Fürsorge für sein Volk gestellt. Er ist von dem erfolgreichen König Minos, der Knossos zur blühenden Stadt gemacht hat, zum Tyrannen geworden, den jeder fürchtet.

Nur sie, die nicht seine echte Tochter ist, sie hat ihn immer noch geliebt und für unschuldig gehalten. Und nun sieh, was er ihr hätte antun können, hätte ihre Fahrt einen anderen Ausgang gehabt!

Als sie wieder aufbrechen und auf das schwarze Land zugehen, läuft Agelada zwar mit, aber sie hat den Blick in die Ferne gerichtet, ohne dabei etwas wahrzunehmen. Wie eine Schlafwandlerin trabt sie neben den anderen her. In ihr arbeitet es noch zu sehr, als dass sie an ihrer Unterhaltung würde teilnehmen können.

Sie nähern sich der Grenze zum schwarzen Land, von dem die Menschen sagen, dass es alles Leben verbrenne. So sieht es auch aus: als hätte hier ein Feuer gewütet, das nichts übrig gelassen hat als schwarze Asche. Wie sollen sie über dieses Land des Todes zum Tempel der Göttin gelangen?

Die anderen tippen vorsichtig ihren Fuß über die Linie, sehen Rauch von ihren Schuhsohlen aufsteigen, ziehen den Fuß schnell wieder zurück und schauen einander ratlos an. Agelada, tief in ihre Gedanken versunken, geht einfach weiter, ohne den Wechsel überhaupt zu bemerken. Sie starren ihr nach, wie sie da immer weiter und weiter wandert. Kein Rauch steigt von ihren Füßen auf, keine Gefahr scheint ihr zu drohen. Was macht sie anders? Kann man durch schiere Geistesabwesenheit über das schwarze Land laufen?

Es gibt noch einen anderen Unterschied, und Finn bemerkt ihn. Er schnürt seine Bundschuhe auf und setzt vorsichtig den nackten Fuß auf das gefährliche Gebiet. Nichts geschieht ihm! Ja genau, das ist es! Agelada ist auf ihren Hufen gelaufen und die andren haben Schuhe angehabt.

Es kostet sie alle Überwindung. Keiner von ihnen hat Lust, dieses schwarze Todesland mit den bloßen Füßen zu berühren, aber was bleibt ihnen übrig? Ilka verzieht das Gesicht zu einer angewiderten Grimasse, auch Finn sieht aus, als sei ihm sterbenselend. So gehen sie dahin, und jeder Schritt wirbelt schwarze Aschewölkchen auf. Es fühlt sich an, als könne man die Luft nicht atmen, als sei sie mit Gift und Asche durchsetzt. Auch der Quellbach des Flusses springt nicht fröhlich neben ihnen her über seine Kiesel, wie er das sonst getan hat; sein Wasser kriecht dahin, als wolle es am liebsten gleich wieder in der Erde verschwinden und sich im Grundwasser verstecken. Die Bäume an seinen Ufern recken schwarze Äste ohne Laub, ohne Rinde und ohne Hoffnung dem Himmel entgegen. Finn laufen Tränen der Trauer und des Mitleids die Wangen hinab.

Sie schreiten über totes Land und sehen nirgendwo ein Zeichen des Lebens. Dies durfte sich nicht weiter ausbreiten. Es musste aufhören, irgendwie. Es musste einfach.

Zwischentext: Interview mit der Erde III

Frage: Dann hätte ich eine Frage noch: Was ist Ihrer Ansicht nach schiefgelaufen zwischen Menschheit und Natur?

Antwort: (lacht) Wo soll ich anfangen ...

Es ist keine Frage des Bewusstseins; schließlich haben auch andere Kinder Bewusstsein genug, beispielsweise ihr Spiegelbild zu erkennen. Aber kommen Elefanten, Elstern oder Delfine deshalb auf die Idee, ihren jeweiligen Lebensraum beherrschen zu wollen? Halten sich Schweine oder Primaten für etwas ganz Besonderes? Nein, am Ich-Bewusstsein kann es nicht liegen.

Zunächst einmal ist es ein sehr gutes Zeichen, dass ihr überhaupt versucht, den Kontakt wieder aufzunehmen, den ihr verloren habt. Zwischenzeitlich hätte man meinen können, ihr hieltet mich für ein unerschöpfliches Rohstofflager und eine seelenlose Abfalldeponie. Man hätte meinen können, ihr hieltet euch für unabhängig von mir, als krabbeltet ihr nicht wie jedes andere Tier auf dem Boden der Erde herum, schwämmet in ihren Wassern oder flöget in ihrer Luft. Man hätte meinen können, es würden euch eure Rohstoffe von Meteoriten aus dem Weltall geliefert und ihr ernährtet euch von Sonnenlicht und Sternenstaub, als brauchtet ihr nicht meine Luft zum Atmen und meinen Rhythmus auf dem Grunde eurer Seele.

Frage: Welchen Rhythmus?

Antwort: Wir vibrieren im Einklang, sonst könnten wir nicht miteinander leben. Mein Magnetfeld vibriert, jedes Ding vibriert, auch jedes Lebewesen. Auf dem Grund eures Bewusstseins liegt der Rhythmus, den mein Magnetfeld vorgibt.

Und weil ihr ein Teil von mir seid und ich ein Teil von euch bin, darum musstet ihr anfangen, euch selbst zu bekämpfen. Eure Körper eingezwängt, eure Behausungen fern der Erde, eure Wege gepflastert und asphaltiert, eure Frauen und Kinder entrechtet, euer Unbewusstes dämonisiert, euer Essen behandelt, jeder Fußbreit Boden, dessen ihr habhaft werden konntet, umzäunt, gerodet und kultiviert, wie ihr das nennt.

Glaubt ihr wirklich, dass ihr damit jemals zu einem Ende kommt? Macht euch nicht lächerlich.

Also ich meine – nicht noch lächerlicher als bisher.

Vor ein paar Tagen meiner Zeitrechnung kamen die westlichen Menschen auf die Idee, sich ihre Mutter untertan machen zu müssen. Jedes andere meiner Kinder hätte ihnen sagen können, dass das komplett unsinnig ist. Nicht nur, weil es gar nicht geht; sie sind viel zu sehr ein Teil von mir und ich ein Teil von ihnen. Ich bin nicht nur ihre Mutter; ich bin ihre Ernährerin, ihre Heimstatt, ihre Geschichte und ihr Gedächtnis. Ich bin der Stoff, aus dem ihr Fleisch und ihre Knochen gemacht sind. Ich bin der tiefe, dunkle Untergrund, auf dem die Schaumflöckchen ihres Bewusstseins schwimmen. Was immer sie basteln mit ihren geschickten Pfötchen, sie haben jeden einzelnen Bestandteil aus mir entnommen – woher sollte er auch sonst stammen?

Ohne mich hätten sie keine Nahrung, kein Obdach, keine Wärme und keinen Ort, auf den sie ihre Füße stellen könnten. Sie hätten keinen Körper und kein Bewusstsein, keine Geschichte, keine Zukunft und keine Gegenwart, es gäbe sie nicht.

Sie setzten sich selbst an die Stelle ihres Vaters, der die Mutter beherrschen sollte. Sie leben in mir, auf mir, mit mir und von mir, wie alle anderen auch. Aber sie allein leben außerdem auch noch gegen mich. Noch amüsiert mich das.

Mit eurem großen Hausputz des Glaubens habt ihr euch nicht befreit, wie ihr glaubtet, wie eure Propheten der Rationalität es euch verkündeten. Ihr habt euch selbst zu Göttern erklärt mitsamt eurer Vernunft und jetzt stellt ihr fest, dass ihr fehlbar seid.

Eure alten Götter leben nicht mehr, das ist wahr; aber das heißt noch lange nicht, dass ihr selbst jetzt göttlich geworden seid. Es heißt nur, dass ihr von Neuem aufbrechen müsst auf die alte Heldenfahrt der Seele, um eure neuen Götter zu finden. Und die werden nicht begierig sein, sich von einem widerspenstigen Kind finden zu lassen, das die eigene Mutter misshandelt.

Welch ein Vater soll das gewesen sein, der Vatergott eurer Pubertät, der euch auffordert, eure eigene Mutter zu beherrschen? Und nicht nur zu beherrschen – sie auszubeuten, eure Geschwister zu morden, sie zu verstümmeln, zu beschmutzen, zu vergewaltigen? Er hat euch zuerst eure Mutter missachten gelehrt, dann habt ihr ihn selbst nicht besser behandelt. Das ist normal für das Alter: Eure Eltern waren euch peinlich.

Heute verehrt ihr nicht mehr den Drachentöter, heute verehrt ihr den Drachen. Je größer sein Hort ist, der goldene Schatz, den er hütet, desto verehrungswürdiger scheint er euch; und die Kinder, die er dafür verschlingt, die kümmern euch nicht. Denn ihr wisst ganz genau, dass er Menschenopfer fordert, der Drache. Dass all das Gold nicht von allein in seinen Schatz gekommen ist. Da waren die Menschen in früheren Zeiten anders.

Frage: Bei uns wird gerade diskutiert, ob wir unsere Technik reduzieren müssen oder ob eine neue, grünere Technik uns helfen kann. Müssen wir zurückkehren zur Landwirtschaft des 19. Jahrhunderts? Müssen wir unsere Reisen einschränken oder können wir neue Fortbewegungsmittel erfinden? Auf welcher Seite stehen Sie in dieser Frage? Was meinen Sie, geht es nach vorne oder geht es zurück?

Antwort: Ich sehe da keine zwei Seiten. Und wenn ich zwei Seiten sehen würde, dann würde ich nicht auf einer davon stehen.

Ihr vergesst immer wieder, dass ihr innerhalb von mir lebt, ebenso wie alles andere, einschließlich eurer beiden Seiten. Ich müsste zwei Seiten innerhalb von mir selbst haben und mich dann auf eine davon gegen die andere stellen, das ist doch Blödsinn. Klare Kontraste, das liegt mir ohnehin nicht. In meiner Natur liegen eher Übergänge, Beziehungen oder Wachstum.

Aber um zur Frage zu kommen: Wenn meine intelligenteren Kinder Werkzeuge benutzen, dann sehe ich das mit Vergnügen. Euer Problem sind nicht eure Werkzeuge, und auch die Lösung liegt nicht in euren Werkzeugen.

Die Landwirtschaft vor hundert Jahren war weit entfernt von eurer Zeit als Jäger und Sammler – aber sie war im Einklang mit der Natur. Ihr müsst nicht zu dieser Landwirtschaft zurück, aber ihr müsst zu diesem Einklang zurück. Wenn ihr neue Werkzeuge erfindet, ohne im Einklang zu sein, dann werden sie vielleicht das eine Problem lösen, aber zugleich drei neue gebären. Es liegt nicht an der Technik als solcher, sondern an eurem mangelnden Respekt. Nicht der Verbrennungsmotor ist das Übel, sondern eure Maßlosigkeit. Würdet ihr euch auf das Notwendige beschränken, dann brauchtet ihr keine neue Technik. Tut ihr es nicht, dann wird neue Technik nicht helfen. Werdet frei von Neid und Gier und Überheblichkeit, bringt euren Kindern Respekt vor der Natur bei, dann könnt ihr euch auf eure Intuition und euer wahres Wesen verlassen. So einfach ist es, und so schwer.

Es ist nicht die Frage, wie groß eure Felder sind und ob ihr spezialisierte Landwirtschaft betreibt oder nicht. Die Frage ist, wie ihr mit der Erde umgeht. Ob ihr gierig oder ob ihr ehrfürchtig seid, ob ihr sie schlechter oder besser macht, ob ihr sie auslaugt oder anreichert. Die Landwirtschaft des letzten Jahrhunderts ist kein Segen in sich, moderne Landwirtschaftsformen sind es auch nicht, ihr macht eure Fehler nur in einem größeren Maßstab. Ein Segen wäre es, die Erde als heilig zu betrachten und sie auch so zu behandeln – zumindest aber als ein Lebewesen, dem man Gutes oder Böses antun kann.

Die weiße westliche Kultur hat viele erstaunliche Dinge sehr gut hinbekommen. Der Umgang mit der Erde gehört nicht dazu.

Die weiße westliche Kultur wäre sehr gut beraten, wenn sie von ihrem hohen Ross heruntersteigen würde und ausnahmsweise einmal bereit wäre, von anderen zu lernen.

Ist euch eigentlich klar, dass die Artenvielfalt der Gebiete in Indianerobhut größer ist als die in euren Naturschutzgebieten? Dabei habt ihr sicher nicht das beste Land für Reservate hergegeben. Was sagt euch das?

Es sollte euch sagen, dass ihr noch viel zu lernen habt und dass Menschen auf der Erde leben, die es euch lehren können und das auch gerne tun würden. Nun solltet ihr nur noch genug Demut und Vernunft aufbringen und darum bitten, von ihnen lernen zu dürfen.

Frage: Können wir Ihnen mit irgendetwas helfen?

Antwort: Wie hilft man jemandem, der krank ist?

Zunächst einmal hört man natürlich auf, ihm weiteren Schaden zuzufügen und die Substanzen zuzuführen, die ihn krank machen. Manche Substanzen sind schlichtweg giftig oder werden es in höheren Dosen, die darf man einem Lebewesen dann einfach nicht mehr verabreichen.

Dann muss man alles tun, um die bereits vorhandenen Schadstoffe aus dem kranken Körper wieder herauszubekommen.

Zum dritten muss man die Symptome bekämpfen, wo sie dem Organismus Schaden zufügen würden.

Das alles wisst ihr ganz genau.

Und schließlich, was ihr gerne einmal übersieht, braucht ein krankes Lebewesen außerdem auch noch Ruhe, es braucht Zuwendung, es braucht Fürsorglichkeit und Wertschätzung.

Zeremonien, Meditationen und Gebete helfen ebenfalls. Durch Zeremonien und Gebete können an jeder beliebigen Stelle heilige Orte geschaffen werden, die sich zu Kraftnetzen verbinden. Wertschätzung für mich in all meinen Formen hilft mir, und wenn ihr nur mit offenen Herzen dem Gesang der Vögel lauscht. Ihr seid so entsetzlich domestiziert, dass ihr die Verbindung mit mir vernachlässigt habt; werdet wieder wilder! Dann wird euch genug einfallen.

Es gibt so ungeheuer viele Ebenen, auf denen ihr etwas Sinnvolles tun könnt. Und es gibt ungeheuer viele Menschen, die das bereits tun. Ich sehe einen Aufbruch, wie es ihn noch selten gegeben hat in meiner langen Geschichte.

Ich liebe euch sehr.

Zehntes Kapitel: Der Tempel der Göttin

Als sie den Tempel der Göttin am späten Nachmittag erreichen, reinigen sie sich in der Quelle, wie es üblich ist, wie alle Pilger es taten, als der Tempel noch erreichbar war. Dann treten sie nacheinander über die Schwelle.

Auch hier ist der Boden von schwarzem Geflecht durchzogen, aber das hatten sie ja gewusst. Sie tappen auf ihren bloßen Füßen die Halle entlang, zwischen den Säulen hindurch, auf die Cella mit dem Bild der Göttin zu. Demütig verneigen sie sich. „Göttin, hier sind wir", sagt Agelada.

Und nun?

Der Göttin scheint es egal zu sein.

Und dafür jetzt die ganze Reise?

Agelada schlägt vor, zumindest noch einen Hymnus der Verehrung zu singen. Das tun sie; Agelada singt vor und die anderen brummen mit.

Dann stöbern sie ein wenig durch den Tempel. In der Halle kniet hinter einer Säule versteckt ein goldgewordener König Midas und streckt seine Hände aus. Alle kleineren, leicht transportierbaren goldenen und silbernen Gegenstände haben die Priester bei ihrer Flucht mit sich genommen; König Midas, so wertvoll er ist, war ihnen wohl zu schwer.

In der Rückwand der Cella führt eine Tür zu einer Abstellkammer, die ebenfalls leer ist und ihnen erstaunlich flach vorkommt. Hinter der Statue sehen sie eine weitere Tür, die diese mangelnde Größe erklären könnte: In diesem Tempel gibt es offenbar noch ein Adyon, eine kleine Innenkammer als Allerheiligstes. Dort müssen sie zumindest einmal nachgesehen haben, auch wenn sie sich dazu eng an der Statue vorbeidrängen müssen. Sie würden es sich nicht verzeihen, wenn sie nicht in den entlegensten Winkel noch geschaut hätten, auch hinter diese allerletzte Tür, die vermutlich die kostbarsten Schätze des Tempels verbirgt.

Dass die goldene Statue der Göttin selbst von der Krankheit befallen ist, das scheint ihnen widerwärtiger als alles andere. Sie versuchen jede Berührung mit ihr zu vermeiden. Behutsam, mit dem Rücken zur Wand, schieben sie sich an ihr vorbei und halten auch die Reisebündel von ihr fern. Der Barde hebt seinen Dudelsack über den Kopf und Agelada dreht ihre Hörner so vorsichtig, als trage sie ein wertvolles Möbelstück durch einen engen Gang, das nirgendwo anstoßen darf. Dabei sehen sie das Abbild einer kranken Göttin flüchtig aus den Augenwinkeln an und nur dann, wenn es unbedingt sein muss; und um sich abzulenken, plappern sie durcheinander.

„Wir werden dann auch noch mal eine Zeremonie abhalten, bevor wir gehen“, sagt Ilka, und A. Wake nickt vorsichtig, ohne der Statue zu nahe zu kommen: „Ja klar, das können wir tun.“

„Ist ja wohl das Mindeste.“

„Viel wird da nicht drinnen sein“, meint Finn. „Ich kann mir nicht vorstellen, dass Priester sich hier durchzwängen und dabei noch schwer schleppen.“

„Und wenn, den Priestern ist es sicher rechtzeitig gelungen, die größten Schätze in Sicherheit zu bringen. Für so etwas haben Priester einen siebten Sinn.“

„O ja, das haben sich. Verzeihung, Agelada, war nicht so gemeint.“

Agelada winkt ab.

„Ist ja auch nur, damit wir überall mal hingeschaut haben.“

„Da ist nicht viel.“ Agelada kennt sich aus. „In meinem Tempel hatten wir ähnliche Verliese hinter den Götterstatuen. Da waren nur Utensilien drin für die heiligen Dienste. Schätze gibt es da drinnen nicht. Das Adyton wird garantiert ..." Ageladas Stimme senkt sich zu einem Flüstern, als sie sieht, wie Magdalene den Knauf vorsichtig dreht. Die eisenverstärkte Holzpforte schwingt langsam auf „... leer sein ..."

Sie bleiben mit offenen Mündern fassungslos stehen.

Was sie erwartet haben, war ein enges Kämmerchen mit oder ohne Schätze. Was sie sehen, ist ein weiter Garten voller schattenspendender Bäume, eine Lichtung mit saftigem Gras im Vordergrund, dazu leuchtende Blumen mit betäubend süßem Duft. Die Luft schwirrt von Vögeln und Insekten, von denen sie etliche noch nie gesehen haben. Auf einem der Bäume im Hintergrund spielen kleine Äffchen.

Mitten auf der Lichtung breitet ein Baum seine Äste aus zu einem Dach, das Schatten spendet und sicher auch einem Regenschauer standhält. Zwischen seinen Wurzeln entspringt auf der einen Seite eine Quelle, auf der andren steht ein Ruhebett.

„Brigid!", schreit Finn, lässt Bündel, Decke, Dudelsack fallen und rennt auf die Frau zu, die dort auf dem Bett liegt. „Oh Brigid, meine Geliebte, geht es dir gut?"

Die Frau auf dem Bett regt sich. Finn ist vor ihr auf die Knie gesunken und hat nach ihrer Hand gegriffen. Die Frau schlägt die Augen auf, sieht ihn an und lächelt. „Mein Barde", sagt sie, „wie schön." Sie küsst erst den Barden zärtlich auf die Stirn und strubbelt seine Haare. Dann setzt sie sich ein wenig mühsam auf, als sei sie krank und habe lange geschlafen.

Auch Ilka und A. Wake sind an das Bett herangetreten und sehen die Frau liebevoll an. „Percha", sagt die eine, „Pachamama" der andere. „Welch eine Freude, dich endlich einmal in leibhaftiger Person zu sehen!"

Sie wendet sich den beiden zu und begrüßt sie mit einer Umarmung. Dann setzen sie sich neben ihrem Bett zu dem Barden ins Gras.

Agelada und Kostas haben sich der Frau ehrfürchtig mit zusammengelegten Händen genähert und verbeugen sich tief vor ihr. „Verehrte Göttin Gaia, wir grüßen Euch", sagt Agelada dabei. Die Göttin winkt die beiden zu sich und umarmt auch sie.

Verehrungsvoll bleiben sie stehen.

Nun ist nur noch Magdalene übrig. Sie würde vor Scham am liebsten im Boden versinken. Sie als einzige hat von der Göttin nichts gewusst, sie hat noch nicht einmal einen Namen für sie. Sie als einzige kann ihre Mutter noch nicht einmal anreden.

Darüber hinaus gehört sie der Kultur an, die mit der Natur einen Schindluder getrieben hat, wie es in der gesamten Geschichte der Menschheit noch nie dagewesen ist. Noch keine Kultur vor der ihren ist so gierig, so rücksichtslos, so egozentrisch mit der Erde umgegangen.

Und sie kann nicht sagen, sie hätte nichts davon gewusst. Natürlich hatte sie es gewusst, selbstverständlich. Jeder in ihrer Kultur wusste ganz genau, was geschah. Arten starben aus, ganze Landstriche wurden vergiftet, Menschen wurden versklavt, die Atmosphäre wurde mit Gasen vollgepumpt, die Meere mit Abwässern. Seen und Flüsse wurden so grade eben noch vor dem Umkippen gerettet, wenn es genug Anwohner interessierte und wenn diese Anwohner weiß waren und Geld hatten. Wälder starben, Schlachtvieh wurde unter den unsäglichsten Bedingungen gehalten und der Mutterboden litt unter großflächigen Monokulturen, das Leben darauf unter den Giften, die über die Felder versprüht wurden.

In ihrer Kindheit hatte sie noch geglaubt, es müsse jeder Sommerabend voller Insekten sein, jedes Kornfeld und jede Wiese voller Blumen. Jetzt sieht sie den Körper der Mutter Natur vor sich, und er ist geschunden.

Sie fragt sich verzweifelt, wie sie ihren Enkelinnen jemals wieder in die Augen schauen soll. Was hat sie nur getan? Das Erbe der kommenden Generationen hat sie verspielt, ihre einzige Heimat unbewohnbar gemacht, ihre Welt vergiftet. Und ja, sie ist ein Teil davon, sie ist beteiligt.

Sie weint. Die Tränen laufen ihr die Wangen hinab. Was hat sie sich nur dabei gedacht?

Sie hat gedacht, es werde so schlimm schon nicht werden. Sie hat gedacht, sie werde halt ein wenig zurückhaltend sein und nicht alles mitmachen, was die anderen tun. Sie hat gedacht, sie könne ja doch nichts ändern. Sie hat gar nichts gedacht.

Andere haben etwas getan. Aber sie, sie hat einfach nur daneben gestanden und zugeschaut.

Und außerdem: Arten sterben nicht einfach aus. Landstriche werden nicht bloß irgendwie vergiftet. Das Klima kippt nicht eben mal so. Sondern es gibt auch immer jemanden, der das tut, der handelt: Menschen rotten Arten aus, Menschen vergiften Landstriche, Menschen verändern das Klima. Menschen verklappen Säure ins Meer und überfischen es, Menschen leiten Abwässer in Flüsse und Abgase in die Luft. Und sie ist eine von diesen Menschen. Sie ist mit schuldig.

Die Göttin winkt ihr. Tränenüberströmt geht Magdalene zu ihr hin.

Sie wird an einen weichen Busen gezogen wie ihre Gefährten vor ihr auch. Etwas aber ist bei ihr anders: Die Göttin lacht. Sie schüttelt sich geradezu vor Lachen. Magdalene liegt in ihren Armen und spürt, wie der ganze Körper bebt.

„Immer noch alles in Gegensätzen sehen, ja?“, flüstert es in ihr Ohr, „Vater und Mutter, Gott und Natur, gut und böse?“

In den Armen der Göttin, stellt Magdalene fest, gibt es keine Gegensätze mehr. Da gibt es Wachstum und Vergehen, die ineinander greifen und eins nicht ohne das andere sein können. Da gibt es nur die eine umfassende Natur, von der alles ein Bestandteil, in der alles aufgehoben ist. Da gibt es überströmende Liebe zu jedem einzelnen Teil der Schöpfung, zu Werden und Vergehen, und auch zu ihr, wer hätte das gedacht.

Auf einer Astgabel des großen Baumes ruht der Kopf einer Schlange. Sie schaut hinunter zu ihnen und beobachtet sie geruhsam, als hätte sie ein Kissen auf die Fensterbank gelegt und den Kopf auf die verschränkten Arme gebettet. Ihre Schuppen leuchten wie angelaufenes Metall und die blitzenden Augen sehen hinab, als hätte sie den ganzen Tag nichts Besseres zu tun.

Die Wanderer sitzen inzwischen im Halbkreis um das Ruhebett und sehen die Frau mit den vielen Namen bewundernd an.

Sie ist nicht weizenblond, die Göttin. Sie ist auch nicht weißhäutig. Ihre Hautfarbe leuchtet wie in Gold getunkter Kaffee mit Schokolade – auch wenn es Magdalene völlig undenkbar erscheint, die Hautfarbe der Göttin mit einem Lebensmittel zu vergleichen. Und es wäre zudem auch nicht treffend, denn kein Kaffee und keine Schokolade hat diesen Goldschimmer, wie er über der Haut der Mutter liegt. Ihr Haar ist schwarz und es ist auch nicht zu Zöpfen geflochten, sondern strömt in lockeren Dreadlocks über ihren Rücken. Zwar ist sie in leuchtend blaue Seide gekleidet wie eine Marienfigur, aber das scheint nur ihr Geschmack des Tages zu sein, als könne sie ebensogut etwas anderes tragen.

„Willkommen!", sagt sie. „Menschen reinen Herzens sind hier immer willkommen, wie Kinder ihrer Mutter immer willkommen sind."

„Du hast uns gerufen, hier sind wir", sagt Ilka.

„Ja, ich habe euch gerufen, meine Helden. Es freut mich, dass ihr gekommen seid."

„Und was können wir jetzt für Euch tun?", fragt Agelada voller Eifer, wie frisch Bekehrte ihn haben.

„Warum solltet ihr für mich etwas tun?"

„Aber dafür sind wir doch gerufen worden, und nun sind wir hier", antwortet Ilka. „Du bist erschöpft und krank, in meiner Welt vergiften dich die Menschen, und du brauchst Heilung."

Die Göttin legt den Kopf in den Nacken und lacht, dass es sich anhört, als sprängen die Wellen kleiner Bäche über runde weiße Kiesel und hüpften und jagten einander und amüsierten sich dabei königlich. „Ich habe euch nicht gerufen, damit ihr mich heilt", sagt sie. „Ich habe euch gerufen, damit ihr euch selbst heilt."

„Aber da draußen – dieses schwarze Geflecht! Und Eure Statue – können wir denn da gar nichts tun?", fragt Agelada.

„Aber das habt ihr doch bereits getan. Seht ihr euch immer noch als unterschieden von mir an? Das seid ihr nicht. Ihr seid ein Teil von mir, und diesen Teil habt ihr geheilt. Mehr kann niemand tun."

„Aber dann leidest du doch immer noch!", sagt Finn.

„Ich leide weniger mit jedem Menschen, der sich heilt, und mehr mit jedem, der es nicht tut. Ihr seid meinem Ruf gefolgt, habt euch geheilt und damit auch mich. Es ist gut so. Ich werde andere rufen."

„Und König Midas, was ist mit ihm? Kann er nicht auch gerettet werden?", will Kostas nun wissen.

„Auch König Midas kann sich nur selbst retten, er ist von dieser Regel keine Ausnahme. Sein Herz ist zwar in Gold verwandelt, aber trotzdem lebt es und kann sich ändern. Es kann eine andere Sehnsucht finden. Bis jetzt ist aber seine einzige Sehnsucht nach wie vor Besitz, und so lange das so ist, wird er eine Statue bleiben. Lasst ihn ein Denkmal dessen sein, was Gier anrichten kann, bis er selbst sich geändert hat!"

Der Narr nickt nachdenklich. Es scheint ihm angemessen. „Und seine Tochter?"

„Die kleine Prinzessin – ja ..." Die Göttin zögert. Sie überlegt: „Vielleicht wäre es für sie heilsam, wenn sie mit dem Schaden in direkte Berührung käme, den ihr Vater angerichtet hat? Ich könnte mir vorstellen, dass sie wieder menschlich wird, wenn sie das schwarze Land berührt. Allerdings weiß ich nicht, ob sie wie ihr darauf laufen kann. Ihr habt euch selbst gereinigt und geheilt, das hat nicht jeder getan, vergesst das nicht! Anders hättet auch ihr das schwarze Land nicht betreten können. Aber wer weiß – auch bei ihr lebt das Herz weiter in seiner goldenen Kruste."

Sie verstehen es noch nicht ganz, nicken aber trotzdem.

Die Göttin steht lachend auf. „Wie ihr seht, geht es mir schon viel besser", sagt sie. „Vielleicht möchtet ihr eure Wasserflaschen an meinem Quell noch einmal auffüllen? Und vielleicht möchtet ihr jeder einen Apfel von meinem Baum als Wegzehrung mitnehmen?"

Sie pflückt Äpfel und reicht sie ihnen, und diesen Duft erkennen sie sofort. Es ist der Duft, der in den Höhlen ihre Herzen geöffnet und sie wieder in Kinder verwandelt hat. Es ist der Duft, der den bedrohlichen Fremden in einen alten Mann mit traurigen Erinnerungen verwandelt hat.

„Da fällt mir ein", sagt Magdalene, „eine alte Frau, die wir trafen, hat uns Schnitze von gedörrtem Apfel gegeben, und es war vermutlich der letzte, den sie noch hatte. Vielleicht wäre es gut, wenn auch sie einen neuen Apfel bekäme?"

Die Göttin lacht wieder ihr perlendes Lachen. „Diese Frau", sagt sie, „geht bei mir ein und aus. Ihr braucht keine Sorge zu haben, dass sie nicht zu einem neuen Apfel kommen könnte, wenn sie einen haben will."

Nun, dann ist auch das geklärt. Magdalene und Ilka sehen einander lächelnd an. Sie haben es vermutet: Der Alte im Labyrinth ist nicht so verlassen, wie er glaubt. Nur eine Frage bleibt noch: „Du meinst, wir sollen jetzt wieder nach Hause reisen, einfach so, ohne weiter etwas zu tun? Und wenn wir da sind, was dann?"

„Ihr seid nicht mehr die, als die ihr weggegangen seid, das muss euch klar sein, ihr seid jetzt andere. Deswegen wird auch euer Leben ein anderes sein. Aus Liebe zu mir seid ihr aufgebrochen. Ihr habt eure Herzen gereinigt, ihr seid durch das Labyrinth gegangen, ihr habt euch selbst geheilt. Ich bin mir sicher, dass ihr euren Weg in Schönheit gehen werdet, wenn ihr wieder daheim seid. Ihr werdet eure Aufgabe erkennen, wenn sie euch begegnet.“

Das ist nicht ganz das, was sie zu hören erwartet haben.

Die Göttin fügt hinzu: „Es sind viele Menschen zu mir unterwegs, sehr viel mehr, als ihr vermuten würdet. Jeder von ihnen geht seinen eigenen Weg, deshalb sehen sie einander manchmal nicht. Es scheint, als könne der einzelne nicht sehr viel ausrichten, und das mag auch so sein, aber es baut auch keine Termite und keine Biene alleine einen Stock. Tut einfach euren Teil und macht euch keine Sorgen. Denkt daran: Ihr seid Natur, die sich selbst heilt. Und Natur, die sich selbst liebt, auch das.“

Und zu Magdalene sagt sie noch: „Jedes Lebewesen hat Teil an Gutem und an Bösem. Das Leben ist so.“

Konkreter wird es heute nicht mehr werden. Sie fühlen sich auch sehr definitiv entlassen und liebevoll verabschiedet. Also bedanken sie sich und brechen auf.

Als sie den Tempel verlassen, ist der Tag weit fortgeschritten. Benommen stehen sie in der Spätnachmittagssonne. Sie werden sich sputen müssen, wenn sie vor Sonnenuntergang noch die schwarze Einöde hinter sich lassen, fruchtbares Land erreichen und darauf weit genug fortgeschritten sein wollen, um am Morgen nicht wieder überholt zu sein. Und ein verlassenes Haus für die Nacht müssen sie auch noch finden.

Obwohl das eigentlich egal ist. Schließlich ist auch das unfruchtbare, schwarze Land ein Teil der Göttin; sie sehen es jetzt mit anderen Augen.

„Ich habe Brigid gesehen! Ich habe mit meinen eigenen beiden Augen die leibhaftige Brigid gesehen!", plappert Finn vor sich her und springt aufgeregt um sie herum, als sie losgehen. „Und habt ihr gehört, was sie zu mir gesagt hat? Sie hat mich ‚mein Barde' genannt! Oh, wenn ich das zu Hause erzähle!" Und er läuft zu den Bäumen hinüber, die er auf dem Herweg so mitleidig betrachtet hat, und erzählt ihnen, dass die Göttin sie liebe und dass es ihr gut gehe.

Magdalene weiß, dass die Erde immer noch krank ist, dass man noch immer dringend etwas für sie tun muss. Und ganz sicher würde sie tun, was sie konnte. Aber sie würde es nicht mehr aus Furcht machen. Diese schwarze Angst um die Zukunft, die so groß und überwältigend in ihr gewesen war, war zu einem kleinen schwarzen Körnchen in einer weiten, umfassenden Hülle aus Liebe geworden. Aus Liebe würde sie jetzt weitermachen.

Und dass die Erde sie wiederliebt – an den Gedanken würde sie sich erst noch gewöhnen müssen.

Der kleine Narr schmiegt sich an Ageladas Seite, als habe er soeben das Glück entdeckt, eine Mutter zu haben.

Ilka und A. Wake gehen lächelnd, Kinder der Göttin, mit sich und mit ihr im Einklang.

Zwischentext: Regen

Auch wenn wir alle sehnsüchtig darauf gewartet haben – aber wenn dann der erste Regen kommt nach langer Zeit der Trockenheit, dann sind wir doch jedes Mal wieder davon überrascht und nicht darauf vorbereitet. Zu lange haben wir uns verschlossen, eingekapselt und eingerollt und jeden kostbaren Tropfen vor der Sonne geschützt, als dass wir jetzt uns sofort dem Regen öffnen könnten. Viel Wasser ist jedes Mal davongeflossen, bis ich all meine Poren wieder öffnen und aufsaugen, schlürfen, gierig in mich hineintrinken kann.

Und oh! welche Wohltat sind diese dicken, schweren Wolken, die sich wassergetränkt an mich schmiegen, wenn der Regen selbst längst weitergezogen ist! Wir alle trinken uns wohlig satt, Pflanzen, Tiere und ich, und wir alle lassen von diesen triefend nassen Wolken unsre Haut liebkosen, drehen und wenden uns an dieser saftigen Watte. Wir saugen uns voll, als bestünden wir alle aus Moos.

Es ist herrlich.

Elftes Kapitel: Abschied in der Taverne

Abermals sitzen sie in der Taverne zum durstigen Rotkehlchen und wissen, dass sie in unterschiedlichen Welten leben werden, sobald sie hinausgehen und die Tavernentür hinter sich schließen. Es fällt ihnen sehr schwer. Sie sind nicht besonders lange beisammen gewesen, aber sie haben so viel miteinander erlebt, miteinander geteilt. Sie haben sich einander mehr geöffnet, als sie es sonst im Leben tun. Und nun soll das alles vorüber sein? Nun sollen sie wieder verschiedene Wege gehen?

„Meine liebe Hexe Ilka", beginnt A. Wake feierlich, „Du weißt, was die Cherokee sagen: Die höchste Berufung eines Mannes ist es, die Frau zu schützen, damit sie frei und unverletzt auf der Erde wandeln kann. Du hast mir gezeigt, dass ich meiner Berufung gerecht werden kann, auch wenn ich selbst nicht mehr daran geglaubt habe. Damit hast du mir mein Leben und meine Ehre als Mann zurückgegeben. Aber das Sprichwort geht noch weiter, es sagt: Und die höchste Berufung einer Frau ist es, den Mann zu seiner Seele zu führen, damit er sich mit seiner Quelle verbinden kann. Du, liebe Hexe Ilka, hast meine Seele zu ihrer Quelle geführt, und dafür möchte ich dir jetzt und hiermit danken."

Manchmal kann man das Schlechte in sich selbst besser erkennen als das Gute. Ilka weiß um die Gesetze des Spiegelns; wenn A. Wake ihr eine solche Dankbarkeit entgegenbringt und sie diese erkennen kann, dann muss ein solches Gefühl auch in ihr leben, sonst hätte sie es nicht erkennen können. Und es ist ein sehr großes Gefühl; so groß, dass sie sich davon beschämt fühlt.

„Mein lieber Bruder Wake", sagt sie. „Wir beide haben gemeinsam Zeremonien abgehalten, als stammten wir aus derselben Kultur. Wir haben gemeinsam unsere Ahnen geehrt und miteinander am Feuer gesessen. Wir beide haben gemeinsam die Energie hochgehalten und die Gruppe beschützt. Es war auch für mich ein Erlebnis, wie ich es noch nie hatte und niemals vergessen werde, und auch ich danke dir, dass du mich als indigene Frau Europas akzeptiert hast, obwohl dein Volk 500 Jahre lang unter uns hat leiden müssen. Es hat mir außerordentlich viel bedeutet. Es war ein Gefühl, als wäre ich endlich wieder in die Menschheitsfamilie aufgenommen worden. Ich kann dir gar nicht sagen, wie glücklich mich das macht."

Jetzt laufen ihnen beiden die Tränen über die Wangen. „Es war so einsam ohne euch!", schluchzt Ilka. „Ich merke jetzt erst, wie sehr ich euch vermisst habe." Sie schnieft, und Magdalene reicht ihr ein Taschentuch.

„Und du, Magdalene", beginnt Ilka, aber Magdalene unterbricht sie: „Jetzt wollen wir aber doch wohl nicht jeden einzeln durchgehen. Ich bin nur hier, weil ihr ohne mich immer noch in dieser Taverne sitzen würdet."

„Ja klar. Hast du gut gemacht. Okay so?"

Es ist okay. Sie alle haben vieles gelernt unterwegs; Dankbarkeit zu akzeptieren ist eine Aufgabe, die Magdalene noch weiter wird üben müssen.

„Huh!" Ilka schnieft in Magdalenes Taschentuch. „Und ihr auch. Ich wart alle absolut großartig, jeder auf seine Weise. Ich bin euch allen dermaßen dankbar!"

„In meinem Volk hätte sich jeder von uns eine Adlerfeder verdient", meint A. Wake. „Die gibt es für herausragende Taten, und jeder von uns hat etwas Herausragendes getan."

„Ich überreiche meinem Bruder A. Wake eine Feder für seinen Mut, auch seine schwachen Seiten zu zeigen", sagt Ilka.

„Ich überreiche meiner Schwester Ilka eine Feder dafür, dass sie den Einfall und den Mut hatte, unsere Vorfahren zur Hilfe zu rufen."

„Ich überreiche eine Feder an Agelada für den ersten Schritt auf verlorenes Land."

„Eine Feder für Magdalene dafür, dass sie immer ein sauberes Taschentuch hat!"

Alle lachen.

„Für Kostas eine Feder für den ersten Auftritt vor unbekanntem Publikum."

„Und Finn?"

Ja, was ist mit Finn? Wieder einmal reden alle durcheinander:

„Er hat die Kraft unserer Mutter Natur überall hingetragen, wohin wir auch gegangen sind!"

„Er hat die Göttin aus ihrem Schlaf geweckt."

„Er hat dem Alten im Labyrinth widersprochen!"

„O ja, da gehörte Mut zu."

Und wieder lachen alle.

„Ich möchte A. Wake noch eine Feder dafür geben, dass er mich aus dem Sand getragen hat", sagt Agelada. „Und Magdalene eine dafür, dass sie mir die Wahrheit über meine Herkunft gesagt und mich in meinem Kummer getröstet hat. Und Ilka dafür, dass sie so einfühlsam mit uns allen gesprochen hat, auch wenn ich das mit dem inneren Kind noch einmal überdenken muss. Finn eine dafür, dass er mich von Anfang an immer als ganz natürlich angesehen hat."

„Was könnte ein Kind unserer Mutter Natur denn anderes sein als natürlich?", wirft Finn ein.

„Und Kostas eine Feder dafür", spricht Agelada weiter, und hier wird sie rot bis an die Ohren, „dass er mir erlauben will, seine Mutter zu sein."

Das sind Neuigkeiten! Offenbar haben die beiden da ganz im Geheimen etwas ausgeheckt.

Sie würden gemeinsam zum Palast des Königs Midas gehen, erzählen sie, und dort die zur Goldstatue gewordene Prinzessin Philomena suchen. Dann würden sie weiterziehen zum schwarzen Land und ausprobieren, ob Philomena sich vielleicht zurück ins Leben verwandeln würde. Agelada war stark, sie würde die Prinzessin tragen können, golden oder lebendig.

Und danach – nun, das käme dann auch ein wenig auf Philomena an. Falls sie lebendig wurde, würde sie selbst mitreden wollen.

Weiter hatten sie noch keine Pläne gemacht.

Alle erklären ihnen, dass sie das für eine ganz ausgezeichnete Idee hielten, und fragen sich, warum sie da nicht selbst schon längst drauf gekommen wären.

„Ich habe schon immer gedacht, du solltest Kinder haben, Agelada", sagt Magdalene.

„Weil ich aussehe wie eine Kuh?", fragt Agelada, und es ist befreiend, dass alle darüber lachen können und dabei wissen, sie würde nicht verletzt sein.

„Und wer sollte wohl mit mir ein Kind haben wollen?"

Das allerdings ist ernst. Keiner weiß ja bisher, ob sie von Männern oder von Stieren empfangen kann; eine schwierige Situation.

„Du wirst es wohl ausprobieren müssen, es wird dir nichts anderes übrig bleiben", meint Magdalene schließlich.

„Ja, mach das", sagt Finn, und bei ihm hört es sich an wie ein interessantes Abenteuer.

Schließlich haben sie alle ihre Becher leergetrunken, ihre Abschiedsworte gesprochen und brechen einer nach dem anderen auf. Finn hat Sehnsucht nach dem Langhaus seines Clans und nach einem Paar blonder Zöpfe. Kostas und Agelada beeilen sich, vor dem schwarzen Land zum Palast des Königs Midas zu kommen. Ilka freut sich schon auf die anderen Hexen in ihrem Hain.

Und schließlich, als alle andren gegangen sind, bittet A. Wake Magdalene, schon einmal vorzugehen, er habe da noch einen Bekannten gesehen.

Magdalene nimmt ihn in die Arme und hätte ihn gerne an ihr Herz gedrückt; aber da sie beide stehen und er so viel größer ist als sie, drückt sie stattdessen ihren Kopf an sein Herz. Sie verabschiedet sich von ihm mit Tränen in den Augen, denn auch sie hat die schwarze Gestalt bemerkt, die alleine am Kamin sitzt.

Als sie draußen sind, geht Andrew A. Wake zu der Gestalt hin. „Ich habe den Unfall nicht überlebt?", fragt er.

„Ich fürchte, nein", sagt der Tod und greift nach seiner Sense.

„Und meine neue CD, auf die ich mich so sehr gefreut habe?"

„Die Release-Party wurde abgesagt."

„Ja, das haben sie wohl tun müssen." Er schwankt einen Moment. „Und ich hätte so gerne meine Spuren auf der Erde hinterlassen."

Der Tod beschließt, seine Vorschriften heute etwas großzügiger auszulegen. „Lass mich dir etwas zeigen", sagt er. Mit den Fingern öffnet er ein Feld in der Luft und lässt A. Wake hineinsehen.

„Ich sehe schwarzes Land", meint A. Wake.

„Warte, ich muss noch ein wenig hineinzoomen."

Als A. Wake wieder in das Feld hineinsieht, bemerkt er ein paar Reihen von Fußstapfen, die den Kreis der schwarzen Asche durchqueren, eine davon von den Hufen einer Kuh. In diesen Fußstapfen, inmitten von Schwärze und Unfruchtbarkeit, haben Samen zu keimen begonnen. Wo sie gegangen sind, da keimt jetzt neues Leben – das ist großartig! Aber würde es ausreichen, würde es irgendetwas ändern?

„Das Leben wird sich ausbreiten, so wie sich der Tod ausgebreitet hat. Dies sind nur die Anfänge vieler grüner Kreise."

A. Wake mag die Augen nicht von diesen ergrünenden Tupfen in der großen Schwärze abwenden. „Danke, dass du mir das noch gezeigt hast", sagt er.

„Dann nimm jetzt deine Federn und komm", sagt der Tod.

Tatsächlich liegen auf dem Tisch der Taverne, wo A. Wake gesessen hat, die Astralkörper von einer ganzen Handvoll Adlerfedern. Er nimmt sie und geht mit Stolz zu seinen Vorfahren in das Lager auf der anderen Seite, ein tapferer junger Krieger mit seinen Federn in der Hand.

Letzter Zwischentext: Die Frau kommt zurück

Da ist sie wieder, die Frau. Diesmal hat sie ihre Puppe nicht mitgebracht, aber ihr Handy hat sie dabei und eine Flasche Wasser.

Ein wenig Benehmen hat sie inzwischen auch gelernt. Sie sucht den Wächterbaum und legt die Hand auf seine Rinde, um sich als Besucherin anzumelden.

Auf der Baumrinde wächst Moos, mit dem Regen der vergangenen Nächte vollgesogen und tropfend nass, in ihren Spalten ein paar winzige Pilze. Schon auf dem Weg hat es bei jedem einzelnen Schritt gequatscht unter ihren Füßen. Moos hat sie gespürt, verborgen unter braunen Blättern von Eiche und Ahorn, Erde hat sie gespürt und Feuchtigkeit. Sie weicht Pfützen aus und sucht den Schotter auf dem Weg.

Eine runde Lichtung zieht ihren Blick an, in deren Mitte zwei schüttere Bäumchen wachsen. Zögernd geht sie darauf zu. Sieh an! Sie hat an das Volk der Anderswelt gedacht. Auf einem großen welken Eichenblatt schüttet sie ein paar Kekskrümel aus und legt das Blatt vorsichtig zwischen die beiden Bäume, in die Mitte der Lichtung.

Großzügig ist sie nicht grade gewesen. Aber sie war schüchtern; es ist das erste Mal für sie gewesen, dass sie an die kleinen Leute in der Anderswelt denkt. Und es sind sehr leckere Haferkekse. Das mit der Großzügigkeit kann ja noch kommen, vielleicht.

Übrigens hat sie sich noch nicht entschieden, ob sie an das kleine Volk nun glaubt oder nicht. Trotzdem hat sie es getan: Sie hat ein Gastgeschenk dargeboten, eine Opfergabe, mit allem gebotenen Respekt und mit aller Ernsthaftigkeit. So soll das sein.

Dann geht sie weiter den Weg hoch, um trockeneres Gebiet zu erreichen, und schaut in den Waldweg hinein – mit Skepsis zwar, aber doch: Sie hat einen Moment lang gezögert. Sie hat an Wildschweine gedacht. Und die Prophezeiung des siebten Feuers ist ihr eingefallen. Die beiden Wege, von denen darin die Rede ist, kann sie nicht deuten, das irritiert sie; sie hat es gern, wenn sie alles erklären kann. Darin ist sie ein Kind ihrer Welt.

Ein heller Weg und ein dunkler, heißt es in der Prophezeiung, aber wie sie es versteht, ist keiner davon der richtige. Und sie möchte gern den richtigen Weg gehen.

Beim letzten Mal hätte sie auf der Wiese der Kindheit zumindest etwas länger verweilen sollen, etwas respektvoller.

Sie geht mit langsamen Schritten hoch und kommt auf einen Höhenweg. The Ridgeway fällt ihr ein, der steinzeitliche Pfad über die englischen Downs, den die Druiden zogen auf ihrem Weg nach Stonehenge und der heute ein ausgeschilderter Wanderweg ist, an dessen Rand der Westwind die trockenen Gräser zaust.

Von links ist sie gekommen. Da ist es nicht weit zur Straße. Von rechts hört sie Kindergeschrei. Also bleibt sie einstweilen, wo sie ist.

Sie hat ja schon etwas Niedliches, wie sie so über mich dahinstolpert. Wie sie ihre Füßchen hebt, um über den gestürzten Baum zu steigen. Wie ihre Blicke die Wiesenflächen absuchen.

Sie schaut auf den Boden, als hoffe sie eine späte Heidenelke zu sehen. Damit kann ich nicht mehr dienen zu Novemberbeginn, tut mir leid. Eine letzte Schafgarbe hätte ich noch anzubieten.

Ach, ich weiß, was sie sucht. Einen Spitzkegeligen Kahlkopf möchte sie finden, einen Narrenschwamm. Dabei meint sie eigentlich, der wüchse nur auf Weiden, aber mir traut sie ihn auch zu. Das betrachte ich mal als Kompliment. Ja, mein Kind, der würde deine verstreuten Gedanken sammeln, deine Empfindungen schärfen und dich den Basston hören lassen, in dem die Bedeutung der Dinge schwingt. Aber für ein solches Gegengeschenk reichen ein paar Kekskrümel nicht aus. Und es gibt auch andere Möglichkeiten genug.

Die welken Gräser haben längst ihre Samen verloren und das neue Gras sprießt, eine saftig grüne Schicht wie das Wintergetreide auf den Feldern, dicht gesät. Unter den trockenen Halmen sieht man es kaum, wenn man sich nicht hinunterbeugt.

Meine Kinder werden zu essen haben, wenn der Winter gekommen ist. Es ist gut. Jetzt im späten Herbst ist es doch noch gut geworden. Die Mäuse werden sicher in ihren Höhlen schlafen und frisches Gras unterm Schnee finden, wenn sie aufwachen und hungrig sind.

Das Jahr neigt sich dem Abend zu. Ich lege mich zur Ruhe.

Gute Nacht.

Ich bedanke mich bei

Lyla June Johnson, Rapperin, Poetin und Aktivistin, für ihr inspirierendes Lied „All Nations Rise".

Wake Self, Rapper und Aktivist, posthum.

Sakuro – Rapper, Soundmagier, Zeremonienmeister –, der mir den Namen für A. Wake geschenkt hat. Außerdem für ein Gespräch voller Inspirationen, vor allem aber für seine Abschiedsworte: Pachamama liebt uns. Aus diesen Worten habe ich immer wieder den Mut geschöpft, weiterzugehen, wo ich ohne sie vielleicht aufgegeben hätte.

Ilka Sventja Jörg, Ahnenheilerin und Hexe. Sie hat im Traum die Göttin gesehen und mir diesen Traum geschenkt – zusammen mit der Erlaubnis, ihren Namen benutzen zu dürfen. Ich hätte nicht gewusst, wie eine Hexe anders heißen könnte.

Der NaNoWriMo-Schreibgruppe Marburg. Wann immer ich mich festgefahren hatte, hatte einer von diesen Chaoten eine komplett durchgeknallte Idee. Bloß gut, dass der Romanschreibmonat ein Ende hat – wer weiß, wo das noch hätte hinführen können!

Barbara Taukert und **Barbli Gerster**, Psychologinnen. Sie haben mir als Testleserinnen sehr wertvolles Feedback geben. Außerdem war es mir wichtig zu wissen, dass alle Schilderungen psychologischer Vorgänge aus professioneller Sicht nicht zu beanstanden sind. Und sie hätten mich notfalls aus meinen inneren Labyrinthen auch wieder rausgelotst.

Matthias Riemerschmid, Schamane. In Deutschland lässt man wichtige Interviews vor der Veröffentlichung von dem Interviewten freigeben. Diese Freigabe eines Interviews mit der Erde hat Matthias für mich eingeholt. Als Schamane kennt man da eine Abkürzung, wo ein Autor jedes Mal die ganze Heldenreise machen muss.

Thomas Neutze, Grafiker. Aus seiner Werkstatt gehen die schönsten Drucksachen hervor und ich bin glücklich, dass er die Zeit gefunden hat, auch dieses Buch zu gestalten.

Johannes Flörsch, Lektor. Ich wusste, dass Johannes ein freundlicher, gebildeter Mensch mit einem weiten Horizont ist – und gnadenlos akribisch, wenn es um sprachliche Fragen geht. Genau deswegen hatte ich ihn als Lektor ausgewählt. Er ist all das in noch höherem Maße, als ich gewusst hatte. Und: Er hat mich gelehrt, dass Überarbeiten Freude machen kann.

Übrigens hat er diese endgültige Fassung nicht mehr überarbeitet, für die letzten Fehler bin ich allein verantwortlich.

Aufführungen

Eine meiner Testleserinnen sah die Geschichte vor ihrem inneren
Auge von Schülern aufgeführt. Sollte jemand so etwas tun wollen:
Nur zu! Ich erkläre mich mit allem einverstanden.

Aber wenn ich noch zwei Dinge anregen darf: Zum einen fände
ich es gut, wenn jede Theatergruppe zu den Prüfungen im Labyrinth noch eine eigene Prüfung ihrer Wahl hinzufügen würde.

Zum zweiten fände ich es gut, wenn in der Szene mit dem Amphitheater im Labyrinth jeder einzelne der Schauspieler etwas vor-
tragen würde, was ihm oder ihr selbst wirklich am Herzen liegt.

Und drittens – ja, ich weiß – fände ich es toll, wenn ich von der
Aufführung eine Aufzeichnung bekäme!

Leseempfehlung

Mein historischer Roman „Erbe der Füchsin" ist eine Familiensaga
aus der Zeit der Industrialisierung. Zu dieser Zeit haben einige Ver-
änderungen stattgefunden, mit deren Folgen wir jetzt zu kämpfen
haben; von daher ist der Roman vielleicht auch für euch interessant. Geschrieben ist er eigentlich für Frauen, die sich noch an andere Zeiten erinnern – oder die wieder anknüpfen möchten.